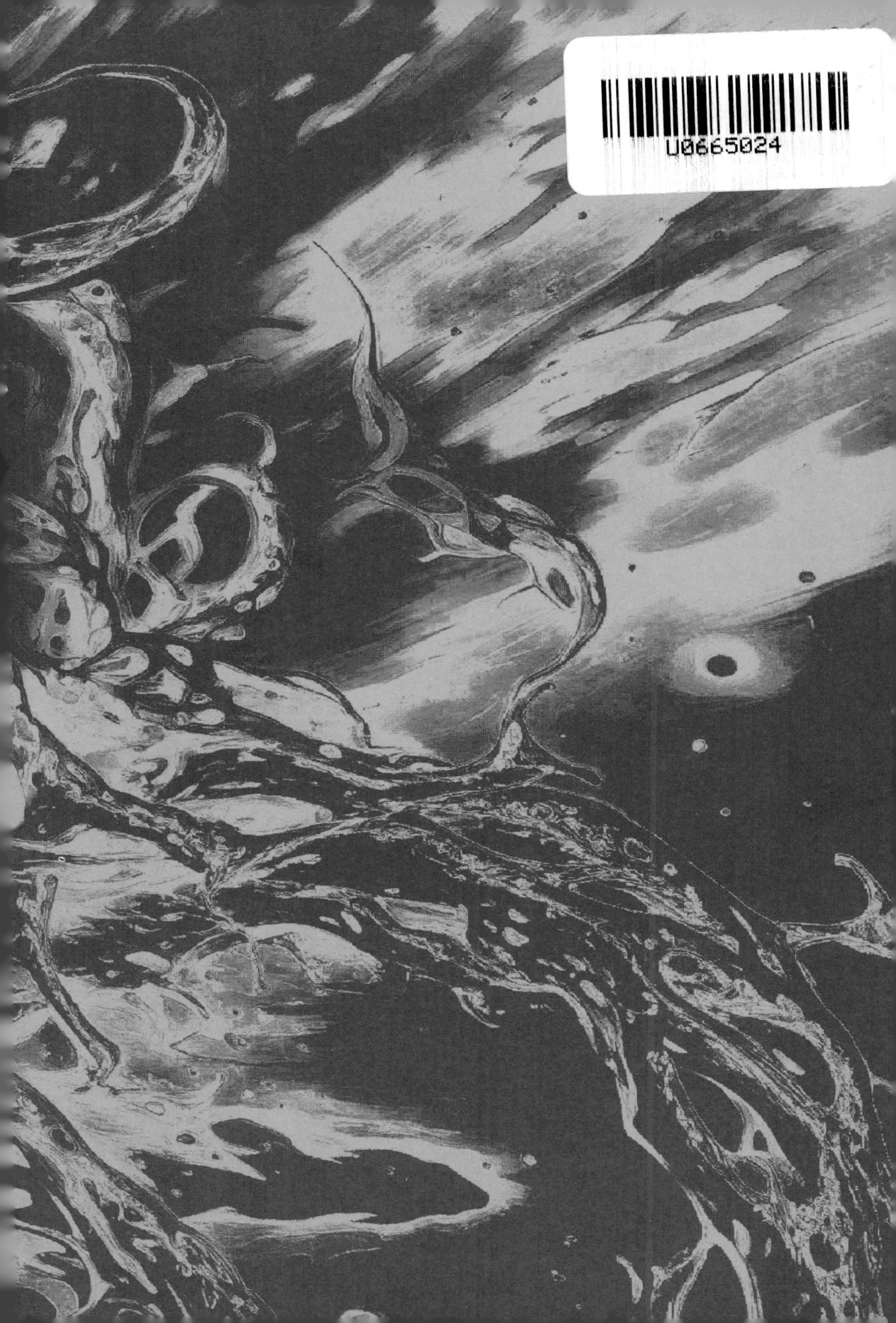

拉莱耶之主，伟大的克苏鲁

混乱信使，奈亚拉托提普

森之黑山羊，莎布·尼古拉丝

古老者

伊斯之伟大种族

夏盖虫族

阿拉伯疯人，阿卜杜拉·阿尔哈萨德

火山之王，加塔诺托亚

猫女神，巴斯特

蟾之神，撒托古亚

麋鹿女神，伊赫乌蒂

万物归一者，犹格·索托斯

深渊之主，伊索格达

审判之星，格赫罗斯

蛇人

盲目痴愚之神，阿撒托斯

从宇宙诞生到地球的纷争

钱丢丢 著

九州出版社
JIUZHOUPRESS

والتي يمكن أن تستلقي الأبدية
عربية قد يموت حتى الموت

档案篇 259

外　神 / 260

旧日支配者 / 268

古　神 / 293

文明种族 / 297

其　他 / 303

克苏鲁神话的
起源与变形

洛夫克拉夫特与神话起源

克苏鲁神话的起源该从哪里说起呢？

这个问题是有明确答案的，一切要从创作了克苏鲁的作家，霍华德·菲利普斯·洛夫克拉夫特说起。

洛夫克拉夫特，克苏鲁之父，一个畸形美的创作者，一位郁郁不得志的作家。

1890 年，洛夫克拉夫特出生，作为家中的独子，本应该有一个被父母疼爱的童年，但很可惜，洛夫克拉夫特 3 岁的时候，他的父亲开始精神失常，8 岁的时候，他的父亲就因为精神性问题而离世。父亲这种莫名其妙的死法一直折磨着少年的洛夫克拉夫特，即便是成年之后，他依旧会坚称自己的父亲是因“神经衰弱”而死。但坊间一直流传着，他的父亲是因感染梅毒，大脑病变致精神错乱而去世的。失去父亲的洛夫克拉夫特，其日常生活主要依靠外祖父与母亲的照料。不幸的童年使得洛夫克拉夫特自小精神敏感，患上一种名为“夜惊”的睡眠疾病，但这也使洛夫克拉夫特对于黑暗与恐怖有了深层次的理解。

当时间来到 20 世纪初，洛夫克拉夫特的外祖父去世。外祖父的死让洛夫克拉夫特家中的经济状况严重恶化，也使他几次精神崩溃，最后连高中都没有读完就辍学在家。到了 29 岁那年，洛夫克拉夫特的母亲的歇斯底里与抑郁症，让他近距离地感受到了“神经质”与“疯狂”。两年后，母亲去世，31 岁的洛夫克拉夫特生活中最亲近的人就此逝去。

接下来的十六年之中，洛夫克拉夫特经历了一段不怎么顺心的婚姻，并在普罗维登斯度过了生命中最后的十年。1937 年，洛夫克拉夫特因肠癌去世，享年 47 岁。

在洛夫克拉夫特不算长的人生之中，留下了六七十篇作品，也就是这六七十篇作品，成了克苏鲁文学的骨架。

洛夫克拉夫特的作品大多数是短篇或中篇，这些故事都与人类和超自然生物的接触有关。文中那些超自然的生物对人类的认知有着绝对的颠覆性。例如克苏鲁、阿撒托斯以及奈亚拉托提普，这些强大无比的存在，并非人类能够接触和认知的。在洛夫克拉夫特的眼中，人类的文明毫无意义。在他的作品中，人类的无力感总会伴随着理智的崩溃出现，虽然这些故事中的人类都或多或少地接触到了一些克苏鲁神话中的怪物，但真正的神明是人类无法见到的，哪怕是一窥其面貌，也会使人理智瞬间崩溃，从而在疯癫之中死亡。故事中那种不可名状的氛围感，带着黏液的触手悄无声息，以不可被阻挡地势头从你身上掠过，让你浑身战栗。

洛夫克拉夫特的这些文章大多都投稿在《诡丽幻谭》这个杂志之中，虽然在洛夫克拉夫特生前，他的作品不被当时的人们所认可和接受，但其中营造的诡异氛围，以及文中所展现出来的历史虚无感、所塑造的关于邪神们的诡异世界，却让一些作家着迷。这些作家开始以书信的方式与洛夫克拉夫特进行交流，互相借鉴，并开始以洛夫克拉夫特的风格来撰写新的故事。

神奇的是，在神话之中，三这个数字具有极强的稳定性和戏剧性。而在现实生活中，克苏鲁神话的根基也由三个人共同创建。这三个人被称为“克苏鲁神话三圣”，除了创始人洛夫克拉夫特之外，还有奥古斯特·威廉·德雷斯和克拉克·阿什顿·史密斯。后面这二位，一位在现实世界之中极力地拓展克苏鲁神话的流传度，一位则在文学的虚幻世界里极力地拓展克苏鲁世界的版图。

总之，在这三位作家的笔下，克苏鲁世界的样貌逐渐被雕琢出来。随着社会的发展、众多作家对克苏鲁文学的添砖加瓦，20 世纪的克苏鲁文学就如同一粒种子，遇到了合适的土壤，开始茁壮地成长，成为现当代文化中不可被忽视的存在。而当我们了解了现代的克苏鲁文化，再看当年怀才不遇的克苏鲁文化创始者洛夫克拉夫特，和他墓碑上雕刻着的“吾乃天命之人”，似乎多了一些不一样的感受。

德雷斯：克苏鲁神话重要的推动者

当生物学家达尔文提出生物进化论时，同为生物学家的赫胥黎自称为“达尔文的斗牛犬”，他坚定地捍卫并积极地传播达尔文的进化论。那么，把奥古斯特·威廉·德雷斯说成是“洛夫克拉夫特的斗牛犬”也毫不为过。

在洛夫克拉夫特生前，德雷斯一眼就看到了这位作者的文章具有超越时代的特性。他认为洛夫克拉夫特作品中那种产生于混乱与绝望中的战栗感，正是让认为自己是“万灵之长”的人类清醒的冷水。于是，德雷斯在洛夫克拉夫特未成名之时就与他保持着亲密的友谊，德雷斯绝对在洛夫克拉夫特那里听过许多不切实际且充满阴郁色彩的混乱点子，并积极地推动这些点子成为一篇又一篇的小说。然而，洛夫克拉夫特在创作过程中无法抛开自己偏执的高傲，他坚定地将虚无主义发挥到极致，甚至不想为自己创作的小说创造一个统一且确定的背景。德雷斯没有这方面的顾虑，作为一个图书出版商，商人的务实精神让德雷斯想要把洛夫克拉夫特的系列小说合并在一个宇宙框架里。他为洛夫克拉夫特创作的系列小说取名“克苏鲁神话”，并期望其他奇幻小说作家能够沿用洛夫克拉夫特在“克苏鲁神话”里面的设定，例如那本邪恶的《死灵之书》，以及那无法名状的恐怖氛围。

德雷斯对克苏鲁神话的热情不仅仅在以上方面，他还动笔写下了许多关于克苏鲁神话的故事，企图在洛夫克拉夫特构建的虚无、惊悚、愤世嫉俗以及绝望的世界里，添加善恶二元对立，以及地火风水四大元素的设定。

在洛夫克拉夫特去世之后，德雷斯这位昔日的老友又开始费力不讨好地在草稿堆中，按照他对洛夫克拉夫特的了解，整理他生前的作品。德雷斯本来想将洛夫克拉夫特的作品投到出版社进行出版，但连问三家出版社，他们都因为担心毫无收益而拒绝了。德雷斯只好自己成立阿卡姆之屋出版社，将洛夫克拉夫特的作品编撰成合集《异乡人，及其他》来印刷和销售。结果自然是惨淡的，阿卡姆之屋出版社出版的图书无法被大众市场认可，连年赤字，使德雷斯不得不用他写作和工作的钱来填补出版社的资金亏空，最困难的时期，德雷斯还通过向外贷款维持阿卡姆之屋出版社的运营。

在经营出版社期间，德雷斯还根据以前与洛夫克拉夫特交流的记忆，把洛夫克拉夫特曾经设想过的构思或偶尔想到的点子，扩充为一篇篇新的小说发表。直到20世纪60年代，随着读者对于怪奇小说，以及洛夫克拉夫特清奇诡异的文风的接受度变高，阿卡姆之屋的出版物开始多了起来。这一时期，阿卡姆之屋出版社编辑出版了大量关于洛夫克拉夫特的书信。德雷斯对于阿卡姆之屋出版社的经营，直到1971年62岁的他因心脏病去世而停止。

德雷斯去世后，阿卡姆之屋出版社这个不怎么赚钱的出版社成了烫手山芋，没有人能够像德雷斯那样去贴钱维持出版社的运营。这种情况，德雷斯在死前就已经有所预料，甚至说出了“‘阿卡姆之屋’虽然已经存在了三十年，但不会迎来第四十个年头”这种话语。不过，令人高兴的是，阿卡姆之屋出版社并没有破产倒闭，德雷斯的女儿阿普瑞·萝丝接管了阿卡姆之屋出版社，并勉力维持。如今，这个出版社依旧保持着正常的运营。

在洛夫克拉夫特的洛氏小说领域，德雷斯绝对是一头野蛮的怪兽，他以破坏小说原本核心理念的方式，企图用人类固定的信条让人们更好地了解洛氏小说。就像中国神话传说里，混沌不可名状，但却被二位天神凿开七窍，顿时混沌与天地化为一体。洛氏小说迷们可能不满德雷斯的做法，但站在克苏鲁神话的领域内看德雷斯，德雷斯绝对是劈开混沌衍生万物的人，他亲自破坏了洛氏小说阴郁、不可名状以及毫无善恶观的混沌核心，以开辟混沌之势，硬生生地创造了“克苏鲁神话”这个名词，并拉拢了一大批作家，给克苏鲁神话体系添加了更多的内容与解释。可以说，如果没有德雷斯的出现和推动，洛氏小说很可能不会形成克苏鲁神话系列，只会被当作怪奇小说，埋没在历史的故纸堆中。

C. A. 史密斯：克苏鲁世界人类文明历史的补充者

克苏鲁神话的内容，除了洛夫克拉夫特的原创内容、德雷斯大量的补充，以及拉姆齐·坎贝尔和布莱恩·拉姆利等以克苏鲁神话背景创造出的大量内容外，克拉克·阿什顿·史密斯也是克苏鲁神话前期构建神话世界版图的重要推动者。

与德雷斯这个有着出版商身份的作家不同的是，史密斯是个单纯的作家，他的绮丽且病态的幻想在经过洛夫克拉夫特的启发之后，如同岩浆找到了火山口一般喷涌而出。他的作品带有极强的原创性，这种原创性使得克苏鲁神话拥有更深的底蕴和更坚实、更广阔的舞台。

史密斯的精神状态与洛夫克拉夫特很像，他 4 岁时患上猩红热，由于身体的原因，在校园中饱受欺凌，最终没有完成高中的学业。不过史密斯热爱书籍，他喜欢阅读各种百科全书、诗歌和小说。丰富的阅读造就了其深厚的文化功底。刚开始史密斯钟情于诗歌，但后来因为小说的稿费要比诗歌多，他将自己的诗歌剧情改编为一部部小说发表。在写作过程中，史密斯结识了洛夫克拉夫特，两人经常互通书信，互相激发灵感，史密斯也逐渐加入克苏鲁神话系列的写作圈。虽然对史密斯来说，克苏鲁神话内容只占他写作的一小部

分，但其影响力却不可忽视，以至于后来的克苏鲁书迷将史密斯放在与洛夫克拉夫特、德雷斯同等的地位，并称为“克苏鲁神话三圣”。

史密斯笔下的克苏鲁世界，是一个魔法与邪神祭祀横行的世界。史密斯最突出的贡献是补充了史前文明，这个文明被称为“希柏里尔文明”，坐落在一片没有被现代文明记录在案的大陆上。他以这片大陆作为背景，讲述了大魔法师伊波恩以及旧日支配者蟾之神撒托古亚的故事，这让无数克苏鲁神话的读者着迷。除了希柏里尔大陆，史密斯创作的中世纪法国的亚威隆尼、亚特兰蒂斯大陆残存的波塞冬尼斯、银河彼方的行星锡卡弗，以及人类最后的大陆佐希克，都是史密斯克苏鲁小说中的重要背景。

史密斯在克苏鲁世界中开拓的版图以及对于邪神的设定，几乎影响了接下来所有这类小说的写作，其影响力一点也不亚于洛夫克拉夫特这个开创者。史密斯的作品中，人类的愚蠢和渺小被体现得淋漓尽致，读者总能在他的小说里感受到绝望的气氛。

克苏鲁在后来的演变

继洛夫克拉夫特之后，德雷斯、史密斯为克苏鲁神话做出了不可磨灭的贡献，但克苏鲁神话仍未被整合成一个有逻

والتي يمكن أن تستلقي الأبدية
عربية قد يموت حتى الموت

辑、有清晰时间线、有前因后果的史诗级文学系列。不过，继任者林·卡特在他们的基础上完成了克苏鲁神话的系统性编撰，使克苏鲁神话在后期商业化和对大众推广这些方面变得顺畅。

林·卡特是美国小说家、评论家和编辑，也是克苏鲁神话的第三代掌教人、当代奇幻文学界的顶梁柱之一。他出生在佛罗里达州的圣彼得堡，从小就狂热地喜爱科幻小说和奇幻小说，因此很早就接触了洛夫克拉夫特的克苏鲁神话系列，并痴迷于整理这个故事体系里众神与人物的各种逻辑关系。

林·卡特一生都在不遗余力地推广洛夫克拉夫特、德雷斯和史密斯等人的作品，并自己动笔将他们残存的作品扩充、改编然后发表。此外，克苏鲁神话中的角色也被他用一条时间线完整地勾连了起来，这种聪明的做法使得整个克苏鲁神话有了前后的因果逻辑。在架构这种整体性时间线时，林·卡特将一些新的设定纳入了克苏鲁神话里，这些设定的影响力极大，直到现如今依旧影响着整个克苏鲁神话体系，例如克苏鲁是加塔诺托亚、伊索格达的父亲的设定。同时，林·卡特还通过阿卡姆之屋出版社出版了大量的设定集类作品，例如《克苏鲁神话中的众神》和《克苏鲁神话中的魔法书》，这些作品都以条目的形式完善了克苏鲁神话中的各种设定。它们的出现，降低了克苏鲁神话入门的门槛。

后来，丹尼尔·哈姆斯在《克苏鲁神话中的众神》和《克苏鲁神话中的魔法书》的基础上，编写了《克苏鲁百科全书》。这本《克苏鲁百科全书》在1981年被混沌元素出版社（混沌社）改编成了一款桌面角色扮演游戏《克苏鲁的呼唤》。这款克苏鲁主题的桌面游戏把《克苏鲁百科全书》里面的词条以及设定融入了游戏之中，并优化了这些词条，将那些“蕃神”分为外神、古神以及旧日支配者这些不同的种类。这里要说明的是，“外神”——对那些古老神祇的称呼，这个词可能就是诞生于此游戏中。

这款克苏鲁桌面游戏及其规则说明书，对整个克苏鲁神话发展的影响是不可磨灭的，甚至具有打破原先的克苏鲁神话，重新塑造的作用。例如我们在本书中所说的，“盲目痴愚之神阿撒托斯，因为沉睡而创造了世界，预言中说阿撒托斯醒来之时，便是世界毁灭之日”“众生因为阿撒托斯的沉睡而开始诞生”“为阿撒托斯的梦境，添加诸多奇异的光彩”，这些言论都来自该游戏的规则书。在洛夫克拉夫特等“克苏鲁三圣”生活的时代，“一切都诞生于阿撒托斯的梦境”这一说法并没有被明确地提出来。虽然这种说法并不忠实于原著，但是它却深刻地影响到了现如今我们看到的克苏鲁神话系列。

随着克苏鲁文化圈子的扩大，以及克苏鲁神话的商业化，关于克苏鲁神话的作品开始井喷式出现。许多作家在作品中开始频繁地使用克苏鲁神话中的元素。一些电子游戏在制作时也开始使用克苏鲁神话中的一些情节。随着作品的不断增多，克苏鲁神话的内容也变得良莠不齐，鱼龙混杂。很多低俗无聊的小说以克系小说的名义充斥在书单里。当然，相对地有一些高质量的作品也开始逐渐地在克苏鲁圈子里崭露头角。在国内，克苏鲁神话这一文化现象也逐渐地形成了本土化趋势。比如近几年大火的《道诡异仙》《诡秘之主》都有引入克苏鲁元素。克苏鲁神话体系在中国蓬勃发展，克苏鲁神话中的宇宙虚无主义，以及反传统神话、去意义化的思潮也越发地兴盛，但此时的克苏鲁神话依然存在着种种的问题，需要广大的作家群体去填补。克苏鲁神话中的问题，主要来自两个方面：一方面是人类的特殊性，另一方面是地球的特殊性。

关于人类、地球特殊性的解释

克苏鲁神话是一个具有天然矛盾性的故事体系。现代克苏鲁神话体系认为宇宙是没有意义的，一切都可能是阿撒托斯的一场梦，当阿撒托斯再次醒来时，一切都将归于虚无。人类文明更是一种低级的文明，在宇宙之中比人类高级的文明多如牛毛，甚至在地球上就有许多文明统治过地球上的大陆。但是，作为人类的作者和读者，是很难理解这个神

话的无意义性的。一些作者在创作时，经常有意无意地将克苏鲁神话当作一种冒险类神话题材来进行编撰，这就使得人类这一角色和地球这个场地在故事基础设定里虽然可有可无，但所有的事件都围绕着人类和地球在发生，那些被设定为高高在上、不可接触、不可名状的众神，也纷纷下场与人类进行接触和互动。这就造就了克苏鲁神话中的一个悖论：不可接触的众神被人类接触了。这种情况相当复杂和滑稽。

此外，按照克苏鲁神话中的设定，那些外神以及旧日支配者在远古时期是能够统治一个星球，甚至一个星系的可怕存在。按照这种设定来说，地球上容纳一个克苏鲁这样的旧日支配者已经是极限了。但是很明显，地球上有非常多的旧日支配者，甚至外神、古神，都在地球上活动。人类这个种族，作为克苏鲁神话之中最低级的种类，在肉体和科技上都没有任何突出的地方，却能够了解连旧日支配者都无法了解的秘密，这显然违背了人类文明最初的设定。

为了补足这两个设定的漏洞，解释众神为什么聚集到地球这个地方，以及人类有什么样的特殊性，本书不得不对各种神明加以限制和说明，进而将克苏鲁神话中人类的特殊性描述出来。这样做可以将整个故事整合成一条完整清晰的、有逻辑的主线。

本书是按照这样的逻辑展现的：阿撒托斯陷入沉睡，世界因阿撒托斯的睡梦而出现，在睡梦之中各种各样的神诞生出来，这些神如同人类的梦境一样，混乱而无序，有着繁杂的信息。然后以梦境为主题，众神为了服务这场梦境尽了自己最大的努力，那些强大的外神，围绕着阿撒托斯拍打混乱的节拍，吹响令人作呕的长笛。而在本源之中诞生出来的三柱神，则为这场梦境提供光怪陆离的素材。时间与空间、生命与族群交织起来，便成了一出又一出的戏剧。而这一切戏剧的导演者，将会把这些素材编织成一个又一个的梦，提供给主宰阿撒托斯。

当这个梦境做到最为收束的地方时，阿撒托斯将以一种未知的形式亲自现身在梦中。就像我们做梦之时会以不同的形态、不同的视角融入自己的梦中一样。而这个阿撒托斯将现身的地方就是银河系。于是，三柱神封锁了银河系，并削弱银河系中的旧日支配者。古神入场，这场戏剧变得更加纷繁复杂。

随着克苏鲁来到地球，地球变成了最主要的舞台之一。三柱神的目光也开始投向这颗蔚蓝色的小行星。而地球上的所有生物恰好都是由外神乌波·萨斯拉的基因所演化出来的，即人类的特殊性源于外神的基因。这也使得克苏鲁神话中的人类能够承载那些古老而混乱的知识。而地球与人类终将是阿撒托斯梦境中的一块背景板，一切事物存在的意义并不明了，只不过是一场混乱梦境的片段而已。

银河系、地球以及人类的特殊性，只不过是因为众神想要在此处演绎一场戏剧，最终这场戏剧将会演变成什么样子？人类的命运，将会走向何方？克苏鲁神话，最终的结局是什么？没有人会知道，也没有人能够给出最终的答案。也许在这场戏剧的最高潮处，万物的主宰盲目痴愚之神阿撒托斯会苏醒，他的醒来将会使这场梦境终结，宇宙的一切都将成为黑夜中的一场梦，而外神、古神、旧日支配者、外星文明、人类文明，以及地球这个舞台，不过是一场庞杂遥远亘古梦境中的一小部分而已。

本书中的外神、旧日支配者以及古神

在克苏鲁神话中最绕不开的，乃是各式各样的邪神，这些邪神的称呼众多且混乱，众神则不可名状、不可直视。对于已经入门的读者来说，克苏鲁世界的不可名状本身就是其魅力所在，但对于未入门、想要入门的读者来说，这种不可名状的混乱增加了阅读难度，使他们感到困惑。

关于外神、旧日支配者以及古神这些称呼，其实是多年以来作者们、读者们以及文化游戏公司互相影响的产物。

最早出现的名词是“旧日支配者”，这个称呼的含义非常模糊，在洛夫克拉夫特最著名的《克苏鲁的呼唤》一文中曾经使用过这个词，是神的统称，在后来的作品中，旧日支配者多指“古老的存在”。由于德雷斯在神话中引入善恶二元对立的设定，造成旧日支配者与古神的对立，比如神话中称古神将克苏鲁、哈斯塔一类的旧日支配者打败并加以封印。自此，克苏鲁神话中有了两股对抗力量。再到后来游戏公司开始以克苏鲁世界为背景创造游戏，在游戏规则书中创造出“外神”一词来区分古老的神和旧日支配者。至此，旧日支配者、古神和外神这些称呼克苏鲁世界诸神的词语全部出现。

之后经过拉姆齐·坎贝尔、林·卡特，以及后来大大小小的作者和游戏迷们不断地区分和填补设定，才使得这三个种类的神得以完全区分。例如游戏公司混沌社整合出来的外神有盲目痴愚之神阿撒托斯、万物归一者犹格·索托斯以及森之黑山羊莎布·尼古拉丝等。因为游戏公司在规则书中清楚地说明、大力地推广和受众的普遍接受，外神、旧日支配者以及古神的等级才逐渐地被确定下来。虽然一些书迷们依旧反对这种将邪神们分级的方式，但这套系统的确稳固了克苏鲁神系，让读者能够更加轻松地进入克苏鲁神话世界。

先前我们所说的“克苏鲁神话三圣”已经驾鹤西去，我们既无法招其灵魂探讨，也无法再树立如同他们一样的权威。再加上克苏鲁神话这个体系创造时间短，没有经过长时间的沉淀和筛选，各个作者创造邪神时的思路不同，导致了

这些邪神的位阶时高时低。例如盲目痴愚之神阿撒托斯，在一些说法中，他是创造一切的起源，而在一些作者的文本里，他只是被古神封印智慧，从而变得呆傻痴愚的邪神而已。虽然在洛夫克拉夫特的众多信件中提到过一张克苏鲁神系的族谱，但其可信程度依旧被资深读者质疑。茅盾先生曾经在研究中国神话的过程中，感叹中国神话没有形成一个以一神为主体，通过血脉所构建的神系。由此可见，如果想要创造一个神系的话，那么就需要以一神为主导，辐射多个神才可以。但很遗憾，克苏鲁神话至今仍是一个松散的结构组织，虽背景设定丰富，但却没有人能一锤定音地将整个神系确定下来。再难的工作也要有人尝试去做，于是本人着手编辑了克苏鲁神话的神明谱系。首先要说明的是，我并没有资格这样去做，只是出于个人爱好，就如同一个小孩喜欢将杂乱和有共性的东西组合在一起而已。

按照洛夫克拉夫特信件中提到的神明谱系，以及众邪神与人类微妙的关系，我梳理并推测了克苏鲁世界的神明谱系，首先产生的是外神盲目痴愚之神阿撒托斯。然后阿撒托斯生出了克苏鲁神话的三柱神，即由盲目痴愚之神阿撒托斯身体里直接诞生出混乱信使奈亚拉托提普，由无名之雾与黑暗中诞生出万物归一者犹格·索托斯和森之黑山羊莎布·尼古拉丝。宇宙创世时原生的众神被设定为外神。接着由外神衍生出的，就是旧日支配者了，这里面最为出名的便是伟大的克苏鲁以及蟾之神撒托古亚。而古神，则是与旧日支配者敌对的阵营。

本书对克苏鲁神话的二次创作

前面我们说过，克苏鲁神话诞生的时间太短，而商业化的速度在近几年又太快，所以导致克苏鲁神话系统整体看起来非常繁杂且混乱。刚进入这一领域的读者是无法通过阅读的快感来快速地了解克苏鲁神话整个体系的。现如今探究克苏鲁神话的群体，大部分是通过三种途径来了解的。

第一种是通过阅读原著，或者是原著衍生的其他小说系列来进行了解。其中大部分的作品都来自洛夫克拉夫特、德雷斯、史密斯这些克苏鲁神话早期作者。随着时间的推移，一些读者又成为作者，这些成为作者的读者，又开始利用克苏鲁神话中的规则和设定来进行自己小说的写作。例如美国著名作者史蒂芬·金的恐怖小说系列，以及日本作者伊藤润二的恐怖漫画系列，都有明显的借鉴克苏鲁神话元素的内容。

第二种是通过商业化产品认识克苏鲁的，例如电子游戏、电影以及桌游。电子游戏，例如宫崎英高的《血源诅咒》系列，就利用克苏鲁神话中众多的元素，打造了一个诡谲奇幻且充满绝望的世界。在电影领域，克苏鲁神话原著小

说改编的电影也逐渐成了电影界一个单独的体系和文化符号。桌面角色扮演游戏，如之前所说的混沌社制作的克苏鲁跑团游戏，这种将小说改编成游戏规则，并进行商业化的尝试，非常地成功，在美国等地逐渐地形成了文化圈子，这些文化圈子对于克苏鲁神话的推广，起到了关键性的作用。

第三种是通过科普视频了解的。当代，随着互联网科技的发展，电脑、手机等移动终端的普及，视频工作者开始把大量有关克苏鲁的内容做成各式各样的科普视频，发布到网络上。一些读者通过这些视频了解了克苏鲁神话系列，并因为这些视频去阅读原著，或者是参与到各种游戏里。

我就是通过这第三种方式，制作了一系列二次创作或科普克苏鲁神话的视频，来推广克苏鲁文化的。本书也是经过我二次创作的一个作品，书里的内容是根据克苏鲁神话系列的设定，通过自己的逻辑推演出来的一个故事系列，不能被算作权威的克苏鲁神话的主流内容。其实这也是无奈之举，因为克苏鲁神话并不存在一个完全权威的体系。它不像希腊神话，或者是北欧神话那样有着前因后果、逻辑严明的主线，更像是一个松散的机体。

在写作本书过程中，把从创造世界到地球诞生，再到地球上诸神与人类的故事的时间线全都捋了一遍，填补了很多前因后果，但也扭曲了大量的原本设定，并且裁剪掉了许多互相矛盾，或对主线剧情没有推动性的设定。这使得这本

《克苏鲁编年史》必定要遭受克苏鲁神话的忠实拥趸和原教典主义的粉丝们的严厉批评。在这里我要向他们道歉，因为我的二次创作的确将那些不可名状的、不可诉说的混乱的本质，变成了有秩序、时间线和因果逻辑的故事。

请各位读者将这本《克苏鲁编年史》当作一个克苏鲁神话的二次创作作品，而不是一个对原著进行解读分析和反复诉说的作品。同时也感谢克苏鲁神话的同好们对于我的支持。虽然我在这面宏伟的画幅上添加了丑陋的一笔，但我也希望，添加的这一笔能够为这幅留有许多空白的壁画，增添一些色彩与线条。也许多年之后，我那一笔将不再明显，它将融入这幅巨画，成为其中一部分。

再次感谢大家对于我的支持和帮助，祝大家阅读的时候开心。

创世篇

盲目痴愚之神，宇宙的开端

最初，在比150亿年前更久远的过去，世间一片虚无。当然，那时没有“实有”，因此连“虚无”的概念也没有产生。某个瞬间，一个实实在在的身影突然出现，无人知晓他此前是怎样的存在，也无人知晓他究竟如何出现。

他实实在在地出现了，这就是至高的主神，盲目痴愚之神阿撒托斯。盲目痴愚之神阿撒托斯出现的瞬间，“实有”这个概念便诞生了。紧接着，“实有”以外的全部，就都被定义成了“虚无”。宇宙的虚实变化，成了世界诞生的源头。

后来的众神认为，主宰阿撒托斯之所以出现，是因为他陷入了深沉的梦境，宇宙诞生于盲目痴愚之神陷入沉睡的那一刻。宇宙中的一切，都不过是这位尊神无序且混乱的梦境所投射出来的幻影。

当阿撒托斯陷入恒定的沉睡之中，他的“存在”成了这个宇宙的“第一推动力”，不断为这个空旷寂静的宇宙添加毫无意义的信息。随着信息的积累，宇宙间的一切慢慢被创造出来。创世的过程似乎就这样莫名其妙地开始了。没有任何存在知道这种状态持续了多久。

盲目痴愚之神辐射出来的信息累积到一个临界点，在阿撒托斯这个“实有”的存在之外，又有许多“实有”的神明出现了。这些最初的神明，后来被称为“外神”。

这些外神，有的强大，有的弱小，有的以纯物质的实体存在，也有的以纯精神或纯能量的形态存在。因为突然之间诞生，所有外神都不知道自身存在的意义，他们开始在空旷的宇宙中不停寻找，希望找到自身突然出现的原因，找到自己存在的意义。他们找了许久，直到在宇宙的中心找到了伟大的主宰，盲目痴愚之神阿撒托斯。没有外神知道万物的本源主宰、盲目痴愚的阿撒托斯到底是怎样的存在。众神只能够依靠自己强大无比的身躯与精神去慢慢地摸索，如同盲人摸象一般，探知阿撒托斯沉睡时的一星半点真容。

众神渴望了解这位伟大的主宰，在时间与空间尚未形成的宇宙中，他们不断探索。随着探索的深入，这些外神们惊恐地发现，他们对主宰仍旧几乎一无所知，他们只知道，这位主宰一直在沉睡。

伟大的主宰一直没有回应外神们的任何祈祷，也从未回应他们任何疯狂和盲目的行为，阿撒托斯只是静静地沉睡，他身边的一切都在自然而然地运转。那种运转并非来自主宰阿撒托斯的意志，而仅仅是因为阿撒托斯存在。

无序的乐章

若阿撒托斯醒来呢？

在这宇宙的最初时刻，这种恐惧想法被第一个智慧的外神生出后，迅速蔓延到整个宇宙的外神心中。他们惧怕主宰阿撒托斯的醒来。正是因为阿撒托斯的沉睡，这些外神才得以存在，他们无法想象阿撒托斯醒来时的场景。恐惧在众神心中涤荡，所有的外神都因为对主宰阿撒托斯的恐惧而尖叫，那疯狂的尖叫声如同无人指挥的大乐章，不断交替，在空旷无序的宇宙之中回荡。那些弱小的外神在尖叫中发觉自己无法停止，开始大批死亡，他们的尸体形成了巨大的能量场。

这可怕而尖锐的乐章持续了无数个世代，直到大部分外神死亡，只有那些无比强大、无比可怕、无比智慧、无比混乱又无比伟大的外神存活了下来。这些存活下来的外神依靠强大的力量和精神力停止了疯狂的尖叫。刹那间，宇宙寂静了下来，一切都在寂静中静止了。

此刻，几乎所有的外神都陷入绝望，他们无法理解宇宙主宰的意志，也无法明白自身存在的原因，不知道自己会在何时因何故而无端湮灭。寂静之中，外神们希望通过抹杀自己来结束这一切，但他们很快发现，自己的身体太过强大，根本无法破坏，更不要说毁灭。即便是互相攻击，也无法抹杀对方。这群强大的外神连死亡都无法做到。

就在外神们陷入更深一层的绝望时，令人恐惧的景象再次出现了。那从未因任何情况而有所反应的阿撒托斯开始蠕动。这位黑暗中的主宰像是因梦境淡泊无趣，而要睁开眼睛一样。整个宇宙都因为主宰阿撒托斯要苏醒的意志而震荡，阿撒托斯的身上也开始不断涌现出像雾气一样的物质。

无名的黑雾在他的身躯之处翻滚着，黑色的光芒不断闪耀，混沌如同病毒一般侵蚀宇宙，黑暗逐渐蔓延开来，如同一个梦境即将走向碎裂与灭亡。

混沌的混乱中闪现出一个身影。他的身影飘忽不定，似乎介于存在与不存在之间。众神疑惑地看着这道自阿撒托斯身上诞生的身影，他们不明白从主宰的本体中诞生出的这个生灵为何而来。

终于，这个身影稳定下来，众神立刻在混沌中感知到了这位新神的名字，他是混沌的阿撒托斯苏醒前的信使——奈亚拉托提普（也称为“伏行的混沌”）。

奈亚拉托提普为众神带来了他们存在的意义，那就是制造无序、混乱的信息，让那些噪音充斥整个宇宙和环绕在主宰身旁。唯有这样，主宰阿撒托斯才能一直沉浸在深沉的睡梦中。

感知到这个信息，众神明白了这就是自身存在的意义。只见那些强大不灭的外神们，有的凭空制造出长笛一般的乐器，开始吹奏起无规律的音；有的则直接用触手或外骨骼敲击自己的肚皮和头颅，发出沉闷且无规则的鼓点。众神狂乱的音乐围绕在阿撒托斯那无形无状的身体周围，如同包裹着婴儿的羊水。舒适感使得阿撒托斯不再进一步苏醒。

随着外神们嘈杂的乐声不断传播，神奇的事情在宇宙中发生了。那些弱小外神的尸体，开始跟随着混乱的节拍与旋律震动，在震动中它们逐渐分解、异化，变成了各种各样的星体。有着纯粹能量属性的外神变成了恒星，而那些有着绝对物质属性的变为行星，那些混沌的或拥有特殊体质的外神，则化身为大大小小的虫洞、黑洞或其他宇宙景象。宇宙因为外神们的音乐开始了永恒的运动。混乱的音乐形成的能量波动涤荡开来，变为宇宙中的能量辐射，万物都在这种辐射中不断地做着无规律的运动。

第一个世代

宇宙中，所有的事物都在不停地运动。而在主宰阿撒托斯蠕动时，自他体内涌现的无名之雾与黑暗，也因为宇宙的逐渐完善，孕育出两位强大的神祇。这二位神祇自诞生之时就掌控着宇宙最本源的规律。

自无名之雾中诞生的，是“万物归一者”犹格·索托斯，他如同闪烁不定的光球，以光的速度行动、思考。万物归一者犹格·索托斯诞生时，时间与空间中所有的光都开始凝聚，如同被梳理整齐的发丝，变得有规律可循，他成为这些空间与时间规律的源头。他知晓过去与未来，知晓一切事情的起因与结果。他是宇宙秩序和规则的奠定者，因为有了他，我们的宇宙才有了“一”，有了一切的起因，物理和数学等学科才有了立论的根基。

而由黑暗中诞生的，则是“森之黑山羊”莎布·尼古拉丝（也称“大母神”），她是宇宙生命规则的奠定者，是生育和生命的创造者，是基因的掌控者。森之黑山羊莎布·尼古拉丝将生命的法则播撒于那些死去外神形成的星体上，一切生命才开始孕育。她引导所有生命，由最初的简单形态，开始复杂的进化之路。

大母神莎布·尼古拉丝的生育法则也影响到了那些不可名状的外神们，这些强横的外神产生了生育子嗣的欲望。于是，新一代的神祇诞生了。这些新生代神祇成为远古的旧日支配者，他们有着各自的规律，有着各自的智慧与混乱，他们在空旷宇宙中占据广袤的星际，长久地统治那些星系。

在创世的过程中，万物归一者犹格·索托斯的规则束缚着强大的旧日支配者，让这群可怕的怪物无法随意穿梭空间、跳转时间。森之黑山羊莎布·尼古拉丝的生育法则和基因法则既促使这些旧日支配者产生出创造新生命的欲望，同时又约束着旧日支配者，让他们不能毫无限制地进化、生育子嗣。

就这样，第一个世代开始了。

“大闹钟”格赫罗斯危机

当一切时间有了规律，一切空间都稳固下来，万物生灵的生命法则在大母神莎布·尼古拉丝的控制下走向繁茂。外神们一如既往地聚集在宇宙的中心，在盲目痴愚之神阿撒托斯的神殿中疯狂地演奏。

然而，有一位特殊的外神并不在阿撒托斯的神殿里，他没有与其他外神一同陷入迷离的狂乱之中，而是突破时间、空间、生育、基因的限制，在宇宙中无规则地散播着文明与混乱，这位神祇就是混乱信使奈亚拉托提普。

信使丝毫不在意盲目痴愚之神是否苏醒。没有任何神能够知道这位信使在意什么。但随着时间的流逝，其他外神和旧日支配者逐渐发现，奈亚拉托提普有着无数的化身与形态，只要奈亚拉托提普出现在一个星系，这个星系之中就会有文明兴起。而当文明发展到一定程度，奈亚拉托提普的化身又会制造混乱，毁灭文明。

旧日支配者受到奈亚拉托提普化身的蛊惑，开启了一场又一场毫无意义的战争。仿佛奈亚拉托提普存在的意义就是在宇宙中掀起事端。不过，这种给宇宙添加混乱的做法的确有些效果，一场又一场的荒诞戏剧使得万物的主宰、盲目痴愚的阿撒托斯一直陷在最深沉的睡眠之中，仿佛这位沉睡的强大神祇非常满意宇宙中这场混乱的梦境。

随着时间的推移，几十亿年的时光让宇宙中的一切戏剧变得寡淡，宇宙中的混乱与疯狂竟然也变得无聊起来。当梦境不再精彩，沉睡中的阿撒托斯竟然产生了苏醒的念头。

外神无法阻止这个念头的产生，随之，在那混乱又令人作呕的伟大乐章之中，竟然出现了和谐的音律。外表如同行星却有着锈红色大眼睛、自身被动散发出独特声响与韵律的审判之星格赫罗斯，突然之间就出现了。格赫罗斯身上独特的韵律竟然引导着混乱无序、令人作呕的乐章，走向秩序与规则。

混乱逐渐走向有序，仿佛一个人的梦境逐渐不再跳跃、荒诞，而一旦梦境变得寡淡，主宰的苏醒就成为必然。格赫罗斯就像一个大闹钟，催促主宰自深沉的梦境中走出。

当外神因为这突如其来的变故而惊慌失措时，万物归一者犹格·索托斯、森之黑山羊莎布·尼古拉丝以及混乱信使奈亚拉托提普同时出现了。三柱神用各自独特的能力锁定了能够改变宇宙中混乱属性的大闹钟格赫罗斯，尝试摧毁这个奇怪的家伙。然而，事情的发展并未如三柱神所愿。

格赫罗斯是在主宰阿撒托斯的欲望中突然诞生的，他不受因果律的束缚，也不受时间与空间的侵扰。因此，万物归一者无法在时间与空间的维度中抹消格赫罗斯。大母神莎布·尼古拉丝的基因与生育法则也无法通过生命本源杀死格赫罗斯。

宇宙本源的力量对这位新诞生的外神没有任何作用，在众神陷入沉默时，主宰的信使，狡诈的奈亚拉托提普发出指令——“将格赫罗斯赶出宇宙神殿”。紧接着，外神发出尖锐的声响，无数混乱的力量凝聚成无形的能量飓风，将巨大的、吟诵着“天体之音”的大闹钟远远地赶出了宇宙中心的神殿。

格赫罗斯盲目地在空旷的宇宙中徘徊，一旦他带着特殊的韵律出现，旧日支配者本身的混乱就会走向秩序，这些有序的规则为混乱的宇宙所排斥，会使旧日支配者痛苦万分。即使格赫罗斯什么都不做，只要他出现，星系中的旧日支配者就会立刻苏醒，毁坏所有挡路的星体，纷纷逃离大闹钟格赫罗斯的出现地，逃出有着格赫罗斯韵律的星系。

而那些被格赫罗斯的韵律侵袭的星系，无序的星体会获得规律，那些外神尸身化成的星体会自然而然地移动到“正确的位置”，让这片领域将不再适合外神和旧日支配者。

奈亚拉托提普一直密切关注格赫罗斯的动向，其化身千方百计地想要将格赫罗斯引向远离主宰阿撒托斯的地方，但格赫罗斯总能避开各种诱导，朝一个又一个他不该去的地方进发。格赫罗斯的出现打破了宇宙本身混乱无序的基本规

则，即便是奈亚拉托提普的化身也不敢太过靠近格赫罗斯，以免化身的混乱本质受到影响，脱离自己的掌控。

不过，也有一些强大的旧日支配者适应了格赫罗斯的规则力场，在这些有着“正确秩序”的星系中存活下来。这些神祇虽然不如保全了混乱本质的旧日支配者强大，却也不再像他们那样混乱无序。他们有了自己独特的规则，成了团结且和善的新神。这些有着新秩序的神祇们组成了不同于旧日支配者的新阵营。这些神，后来被称为古神。此时，古神的势力还太过弱小，统治整个宇宙的仍然是那些强大的旧日支配者。

格赫罗斯就像电脑病毒一般，永不停歇地在无序的宇宙中传播秩序。待盲目痴愚之神阿撒托斯沉睡的宇宙变得井然有序，便是阿撒托斯苏醒、宇宙走向灭亡的时刻。不过，那将是很久很久之后的事情了。

亵渎之双子

有着锈红色斑驳痕迹的大星体远离了神殿，大危机平息了。奈亚拉托提普看向此前许久没有露面的另外两位尊神，在虚空之中散发出诡异的精神波动。他精神波动中的信息被另外两个强大的本源之神接收到了，那是一个邪恶且新奇的提议。万物归一者和森之黑山羊并未做出回应，而是直接隐去身形，回归到空间本源和生命本源的规则之中。只留下混乱信使在原地伫立良久，似乎在思索着某些邪恶的计划，又似乎是在专心操控那些诡异的化身。

不知过了多久，奈亚拉托提普敏锐地感知到宇宙中发生了变化。那种变化很微妙，仿佛一抹飘忽的余韵在空旷的宇宙中回荡。

奈亚拉托提普的触手开始疯狂地抖动，每抖动一次，他的精神力量就会增强数倍，直到奈亚拉托提普在一处偏僻的宇宙空间中找到了那股余韵的来源。只见无数发光的球体和黝黑、黏稠的黑暗触手交织在一起，那是万物归一者犹格·索托斯与森之黑山羊莎布·尼古拉丝的一部分法则在交融。空间与时间之主在利用生命与基因的法则，创造一种不同于其他宇宙生物的新生命。

见到这一幕，奈亚拉托提普开始疯狂尖笑，那桀桀笑声直接作用在所有智慧生物的精神世界里。附近的旧日支配者在感知到奈亚拉托提普尖笑的瞬间，精神世界就被这笑声摧毁了。奈亚拉托提普竟然仅仅依靠笑声就抹杀了附近所有的旧日支配者。

最终，时空的主宰犹格·索托斯与生命的主宰莎布·尼古拉丝完成了交融，留下了一团行星大小的物质。这些物质不断吞噬奈亚拉托提普送来的那些旧日支配者的尸体，不停扩大、进化。而混乱信使奈亚拉托提普则欣喜地看着这一幕。

原来，当初大闹钟格赫罗斯事件发生时，奈亚拉托提普便意识到，这是宇宙中混乱信息不足导致的。为了让伟大的主宰阿撒托斯继续安稳地沉睡，奈亚拉托提普向万物归一者犹格·索托斯和森之黑山羊莎布·尼古拉丝提议，让他们结合并诞下子嗣，为接下来的宇宙戏剧做铺垫。当时，这两位尊神并未表态，奈亚拉托提普只得默默等待，未曾想到这两位尊神突然之间便结合并留下了这样一个巨大的结合物。

奈亚拉托提普看着结合物不断壮大，让他没想到的是，时空主宰与生命主宰的本源力量过于强大，再加上大量送到嘴边的旧日支配者的尸体提供了物质能量，这本来只能孕育一个生命的结合物，竟然分裂开来，孕育了一对双生子。

一分为二后，孕育中的双生子相互排斥，他们想吞噬对方成为唯一的存在，却又无法完全靠近对方。宇宙中竟然因此诞生了对立的法则，这种法则直接作用于时间、空间、生命与基因。

奈亚拉托提普看着这新生的，却能直接作用于本源时空与本源生命的稚嫩法则兴奋不已。在未来的无数岁月里，这位戏剧大师将利用这种对立法则，在这片宇宙中不断掀起祸端，导演一场又一场混乱的戏剧。不过，距离他们诞生还有漫长的时间，奈亚拉托提普还需要细心地呵护这对孕育中的双子。就这样，奈亚拉托提普成了亵渎之双子出世前的守护者。

默默守护的岁月并没有持续太久，奈亚拉托提普的化身突然察觉到大闹钟格赫罗斯的轨迹。那锈红色的大星体如同受到指引一般，竟然逐渐靠近亵渎之双子。一旦格赫罗斯来到这里，这片宇宙区域将不再适合旧日支配者生存，更不要说还处于孕育状态的双生子，这使得奈亚拉托提普头痛不已。

面对这个打也打不死，赶也赶不走，还经常能精准坏事儿的外神，奈亚拉托提普只好选择祸水东引。他的目标是一个强大无比的种族——崇拜万物主宰、盲目痴愚之神阿撒托斯的夏盖虫族。

无辜的夏盖虫族

伏行的混沌奈亚拉托提普，自生育法则诞生之初，就开始细心培养各种文明。

百亿年中，各种生物不断进化，一个又一个文明在宇宙中诞生、强大、鼎盛，然后走向衰落或突然灭亡。这些文明的兴起与衰落，为宇宙的各个角落填充了色彩，使整个宇宙焕发着特别的活力，那种活力所带来的混乱信息让盲目痴愚之神阿撒托斯安稳沉睡。

诸多文明昙花一现，但也有一些极为特殊的文明进化到

了极限，甚至探知到了一些关于宇宙本源的秘密。夏盖星的夏盖虫族便是其中之一。

夏盖虫族是一种近乎完美的生物。它们不受旧日支配者的干扰，因大母神莎布·尼古拉丝的生育法则而拥有无比强悍的繁衍能力，不需要交配，仅靠单体繁殖便可以繁衍数以千计的个体。

它们的身躯并不庞大，仅有鸽子般大小。夏盖虫族拥有三对口器，黑色发光的触须覆盖着十条腿，近似圆形的翅膀生着三角形的鳞片。虽然外貌如同昆虫，但夏盖虫族的大脑远比昆虫发达。它们的大脑由六个裂片组成，可以同时进行三向思考。这给了夏盖虫族超前的智慧。它们蠕动的触须可以散发精神力量，还可以以蜂巢的形式共享智慧。随着种族的不断繁殖和扩大，夏盖行星巨大的精神力量，竟然开始与宇宙本源的力量波动趋同。这使得这个族群可以不受限制地接触有关主宰阿撒托斯的知识。

接触到主宰的知识后，夏盖虫族确定了虫族文明存在的意义，那就是“崇拜万物的主宰阿撒托斯”。为了这个疯狂的信仰，夏盖虫族不断增强种族的精神力量，不断加深对主宰阿撒托斯的探索。

召唤主宰

这一切都在三柱神的默许下进行着，尤其是混乱信使奈亚拉托提普，他暗中推波助澜，推进夏盖虫族的兴盛，甚至允许这个种族接触禁忌的知识。

渐渐地，夏盖虫族的精神力量与种族力量达到顶峰，这个疯狂的种族竟然开始准备召唤盲目痴愚之神阿撒托斯的仪式。它们建立起巨大的金字塔，以此凝聚整个文明的能量，召唤主宰阿撒托斯。

奈亚拉托提普非常好奇，他想知道这个种族是否能够召唤出主宰阿撒托斯。他将自己的化身散播到这个巨大的虫族文明中，在关键的召唤环节帮助夏盖虫族解决问题。

为了探索宇宙的至高真理，这个高级文明竟不惜耗尽所有的能量。它们抛弃了整个种族的未来，只要能见到宇宙真正的样子，毁灭也不过是微不足道的代价。

夏盖虫族的疯狂并没有白费，再加上三柱神之一的混乱信使奈亚拉托提普暗中提供的一些关键性帮助，它们竟然真的引动了主宰阿撒托斯的一道精神投影，让其以化身的形式降临在夏盖星上。

这个化身由夏盖虫族献祭的精神力量与生命组成，整体如同一只巨大的贝壳，张开的缝隙中伸出圆柱状的伪足，各种触手在壳外蠕动。这个化身被夏盖虫族称为“撒达·赫格拉”。

阿撒托斯的化身出现时，整个夏盖虫族文明彻底陷入疯狂与盲目之中。撒达·赫格拉强大的精神力直接作用于整个星系，感染了所有的智慧生物，这使得夏盖虫族整个族群拥

有了由物质状态转化为精神状态的能力。精神力量得到巨大增长的夏盖虫族可以承载更多黑暗宇宙中不可描述的知识。

狂欢结束后，阿撒托斯的化身撒达·赫格拉隐去身形，夏盖虫族将这个形象塑造成雕像，供奉在金字塔形的古老神庙中日日朝拜。

阴谋的气息

成功召唤出撒达·赫格拉，夏盖虫族变得更加疯狂。它们打算倾全族之力，再次召唤万物主宰。这一次，它们想要召唤的是阿撒托斯的本体。

筹备工作经历了亿年的时光。混乱信使奈亚拉托提普潜伏在夏盖虫族中的化身也没闲着，他将召唤外神的咒语及仪式不动声色地传授给夏盖虫族。然而，他传授的并非召唤主宰阿撒托斯的仪式，而是召唤大闹钟格赫罗斯的。混乱信使奈亚拉托提普希望借夏盖虫族之力，以其整个文明的力量，将大闹钟格赫罗斯召唤到夏盖虫族所在的偏远星系，目的自然是避免大闹钟格赫罗斯对亵渎之双子造成影响。

最先发现这个可怕秘密的并非夏盖虫族，而是生活在夏盖星的格拉基。这是一个如同鼻涕虫般黏稠柔软的旧日支配者。格拉基拥有非凡的智慧和广博的知识，但在以力量著称的旧日支配者阵营中，他是极为弱小的一位。因此，他一直隐藏在夏盖虫族的星系之中，直到夏盖虫族召唤出了阿撒托斯的化身。

阿撒托斯那恐怖的精神力辐射了整个星系，这位弱小的旧日支配者也受到了影响。格拉基全身上下长出无数的绿色尖刺，这种尖刺扎到夏盖虫族身上，它们就会长出绿毛，并全心全意地侍奉这位旧日支配者。

意识到夏盖虫族想要再次召唤主宰，格拉基如同贪婪的秃鹫一般伺机而动，将那些被自己控制的虫族散布到整个夏盖星，试图窃取召唤主宰的仪式和咒语。收到绿毛虫族传送回来的消息，格拉基开始研究那段召唤咒语。在艰涩拗口的咒语中，格拉基发现了大闹钟格赫罗斯的名字。

这位狡猾且精明的旧日支配者立刻察觉到阴谋的气息。他派出所有侍奉自己的绿毛虫族，将夏盖虫族召唤主宰的信息全部收集起来。凭借强大的精神力量与超凡的智慧，格拉基终于明白，这段咒语、这个仪式，竟然是用来召唤大闹钟格赫罗斯的！

格拉基立刻感到大事不好。奈亚拉托提普传授的召唤仪式将关键信息隐藏在艰深拗口的咒语之中，已经陷入疯狂的夏盖虫族竟然认为“让群星到达正确的位置”是召唤主宰阿撒托斯本体的必要条件。

格赫罗斯降临

准备妥当的夏盖虫族，调动起整个文明所有的能量，即

将发动巨大的空间召唤仪式，大闹钟格赫罗斯就要降临了。旧日支配者格拉基立刻恐慌起来，要知道，大闹钟格赫罗斯在旧日支配者之间臭名昭著。感觉到格赫罗斯的靠近就立刻夹着尾巴四处逃窜，更是成了旧日支配者的共识。一旦夏盖虫族召唤来格赫罗斯，就会改变这片宇宙空间的秩序，夏盖虫族花费无数精力与时间才召唤出的主宰化身撒达·赫格拉，以及生活在这片星系的旧日支配者也会立刻暴走，毁灭整个空间。到时候，谁也无法脱身。

想到这里，格拉基立刻像流星一般冲破天际，迫不及待地极速逃去。那些受他精神力量控制的夏盖虫族，感受到主人的离去，也纷纷跟了上来。然而，格拉基逃亡的速度实在是太快了，以至于他苦心经营数个世代的绿毛虫族，根本无法跟上这位旧日支配者逃亡的步伐。

就在格拉基即将逃出夏盖星的时候，夏盖虫族发动了召唤外神的仪式。无数生命的献祭转化为庞大的精神能量，强大的能量场将空间撕开一道裂痕，形成了一个巨大的传送门。

夏盖虫族热切地期盼着主宰阿撒托斯本体的降临，即便不是主宰的本体，只是再降临一个主宰的化身也是巨大的成功。但是，这次出现的并非阿撒托斯的投影，更不是他的本体，而是一个巨大的、如同行星一般的猩红色球体。这个球体上有着一只巨大的眸子，其瞳孔中散发出强大的精神波动，使得所有夏盖虫族都低下头来不敢直视。

降临夏盖星之前，大闹钟格赫罗斯凭借感觉在宇宙中四处游荡。这种生活从未让格赫罗斯感到寂寞，他每到一处新的星系，那里的旧日支配者就会狂乱地扭动躯体，疯了似的挣扎、奔逃，为他献上扭曲的舞蹈，在绚丽中毁灭一切。每当见到这种场景，格赫罗斯总会感到愉悦与满足。

因夏盖虫族召唤外神仪式产生巨大能量波，本就漫无目的、四处飘荡的格赫罗斯被此吸引，饶有兴致地向波动传来的方向飘去。他非常喜欢这种游荡的感觉，就像是一个外出郊游的小姑娘，蹦蹦跳跳地去往森林之中郊游。当他好奇地左顾右盼时，他身边的空间开始扭曲变形，最终形成了一个巨大的传送门。传送门里传来的是强大的主宰阿撒托斯的气息，这让身为外神的格赫罗斯兴奋不已。

“难道是我离开太久，众神想念我了？他们这是要召唤我回到神殿吗？”这种想法让本就是一时兴起的格赫罗斯忘记了原本的目的地。他兴奋地穿越那个巨大的空间裂隙，出现在夏盖星的天空上。

在格赫罗斯抵达夏盖星的那一刻，整个夏盖虫族都感受到未知的宁静。那种宁静似乎冻结了时间与空间，令整个族群，甚至整个宇宙变得寂静无声。夏盖虫族凝聚的精神力量竟然也开始逐渐转变。狂暴的种族精神以及对混乱与疯狂的信仰，顿时变得不再坚定。虫族们甚至开始质疑崇拜主宰阿撒托斯的意义。

在虫族陷入沉思之际，巨大的轰鸣声、强大的精神力量充斥在夏盖星，主宰阿撒托斯的化身撒达·赫格拉开始暴走，其他的旧日支配者也从沉睡和幻梦之中清醒过来。

诞生于盲目痴愚之神阿撒托斯苏醒念头之中的审判之星格赫罗斯，始终被动散播着特殊的音律。这种音律相当于宇宙中的一种辐射，在整个星系中传播，产生的振荡会影响空间与引力，使得群星随着振荡移动位置。再高级的文明也无法探测到这种辐射，唯有外神和旧日支配者能够切实地听到格赫罗斯身上散发出的魔音。那种振荡的频率与黑暗宇宙中的一切格格不入，却又是那么深入骨髓，让每一个旧日支配者都感到万分不适。

转瞬之间，群星到达了正确的位置，“天体之音”仿佛一双看不见的手，不断改变着这个星系中所有的旧日支配者的肉体、灵魂以及规则，让他们产生了一种“我不是我”的错觉。精神和肉体里都回响着咒语般的音律，如同骨髓深处散发出的瘙痒，让旧日支配者陷入疯狂。

音律直接作用于旧日支配者的混乱法则。弱小的旧日支配者直接原地抽搐，如同一个人瞬间被抽离了所有的骨头。抽搐激起的能量波动，无差别地毁灭周边所有的物质和精神力量，接连毁灭了数个行星。

强大的旧日支配者中，那些拥有物质实体的当即抛却自己大部分的肉身，凝聚成更加致密的存在，如同闪电般逃向深邃的星空。那些由精神或力量凝聚而成的旧日支配者则没有这么幸运。他们没有逃跑的机会，直接原地爆炸，巨大的冲击波又摧毁了无数行星，湮灭了所有智慧生物的精神力量。

夏盖星所在的星系，就这样迎来了毁灭。

回荡的“天体之音”

剧烈的爆炸在星系中无声地蔓延，携带着毁灭性力量的冲击波向四方涌动。此刻，这一切的始作俑者，那位散播秩序的强大外神格赫罗斯正欣慰地看着这份末日景象。绚丽烟火般的灭世灾难稍稍缓解了格赫罗斯因为没有见到主宰而产生的失落感。欣赏了夏盖星毁灭的华丽景象，格赫罗斯再次踏上了永无止境的旅程。

如今的夏盖星系遍布残骸，进化到高级文明、基因近乎完美的夏盖虫族，几乎全部死亡。唯有那些克服恐惧，跟随撒达·赫格拉一起穿越时空之门，进入宇宙中心神殿的一小部分夏盖虫族存活了下来。这群虫族孤儿们开始在宇宙中漫无目的地漂泊。

这一小群夏盖虫族在经历了近乎灭族的灾难后，分为两个派别。一个派别放弃了原先的信仰，它们不再追求主宰的身影与宇宙的真理，而是主张尽情地享受生命，放纵狂欢，在欢愉的至高点死去。另一个派别依然坚信召唤阿撒托斯是

它们存在的唯一意义，它们在宇宙中寻觅新的星系，准备再次使用召唤术。

自夏盖星覆灭的灾难中活下来的，还有智慧非常的旧日支配者格拉基。他在夺路而逃时耗费了本体大部分的力量，被迫在空旷的宇宙中陷入沉睡。也因为这次的事件，格拉基也成了宇宙中少数几个知晓如何召唤格赫罗斯的存在。

克苏鲁之父

寂静的宇宙角落，奈亚拉托提普正感受着格赫罗斯远去的气息。这位混乱信使作为导演在操控着一切，他那无数的化身在格赫罗斯降临前，就狡诈地撤离了夏盖星所在的星系，以免被大闹钟格赫罗斯的音律影响到混乱的本质。

成功将格赫罗斯引走的奈亚拉托提普松了口气。紧接着，他的目光投向了宇宙虚空中正在不断分化、即将诞生的亵渎之双子。猛然间，奈亚拉托提普像是察觉到了什么，突然发出了尖锐的狂啸，充满精神能量的音波如同海浪一般，不断拍打着孕育亵渎之双子的星系。音波所过之处，无数黏稠、肮脏、蠕动的绿色黏液被打散，并被驱逐出这片星系空间。

随着无数绿色的黏稠液体被驱赶，一道低沉的吼声自星系外传来。吼声中所蕴含的精神波动完全不输于混乱信使的啸声，孕育中的双子听到这阵吼声，无法自制地一阵战栗，仿佛精神被某种物质腐蚀了一般。一股似乎腥臭得令人作呕的精神力量，回荡在整片星系之中。

奈亚拉托提普见此，以更为尖锐的声音回应那股力量。尖锐的啸音伴随着精神风暴穿透星系外围，将整个庞大的星系扭曲变形。可怕的力量直接作用在本源规则之中，保护住还在襁褓中的亵渎双子，让那些黏稠、肮脏、蠕动的物质不敢再进入这片星系。

亵渎之双子虽然尚未降世，但他们的法则力量却已经作用到整个宇宙，这惊扰到了一切扭曲畸形与污秽不洁之物的本源、邪魔之祖阿布霍斯的觊觎。这位古老的邪魔始祖蠢蠢欲动，打算侵占亵渎之双子的生命本源，将自己污浊的法则注入其中，以此污染世界的本原规则。然而，亵渎之双子由奈亚拉托提普的本体亲自守护，阿布霍斯根本不可能光明正大地接近。作为古老的外神之一，阿布霍斯并不惧怕三柱神，但为了顺利实现自己的目标，这位邪魔之祖还是选择趁奈亚拉托提普分神驱赶格赫罗斯之际，悄悄地将自己黏稠腥臭的躯体分散开来，一点一点地接近亵渎之双子。可惜功亏一篑，奈亚拉托提普在最后关头有所察觉，将他赶出了这片星系。

阿布霍斯并未远去，只是潜伏在星系边缘，伺机而动。奈亚拉托提普看着星系外徘徊不定的那团肮脏污浊的液体，

没有继续驱赶。他的目的很简单，就是让亵渎之双子平安降生。这个目的很快就要实现了。

对立的法则

亵渎之双子的两个巨大卵壳开始碎裂，其中显现出两个气息相互排斥的生物。

他们的形态还不稳定，正在不断地扭曲变化着，上一刻他们是纯能量形态的光明球体不断闪烁，下一刻又变为物质形态的肉块不断蠕动。

经历了千万年，亵渎之双子纳格与耶布终于还是以物质的形态稳定下来。他们的样貌如同大母神莎布·尼古拉丝直接创造的黑山羊幼崽，蠕动的触手与翻腾的肉块组成身躯，粗壮坚硬的腿和蹄子组成了下半部分。

纳格与耶布一降生，万事万物的对立属性更为明显。在此之前，旧日支配者有着各自的规则，并不会轻易产生对立情绪。然而，在亵渎之双子降生后，旧日支配者开始注意其他旧日支配者的规则，并对比各自的规则，区分强弱。

强者和弱者对立起来，强大的旧日支配者不再满足于掌控自己的规则与领地。他们开始互相试探、互相侵犯，强者吞噬弱者的躯体、能量、精神以及本源规则。宇宙中纷争四起，原本因格赫罗斯而逐渐安静的宇宙变得比以往更加混乱无序。

每当旧日支配者在空旷的宇宙中相遇，便会第一时间展开厮杀，企图吞噬对方。即便是同一本源所出的旧日支配者，也开始互相猜忌，最终双双毁灭。混乱的信息逐渐填满了整个空旷的宇宙。

混乱信使奈亚拉托提普看着一幕幕闹剧，满意地隐去了身形。

邪魔侵染

奈亚拉托提普离开后，亵渎之双子也因为相互排斥，开始分头在宇宙中游荡。

潜伏已久的邪魔之祖阿布霍斯趁此机会，用他那强大污浊的精神力量触碰了双子之一纳格的精神。纳格接触到这股邪恶的精神力量，瞬间就被其侵染，原本纯粹的精神变得黏腻和肮脏。万千不洁的念头在刚诞生不久的旧日支配者纳格的精神里扎根，疯狂和腐烂的法则由内而外地改变着他。纳格的法则开始变得更加堕落、疯狂，这种疯狂与不洁延展到整个宇宙，所有的低级智慧生物都因为不洁与邪恶的精神变得对立且疯狂。在弱小的生物文明中，这些法则变成了正义与邪恶的对立交织。而在旧日支配者那里，这些法则是一切争端与混乱的原动力。

阿布霍斯那如同沼泽般黏稠的绿色躯体上，冒着无数奇形怪状的尸体与巨大的泡泡。这位恐怖的邪魔之祖阿布霍斯

很想吞噬纳格，然而他不敢同时与三柱神为敌，只好贪婪地看着已经被邪恶不洁感染的纳格远去。

与此同时，由于亵渎之双子同源而生，耶布通过血脉的纽带略微感受到了那股邪恶的力量。原本极为污浊的恶臭，经过纳格的稀释后反而变得诱人起来，那种不净与肮脏激发了耶布的渴望。耶布愈发渴望找到邪魔之祖阿布霍斯，也渴望吞噬纳格，重归一体。纳格也有同样的想法。双子开始各自在热闹的宇宙中组织旧日支配者生育无数的可怕邪魔，制造邪恶的种族。不久的将来，一场以旧日支配者为主角的大战就要拉开序幕。万千邪魔的首领耶布将带领被玷污的血脉，搅动本就混乱无序的宇宙，为沉睡中的主宰阿撒托斯演绎一场精彩的戏剧。

第一代旧日支配者之战

旧日支配者纳格刚诞生时，就像是在一本杂乱无章的恐怖书籍中新添的一页纯白纸张。被邪魔之祖阿布霍斯不洁的法则侵蚀之后，这位血脉强大的旧日支配者接受了肮脏的使命。但耶布与纳格不同，没有完全陷入不洁的泥淖，而是在体悟过那种不净与肮脏后，于迷离之中开始崇拜阿布霍斯。耶布希望找到邪魔之祖，让不洁的本源侵蚀自己。

随之旧日支配者耶布开始在空旷的宇宙中寻找阿布霍斯

的身影，疯狂的寻找持续了数个纪元。每当邪魔之祖在某处现身，耶布就闻风而来。然而，耶布每次都无功而返，从未见到阿布霍斯的身影，留在原地的只有那些被邪魔之祖邪恶不堪的精神力量侵蚀的旧日支配者。

这些被不净和污秽感染、改造了的旧日支配者变得更具有侵略性，他们自身的规则也变得更加扭曲和混乱。未能如愿找到阿布霍斯的耶布退而求其次，将这些不洁的旧日支配者收在麾下。耶布周边逐渐聚集了一大批邪魔，身为亵渎之双子之一的耶布也被冠以新的称号，被称为“万众邪魔的首领”。

但是，耶布的目的终究只有一个，那就是找到外神阿布霍斯。然而，无论耶布尝试多少种方法，始终无法真正见到这位邪魔之祖。无处着力的感觉使耶布疯狂。这位邪魔首领带着诸多邪魔，开始疯狂地杀戮所有能够见到的高级生命，竭力在途经的每个星系建造肮脏污秽的巢穴，企图借此召唤或引来邪魔之祖。最后，这种疯狂彻底超出了旧日支配者所能承受的极限，不洁的旧日支配者开始互相残杀和吞噬，邪魔的首领耶布也陷入狂乱。对邪魔之祖的执着，使得耶布开始嫉妒自己的同胞兄弟纳格。也正是这种嫉妒，让这位邪魔首领找到了新的目标。

带领着一众邪魔，耶布开始在空旷的宇宙中寻找纳格的踪迹。耶布的想法很简单，既然无法找到邪魔之祖阿布霍

斯，那就直接吞噬曾经被邪魔之祖“祝福”的兄弟。只要吞噬掉纳格，获得他分走的那一半强大本源和基因，耶布就有资格进入阿撒托斯的神殿，在神殿里众多外神的身影中寻找邪魔之祖阿布霍斯。这个计划让疯狂的邪魔首领兴奋不已。

付出无数代价后，耶布终于找到了自己的兄弟纳格。两位阿撒托斯的直系后裔、三柱神共同创造的强大旧日支配者，开启了一场惨烈的厮杀。没有记载能够说明，到底是谁赢得了这场胜利。唯一可知的是，这场恐怖的厮杀几乎将战场周边的时间与空间撕得粉碎。那片混乱的空间里散落着无数的时空碎片，无数的邪魔与旧日支配者在一个个碎片中厮杀、死亡、重生，然后继续进入下一个时空碎片，永无止境。战后，那里成了旧日支配者在宇宙之中为数不多的禁区之一。

这场惨烈的第一代旧日支配者之战禁锢了无数旧日支配者与邪魔，唯独亵渎之双子离开了战场。他们是万物归一者犹格·索托斯与森之黑山羊莎布·尼古拉丝共同孕育的子嗣，他们不会死亡，三柱神不允许他们死亡。失去了追随者，耗费了大部分的力量，亵渎之双子依旧无法吞噬对方。空虚感开始侵蚀他们的精神，纳格与耶布意识到，他们即将因无力陷入沉睡。但三柱神同样不允许他们就此沉寂，大母神莎布·尼古拉丝的法则逼迫他们去生育子嗣、创造眷族，只有这样才会有新一代的旧日支配者主导接下来的混乱戏剧。

文明之光

亵渎之双子引发的旧日支配者大战产生了大量混乱信息，使得主宰阿撒托斯在梦境中酣睡。然而，战争结束日久，阿撒托斯对混乱的渴求更加苛刻。亵渎之双子带来的简单对立已经无法满足主宰的贪婪。奈亚拉托提普开始谋划更加无序的狂欢，而这需要新的旧日支配者加入。

宇宙早已经因为大母神莎布·尼古拉丝的生育法则变得生动多彩起来。各种生物在各自的行星建立族群，繁衍、兴盛、衰亡。这些因生命法则自行演化出来的生物大多弱小得可怜，虽然有个别种族拥有强大的基因和超凡的智慧，可以在宇宙中掀起混乱，如已经成为宇宙流民的夏盖虫族，但是绝大部分文明没有能力离开自己的星球，在宇宙中生存、探索。没有智慧的指引，弱小的生物文明根本连制造“混乱”的基础都无法达到，只能默默地在无序中逐渐消亡。

为了让这些弱小的文明也成长起来，参与到“混乱”的狂欢中，奈亚拉托提普亲自来到时光的尽头，寻找另一位三柱神，空间与时间的本源之神万物归一者犹格·索托斯。

寻找万物归一者犹格·索托斯并非易事，即便对奈亚拉托提普来说也是如此。犹格·索托斯掌控着时间与空间的本源，他存在于所有时空之中，时空中的一切都在他的注视之下。然而，为了稳定时间与空间法则，犹格·索托斯根本不会轻易现身。

奈亚拉托提普当然不敢引导格赫罗斯接近阿撒托斯，借此迫使犹格·索托斯再次现身。他只能在时空尽头无奈地等待。他能做的，就是一遍又一遍用精神力量重复自己的计划，等待犹格·索托斯的回应。

此时，隐匿在时空中的犹格·索托斯正无声地注视着奈亚拉托提普，评判着这次计划的可信度。毕竟，混乱信使奈亚拉托提普为了制造混乱无所不用其极，他趁机让时空错乱的可能也是存在的。

在时空的尽头，时间本身已经失去了意义。不知是过了几个纪元，抑或是刹那之间，奈亚拉托提普眼前出现了一个光团。光团因亵渎双子的对立法则分裂出两种力量，化为两位旧日支配者，这便是万物归一者犹格·索托斯的两个化身。一个是掌控银之匙的“太古永生者”塔维尔·亚特·乌姆尔，他的身影飘忽不定，披着微光的淡灰色织物，柔和且收敛。另一个化身则散发着绚丽夺目的光芒，正是以愤怒和狂乱著称的“未来与时间之主”亚弗戈蒙。两个化身一经出现，就被赶出了时空的尽头，放逐到宇宙空间之中，成为引导一切文明生物探究宇宙本质的原动力。

当万物归一者犹格·索托斯的这两尊化身在宇宙中稳定下来，他们本身的属性立即融入所有时空之中，一切有智慧的生物，都被理智和疯狂的皮鞭抽打着，不断探究未知宇宙的秘密，期盼得到太古永生者塔维尔·亚特·乌姆尔身上那把能够打开终极真理与智慧大门的银之匙。这种探索会激发文明的贪婪欲望，促使文明不断进化和发展，不断塑造高级文明。然后，奈亚拉托提普就可以轻松地将这些文明引入一场又一场的混乱游戏，成为宇宙混乱大乐章的一部分。

伟大的克苏鲁

亵渎之双子在宇宙中四处游走，寻找适合诞育子嗣的地方。万众邪魔的首领耶布率先在两处星系生下了两个有着他血脉的子嗣，其中之一是撒托古亚。生下之后他放任其自行生长。纳格要完成大母神赋予的使命则没有那么容易——他的体内贮存着外神阿布霍斯那强大污浊的邪恶力量。这些邪恶力量被纳格自身强大的法则本源不断梳理、压缩，经过漫长岁月后才最终形成了孕育两个强大生命的核心。

这两个生命核心相互排斥，以至于纳格在孕育他们的过程中痛苦无比。最终，疼痛难忍的纳格将这两个生命核心丢弃在一个星系，如同丢掉烫手山芋一般。随后，纳格就急匆匆离去，在未知的领域陷入沉睡。

物质与能量

被纳格丢弃的两个生命核心在同一个星系中悄然孕育着。两枚卵有着强大的磁场，它们逐渐开始吸收、争夺周围的物质与能量。然而，一个星系里的物质和能量根本无法同时满足两个生命核心的需求。星系中的物质与能量越来越少，两枚卵屡次尝试吞噬对方，奈何，双方同源而出，体内都混合着邪魔之祖阿布霍斯与旧日支配者纳格的力量。在力量对等的情况下，两个生命核心根本无法吞噬对方。

两枚卵唯一能做的就是加紧抢夺星系的资源——无论哪一方率先诞生，都可以立刻吞噬掉自己的同源兄弟。两个核心开始疯狂吸收星系里的力量，大部分的力量被吞噬了。两个卵壳建立在对立法则之上的差异也越来越明显，越来越极端。一枚卵开始只吸收物质能量，只见这枚卵周围所有的物质都被腥臭恶心的黏液布满。那种黏液与邪魔之祖阿布霍斯身上的绿色黏稠之物很像，凑近些看，那其实是一个又一个如癌细胞一样不断繁殖、再生的个体。这些个体繁殖到一定程度，就会变为一只又一只巨大的触手，不断吞噬行星、陨石，乃至炙热的恒星。行星一旦沾染到这些黏液，就会逐渐改变形态，如同胃里被腐蚀消化的食物一样，变为黏稠的液体，以此供养卵的生长。

另一枚卵并没有吞噬物质的能力，它的力量形成了狂乱的风暴。风暴不断蚕食星系中的规则与能量波动。一旦靠近这种能量风暴，即便是璀璨的恒星，也会立刻失去耀眼的光泽，仿佛本源的力量被抽干了一样。

两个核心的差异日渐显著，它们的对立更加极端，它们的周围竟然硬生生地被制造出某种不可名状的规则，这种规则建立在亵渎之双子的对立法则之上。晦暗的能量波动在宇宙间传播开来，如同附骨之疽般在基因法则和精神法则的领域蔓延，在本源上改变着其他旧日支配者的属性。部分弱小的旧日支配者甚至开始与这种规则共振。

感受到这种邪恶的力量，邪魔之祖阿布霍斯做出了热烈回应。回应如烈火浇油般，使这种属性的分化变得更加剧烈。空间和生命开始动荡，宇宙中的时空法则与生育法则竟然也发生了改变。各自忙碌的三柱神倏然警醒，他们同时降临在这个星系之外。这是自大闹钟格赫罗斯事件以后，三柱神第二次一起现身。

奈亚拉托提普凝视着两个弱小的卵壳，这位混乱信使怎么也想不明白，为什么两个二代旧日支配者能够引发这么大的动荡，竟然可以用自身的规则侵染世界的本源。在亵渎之双子的对立法则之上，宇宙的本源规则中又产生了两个对立的法则，一些弱小的旧日支配者受到这些法则的侵染，也开始划分类别，形成敌对的阵营。宇宙的混乱进一步升级，这

正是奈亚拉托提普乐于看到的。

万物归一者犹格·索托斯将自己的一些法则与能量注入了那个有着混乱精神风暴的卵壳。而大母神森之黑山羊莎布·尼古拉丝则将自身生命法则的部分碎片与能力，注入了另一个由触手和黏液组成的卵壳。这些能量和法则碎片足以让两个卵壳中的旧日支配者顺利诞生。不过，两枚卵的争斗并未因此停息，它们的冲突仿佛根植于规则本身。

降　世

不知又过了多少岁月，两个卵壳忽然散发出阵阵莫名的躁动。如今，这个星系已面目全非：一半以黄色的卵为核心，被黏稠腥臭的绿色触手所占据，另一半则以黑色的卵为核心，被狂暴的能量场撕得如同碎砂一样。

忽然之间，巨大的绿色触手裹挟着黏稠的液体翻涌起来，如同海浪般卷向散发着淡黄色光泽的卵壳。接触到卵壳的巨大触手瞬间变为黏稠的液体，海浪般的黏液不断凝聚，物质能量在每一次压缩之中不断凝实。最终，所有的绿色触手均化为液体，凝缩到行星大小，包裹住那个淡黄色的卵壳。

狂暴能量场中心的那个黑色卵壳似乎也受到了某种刺激，将飓风般的能量场不断压缩。整个星系的空间在这种压缩下变得扭曲、变形，这种压缩甚至可以无视肉体的法则，直接作用在所有力场与能量波动上。风暴逐渐凝实，空间被挤压出其核心区域，时间也开始崩坏。处于风暴核心的卵用自身的能量加速周身时间的流逝，似乎下定决心要比另一枚卵提前孵化。

两枚卵，一个由物质凝聚，一个由能量凝聚，都到了最关键的时刻。瞬间，原本躁动的星系陷入了死亡般的沉寂，虚空中，再没有任何能量波动和精神波动。然而，最深的法则里，强大的力量在碰撞，这种杂乱之声在盲目痴愚之神阿撒托斯那里仿佛是最动听的银铃声，使得主宰舒适得发出深沉的低吟。

奈亚拉托提普见此也发出桀桀的怪笑。他看向两个即将破壳而出的旧日支配者，眼中转过幽暗的光芒。

一阵碎裂之声响起，整个宇宙的规则都为之一震。无数绿色的巨大触手从淡黄色的卵壳中涌了出来，以接近光速的速度，如利剑般刺向黑色的卵。触手蕴含着强大的力量，周身也散发着巨大的能量波动，似乎下定决心要撕碎这个同源而出的兄弟。黑色的卵壳尚未破裂，若让其他旧日支配者看到，必会认为最终的胜利者是拥有绿色触手的这一个。但旁观的奈亚拉托提普不以为然，这位混乱信使一眼便看透了一切的本质。

果然，绿色的触手在即将触及黑色卵壳的那一刻发现，其周围空间与时间的规则早已改变。黄色风暴中心的黑色卵

与绿色黏液中的黄色卵其实是同时孵化，但黑色卵并未声张，而是利用时空的规则布置陷阱，将那黄色卵中诞生的绿色触手怪物禁锢在了这片空间之中。

此时，那团形状不定的绿色触手终于稳定下来，凝实出一个巨大的身影。他周身不断蠕动变形，背后的翅膀看似薄如蝉翼，却蕴含着能够在宇宙虚空中翱翔的力量。他的四肢上形成了铠甲般厚重坚实的肉块，他的头颅则如同在虚空中飘荡的绿色海洋，在海洋中，有着一对暗黄色的诡异眸子，蠕动的触手是轻柔的海浪。

Cthulhu → P.277

伟大的克苏鲁显现了最初的身影！

另一位自黑色卵中孵化的旧日支配者也显现了身影。他周身的黄色能量风暴逐渐凝实，最终化为丝缎般的袍子覆盖在身上。黄袍之下，是幽暗的、无法被探知的、不可描述的、似有若无的、不知虚实的强大存在。

Hastur → P.278

伟大的黄衣之王哈斯塔显现了最初的形态！

只见哈斯塔抖动黄衣，周围的空间开始压缩变形，如同利刃般冲向克苏鲁。克苏鲁毫不动摇，迎面而上，空间利刃打在他身上没有留下丝毫伤痕，他强大的肉体竟然不惧空间的撕裂。

当克苏鲁接近黄衣之王时，周身的时间开始如同锁链般捆束他的身躯。他那迸发着巨大力量的躯体，一会儿向前，一会儿闪现在后，似乎时间在他的身上不断重置一般。哈斯塔那强大、恶心的精神力量趁此席卷而来。这股精神力量干燥且锋利，直冲克苏鲁的精神核心。但是，克苏鲁那黏稠的精神力量也毫不示弱，通过扭动黏稠的液体不断吞噬对方攻击而来的精神力量。

时间轮转，克苏鲁无法近身攻击哈斯塔，哈斯塔也无法凭借时间、空间和精神力量远距离杀死克苏鲁，战斗陷入僵持状态。

来自奈亚拉托提普的信息

一声无精打采的叹息在克苏鲁和哈斯塔的精神世界响起——旁观许久，看得有些无聊的奈亚拉托提普现身了。伟大的克苏鲁与黄衣之王哈斯塔同时放弃对抗，当即向奈亚拉托提普发出了最强的攻击。

面对黄衣之王的时空攻击和克苏鲁的肉体攻击，混乱信使完全不采取任何防御，也不进行躲避。哈斯塔那犀利的空间风暴以及克苏鲁的肉体冲击都无法触及显现身形的奈亚拉托提普，仿佛这个外神所在之处皆为虚无。克苏鲁和哈斯塔的精神能够感受到奈亚拉托提普的存在，但就是无法触及奈亚拉托提普一丝一毫，无论是能量波动，还是物质实体。明明可以感受到他，却又无法分辨他是否存在，因为注视他的时候，存在与不存在的感觉同时出现。

这种感觉就像身上感到瘙痒，但挠遍了全身的皮肤，也

无法确定到底是哪里在瘙痒一样。此刻，这种感到既真实存在又不能触及的无力感困扰着克苏鲁和哈斯塔。但让这两位旧日支配者感触更深的乃是不可名状的恐惧，他们想要逃走，却又莫名地知道自己根本无法逃走。此时的他们，就像被关在玻璃罩内的跳蚤，任人观摩、注视，无从逃脱。明白自己只能任人鱼肉，克苏鲁和哈斯塔停了下来，无力感使他们连反抗的念头都无法生出。

奈亚拉托提普见他们不再挣扎，就用自己的精神力量向两兄弟传播了一个信息。信息无比简单，简单到在人类的语言中仅用两个字就可以概括——“混乱”。

但是，随信息而来的，还有一幅画面，那是整个宇宙的缩景，是宇宙的构架、来源，是万物存在的意义。

克苏鲁与哈斯塔顿时在虚空中抽搐起来。即便融合了万物归一者犹格·索托斯、大母神莎布·尼古拉丝以及邪魔之祖阿布霍斯的强大力量，克苏鲁和哈斯塔依旧无法承受宇宙的真相。这份真相已经被奈亚拉托提普刻意淡化，只显露出一部分，但那庞大的信息量对克苏鲁和哈斯塔来说仍是无比的摧残与折磨。在无限的宇宙中，他们忽然知晓，自身竟然如此渺小、脆弱，知晓自身的存亡仅在外神的一念之间，或许，仅是主宰的一场梦。

克苏鲁的身躯在抽搐、扭动，大量触手和肉块相互挤压，如同缩水般变得干枯、脆弱，不断从他身上剥离开来，如同一个人的手指和脚趾不断自身上脱落一般。痛苦的呻吟即便是在真空中，也以能量波动的形式传出了遥远的距离。

哈斯塔的情况更不容乐观。能量凝实而成的黄色华袍下，他那不可名状的身躯一会儿泛起红光，一会儿泛起蓝光——哈斯塔已经无法自如操控自身的能量，各种失控的能量冲破他的身体，发出了不同的光芒。能量的波动极不稳定，每次爆发都会使那件黄袍进一步破损。每次破损都意味着一个能量序列的彻底湮灭，这导致他根本无法恢复成原本的模样。

一阵阵时强时弱的能量波动与精神风暴席卷了克苏鲁与哈斯塔所在的星系。混乱信使奈亚拉托提普则在传递完宇宙的真相后，头也不回地离开了这片空间。奈亚拉托提普很明白知悉宇宙真相所带来的痛苦滋味，若克苏鲁与哈斯塔这两个二代旧日支配者承受不住这种真相，他们也就没有存在的必要了。相较于欣赏两个小家伙承受真相时的痛苦、挣扎，奈亚拉托提普更关心自己的事情——他的许多化身消失了。

接受了庞大的信息，知悉了宇宙的真相，空旷宇宙中的克苏鲁和哈斯塔深感自身的渺小与无力，寂静的宇宙仿佛隐藏着獠牙巨口，在难以遏制的恐惧中，他们陷入了痛苦的深渊。不知多久，当两位旧日支配者终于自痛苦中挣扎而出时，克苏鲁全身布满了断裂的触手以及残破的肌肉，而哈斯塔原本华丽的黄袍已经快遮掩不住他难以描述的身躯。

两位血脉强大的旧日支配者承受住了一部分宇宙真相的碎片，此时，他们的心中已无战意。克苏鲁与哈斯塔不约而同地离开了这片荒芜的星系，去往其他富饶的星系积蓄力量。他们依靠自身的规则，各自聚拢旧日支配者和眷族，组建自己的阵营。这些旧日支配者的本源规则分别服从于克苏鲁或哈斯塔的规则，纷纷依附于这两个血脉强大的神祇。经过漫长的休整和孕养，两个阵营分别集结了十几位旧日支配者，各自队伍逐渐壮大起来。

这种划分阵营、依附于某个首领的举动在这片宇宙中十分新奇，因为旧日支配者基本上从不合作。他们各自在空旷的宇宙中掠食、沉睡，自由无序地生活。就连亵渎之双子中被称为万众邪魔的首领的耶布，也不过是简单引导那些受阿布霍斯侵染后思想变得极度邪恶、暴虐的旧日支配者。在亵渎之双子大战时，双方阵营混乱无比，旧日支配者各自厮杀，甚至会将同一阵营的旧日支配者置于死地。而克苏鲁和哈斯塔麾下的旧日支配者，却服服帖帖地遵从其主人的命令。克苏鲁和哈斯塔带领着各自的阵营，分别在宇宙中游荡，扫荡各星系的能量。

居于火焰者

奈亚拉托提普有着无数的化身，他们分散在宇宙各处的文明之中。就在克苏鲁和哈斯塔诞生之际，奈亚拉托提普突然发现，很大一部分的化身竟然凭空消失无踪了。这让奈亚拉托提普非常郁闷。

他的每具化身都有着各自的行事风格与独立思想，但作为本体，奈亚拉托提普能够知晓每具化身的思想与行动。从古至今，这些化身虽然不如外神强大，但面对旧日支配者还是占据优势的。除了几具化身受到大闹钟格赫罗斯的影响，在获得秩序后脱离了本体的控制，其他的化身都正常地行走在各个星系，扶植生物文明，积极地制造混乱。在此之前，从未有任何化身会突然陨灭。更让奈亚拉托提普担忧的是，这些化身很可能是被同一个旧日支配者消灭的，因为这些化身在被灭杀前传达回来的只言片语或破碎图景都蕴含着相同的信息——火焰。

奈亚拉托提普拼凑出了化身们传递回来的场景，那是一个巨大的火球，它吞噬了化身们所有的精神能量，让化身们逃生无门。

奈亚拉托提普决定不再放任。离开克苏鲁和哈斯塔所在的星系后，他将自己所有的精神力均匀地分散在每具化身之中，如同潜藏在树洞中的阴冷毒蛇，布下陷阱，等待着那个吞噬自己化身的旧日支配者出现。

这种等待并没有持续太长的时间。

一团明亮的火焰出现在一处高级文明中，瞬间引发剧烈

爆炸，化作一片火海。火焰二话不说，扑向所有活着的生物。那些被火焰包围的外星生物并没有烧焦碳化，而是在力量和精神力被全部吞噬之后，如同一截截槁木般，倒了下来。火焰吸食着这个文明的精神与能量，与此同时，还自每个角落淌过，似乎在寻找着什么。忽然，火焰集中到一起，如同饿虎扑食般扑向一个身影，那正是奈亚拉托提普的化身。顿时，沸腾的火焰欢呼着，包裹住那具化身，打算像过往一样吞噬这具化身所有的精神能量。但是，无论火焰怎样席卷、侵蚀，火焰中的化身都毫发无伤。

就在火焰用力咀嚼化身时，一股强大的精神能量波动直接穿过时间与空间，降临在这个星系所在的位面，奈亚拉托提普的实体渐渐显现出来。他虚无缥缈的身影尚未凝实，就一掌拍向那团火焰，火焰被巨大的力量打得四散开来，但随即又凝聚成一个更为巨大的身影。

凝聚成形的奈亚拉托提普皱眉看着这一幕，他的精神力量荡漾开来，准备侵蚀这个不知天高地厚的旧日支配者。然而，感受到精神的侵蚀，这个旧日支配者反而病态地变得更加活跃、兴奋。强大的精神力量被火焰吞噬殆尽，随之火焰欢快的鸣叫也响彻这片空间。

这回轮到奈亚拉托提普头疼了。他敏锐地察觉到，这团火焰竟然能够吞噬他的精神力量，将混乱的信息作为养料加以吸收。这一能力恰好克制了奈亚拉托提普，面对专门吞噬混乱精神的小家伙，他一时之间竟也束手无策。奈亚拉托提普强忍着精神力量被吞噬的痛苦，捕捉了一丝跃动的火焰。那种干燥黏腻的灼烧感让这位混乱信使一阵不快，但他还是得到了自己想要的信息。这团火焰名为克图格亚，是以纯能量状态存在于宇宙中的旧日支配者。

作为旧日支配者，克图格亚并不知道自己从何而来，他只是喜欢吞噬各种各样的精神体，转化成自己庞大火焰身躯的燃料。尤其是那些已经成型、高度发达的文明，它们的精神力量是克图格亚最钟爱的粮食。

在吞噬某个文明时，克图格亚偶然吞噬了奈亚拉托提普的化身。化身所具有的纯粹的混乱，对克图格亚来说是无上的美味。吞噬了化身的精神力量后，克图格亚得知了一些关于三柱神的信息，他知道，奈亚拉托提普有无数化身，散落于各个文明之中。此后，饥饿而贪婪的克图格亚开始专门寻找奈亚拉托提普化身所在的文明进行吞噬，从而品尝这位混乱信使的滋味。

浏览完克图格亚过往的行径，奈亚拉托提普顿时气得狂啸起来。他万万没有想到，宇宙中竟然会出现专门针对他的旧日支配者。这团火焰以精神为燃料，奈亚拉托提普的任何精神攻击都无法奏效。束手无策的奈亚拉托提普只好撕裂空间，留下虚空中跃动的克图格亚，离开这个星系。

奈亚拉托提普的身影再次显现是在时空的尽头。作为最

原始的三柱神之一，奈亚拉托提普直接诞生于宇宙的本源盲目痴愚之神阿撒托斯，但也并非全知全能。他能够洞悉的是宇宙间的一切混乱，擅长的是诱发更大的混乱。至于其他，更了解的大概是位于时空尽头、掌管时间与空间的万物归一者犹格·索托斯。

在时空的尽头，奈亚拉托提普发出强大的精神波动，喋喋不休地讲述克图格亚的行径，并期望得知这个大火球不受自己控制的原因。要知道，作为三柱神，奈亚拉托提普有着关于宇宙本源的规则力量，如今突然跳出来一个他无法控制的旧日支配者，这种滋味可不好受。万物归一者仔细地审视了数个年头，确定奈亚拉托提普只是单纯地在索要信息后，才缓缓地通过隐晦的精神波动吐露出一个信息，这个信息翻译成人类的语言大概是：“主宰的意志已进入梦乡。”

这个信息差点使得奈亚拉托提普惊掉自己细长的脑袋。作为混乱信使，身为原初的三柱神之一，他竟然没有发现主宰阿撒托斯的意志已然降临到这片宇宙之中！

奈亚拉托提普发出桀桀怪笑。笑声愈发猖狂，空间都为之震颤，万物归一者犹格·索托斯直接将近乎癫狂的奈亚拉托提普移出了时空的尽头。怪笑戛然而止，奈亚拉托提普看向整个宇宙，感受着千万化身传来的信息，心中缓缓生出一个伟大的计划。

降临的主宰意志

奈亚拉托提普的计划

奈亚拉托提普兴奋地派遣自己无数的化身，不断搜寻阿撒托斯在梦境中降临的地点。让他无奈的是，无论他怎样寻找，都没有发现一丁点的痕迹。这位混乱信使已经完全感受不到主宰阿撒托斯的意志。

一股邪火在奈亚拉托提普的心中滋生。然而，这股邪火还没来得及爆发，克图格亚的火焰就已经接连吞噬了奈亚拉托提普的十几具化身。虽然失去化身不会对他造成丝毫伤害，但是，被一个来路不明的旧日支配者得寸进尺地肆意欺压，身为三柱神之一的奈亚拉托提普完全无法忍受。

奈亚拉托提普选定了一个星系，开始布置巧妙的陷阱。他召回四散的化身，并不断制造更多的化身，等待克图格亚这头饿兽的到来。

沉迷于吞噬外神化身的克图格亚并没有察觉到陷阱的气息。正如奈亚拉托提普所料，通过吞噬化身的精神力量，克图格亚得知了这个星系的坐标，开始移动自己庞大的身躯，前往这个星系。

奈亚拉托提普选择的是一个位于诡异维度的漂亮星系。恒星与其他物质和能量将整个星系塞得满满的，如同一个实心的铁球一般。这里的恒星无比年轻、炽热、庞大。因为恒

星狂暴的引力，行星与行星不断彼此冲撞、挤压，喷射出滚烫的岩浆。这个星系让能量凝聚而成的活火焰克图格亚感到异常舒适，不过，更让克图格亚感兴趣的是，被吞噬的化身告诉他，这里存在无数个奈亚拉托提普的化身，他们密密麻麻地填充了整个星系的缝隙。在这顿丰盛大餐的诱惑下，克图格亚满怀欣喜地一头栽进了这个星系之中。星系之外则是神色诡异的奈亚拉托提普。

不知过了多少年，克图格亚不断在奈亚拉托提普的注视下屠杀、吞噬化身。他无比贪婪，在这个星系之中不断地寻找，寻找奈亚拉托提普的下一具化身。克图格亚已经吞噬了太多的混乱化身，过于庞大的精神力量使得他自身变得极为膨胀且不稳定。而且，在吞噬奈亚拉托提普化身的精神力量时，他也会得到大量的信息。这些信息在一开始并未引起克图格亚的注意，但时间久了，克图格亚发现那些混乱的信息庞大到他无法承受。

此时，克图格亚如同一个大腹便便的胖子一般，躯体里充满了来自混乱信使的精神力量。精神力量似乎要冲破身体，这种痛苦让克图格亚尖声哀号，哀号使得他所在的星系变得极为炙热。许多存身于这片星系的旧日支配者被惊醒了，其中就包括因能量耗尽而被迫沉睡在虚空中的旧日支配者——格拉基。

吸收了克图格亚溢出的能量，格拉基苏醒过来。他惊讶地发现，这片星系现在竟然充斥着纯粹的精神力量，那种力量柔和而温暖，像是母胎里的羊水一般包裹着自己。旧日支配者格拉基甚至不需要费力地吸收，那些能量就主动地融入了格拉基的体内。而在整个星系的中心，扭动着一团庞大的火球，火球里不断传播出纯粹且充满能量的辐射。感到力量渐渐恢复的格拉基顿时双眼湿润，本来，能逃过大闹钟格赫罗斯的魔掌就已经够幸运了，他万万没想到，在无尽宇宙中漂泊竟也能碰到这块宝地！

忽然，沉醉于炽热能量的格拉基蜷缩了起来，开始瑟瑟发抖，他察觉到了奈亚拉托提普化身的气息。只见无数奇形怪状的化身主动地自星系的各个角落走了出来，纷纷投入克图格亚那肥胖的身躯中。旧日支配者格拉基也不傻，他顿时明白，这是奈亚拉托提普的阴谋——克图格亚能够克制奈亚拉托提普的混乱法则，而混乱信使准备献祭无尽的化身，利用庞大的精神力量撑爆克图格亚。

星系外的奈亚拉托提普发出桀桀怪笑，看着被迫吞噬无数化身、越加痛苦的克图格亚，他露出了满意的神色。作为原初之神，只要他愿意，他就有无数的化身可以拿来献祭。

迫于无奈，克图格亚不断将自己体内吞噬而来的精神能量辐射到整个星系。这些精纯的能量使整个星系充满了生机，格拉基等旧日支配者开始贪婪地吸收这些能量，他们甚至不需要抢夺，因为能量实在是太多了。这股精纯而庞大的能量甚至引起了星系之外的旧日支配者的注意。

感受到克图格亚所在的星系散发出的精纯且诱人的能量波动，克苏鲁与哈斯塔带领着各自阵营的旧日支配者，浩浩荡荡、明目张胆地来争夺这个星系的统治权。这个星系中的能量足够满足阵营之中所有的旧日支配者，取得这个星系的控制权，无论是对于克苏鲁的阵营来说，还是对哈斯塔的阵营来说，都至关重要。

如果能够彻底吸收这些能量，他们甚至有望将自己的生命形态提升一个层次，摆脱旧日支配者的限制，同外神一样接触混沌宇宙的核心，前往盲目痴愚之神阿撒托斯的神殿。那是无数旧日支配者渴望的圣殿，那是宇宙的真理，是一切的本源。

克苏鲁和哈斯塔的身后各自跟随着十几个奇形怪状的旧日支配者，毫不迟疑地冲进这片热闹的星系，瞬间混战在一起，其中，打得最凶狠的当属克苏鲁与哈斯塔这对兄弟。如今的他们早已褪去了刚降世时的青涩，在两位旧日支配者的攻击下，空间的能量波动与物质实体不断碰撞，使得整片星系都开始与之共振。无序的颤动，再加上克图格亚膨胀过度、躯体不堪重负而发出的痛苦呻吟，共同勾勒了一出荒诞的闹剧。

星系外欣赏这出闹剧的奈亚拉托提普不断派出大量的化身，进一步加剧克图格亚的痛苦，与此同时，还在克苏鲁与哈斯塔这两个阵营之间煽风点火。阵营之间的混战，使宇宙中混杂的声音越来越刺耳，整个星系就像一锅沸腾的热油，只需一个火星儿，就如同烟花一般爆炸。

就在这场闹剧达到混乱失序的顶点时，世界仿佛突然卡顿了一下。

没错，世界确实卡顿了一下。那一瞬间无比微妙，整个世界都在片刻间寂静下来，即使是在宇宙的中心，在盲目痴愚之神阿撒托斯的神殿中吹奏不净歌曲的外神们也停止了演奏。似乎在那一瞬间，世界停止了。

卡顿之后，世界转瞬间便如往常一般运转，仿佛宇宙在那一瞬间没有发生任何微妙的变化。然而，下一瞬，三柱神中的另外两位竟也同时降临在这片星系之中。如今，混乱信使奈亚拉托提普已经不敢继续创造化身，他甚至不敢继续在这个星系挑起纷争。他有些不确定地看向大母神莎布·尼古拉丝和万物归一者犹格·索托斯。

莎布·尼古拉丝正在细细感受基因与生命的变化。犹格·索托斯则不断闪耀着光芒，光速地思考着各种各样的可能。在短暂的探索和思考后，三柱神同时确定了一个信息，这个信息便是：在世界卡顿的那一刹那，主宰阿撒托斯的意志已经降临在克苏鲁等所在的星系之中。

三柱神的齐聚与星系的封锁

为了找到阿撒托斯的所在，三柱神在星系之外不断探

寻，运用空间与时间的本源、生命与基因的本源，混乱信使也派出无数的化身四处翻查，却都无法查到任何蛛丝马迹。

三柱神的力量一遍遍扫过整个星系，星系内激烈厮杀的克苏鲁阵营与哈斯塔阵营也停止战斗，尴尬地漂浮在虚空之中，动弹不得。在三柱神的目光之下，克苏鲁与哈斯塔感觉自己像是一个被扒光底裤的小孩子，被大人一遍又一遍地检查身体。尴尬与无力感如同一盆冷水，浇灭了这兄弟俩的战火。此时的他们，宁愿放弃这个能量丰富的星系，也不愿再继续承受三柱神的扫视。

仍未意识到三柱神存在的，似乎只有那丰富能量的源头，一直在痛苦呻吟的“燃烧者”克图格亚了。莎布·尼古拉丝和犹格·索托斯显现身形时，克图格亚正努力将吞噬而来的力量排出体外。虽然已经以辐射的形式释放了大部分的能量，但剩余的能量依然很多，而且还更为精纯炽烈。克图格亚难受无比，好在奈亚拉托提普已经停止了能量输送，克图格亚才能暂时缓一口气，思索应对之策。他狠下心来，做了一个重要的决定，那就是将自己分裂开来，用多余的能量塑造一个化身，或者创造大量的眷族。

割裂自己躯体和精神的过程极为痛苦。巨大的能量波动将克图格亚身上一大块跃动的火焰分离开来，那火焰是最精纯的能量，在离开克图格亚的本体之后，它逐渐转化成一团蓝灰色的火焰，而其它大大小小的能量碎屑则变为一个个单独存在的生物。这些个体被称为炎之精，它们成了克图格亚的眷族。每个炎之精都是独立的个体，但它们能共享同一个蜂巢精神体。

将多余的能量排出体外后，克图格亚终于停止了痛苦的哀号，此刻的他终于注意到了宇宙这一角落的诡异气氛。环顾四周，所有的旧日支配者都停滞在原地，周身空间被全部封锁，时间也变得黏稠，流逝得极为缓慢。三柱神神秘而强大的力量仍一遍又一遍地探查这片星系的每个存在，甚至连一个微小生物的呼吸都不放过。克图格亚发现，他连离开这片空间都无法做到。

所有身处这个星系的旧日支配者都在不断猜测着三柱神的想法，他们到底想干什么？是在寻找什么东西？无数的疑问在心里不停地盘旋。

忽然间，所有的搜索都停止了，就连周身的空间禁锢也被解除了。重获自身支配权的旧日支配者拼命地逃窜，想要冲出这个星系。丰富的能量已经彻底失去了吸引力，这些旧日支配者都明白，无论三柱神的目的何在，一旦被三柱神盯上，他们必将变成炮灰，任人鱼肉。毕竟，当年亵渎之双子诞生时，奈亚拉托提普曾献祭了那个星系的所有旧日支配者，将其化为养料，以抚育亵渎之双子。在强大的三柱神面前，他们无比渺小，没有任何自保能力。

旧日支配者中冲得最凶、逃得最快的当属克苏鲁、哈斯塔以及克图格亚这三位。转瞬之间，他们就抵达了星系的边缘，然而他们发现，那里的空间根本不允许他们通过，万物归一者犹格·索托斯竟然将整个星系的空间都封锁了起来。他创造了一个独立的空间位面，将这个星系与其他空间的联系彻底切断，这个美丽星系中的任何一丝物质、精神与能量波动都无法散发出去。即便已经如此严密地封锁了整个星系，犹格·索托斯竟然还觉得不够彻底，他直接召唤出自己的两个强大化身——塔维尔·亚特·乌姆尔和亚弗戈蒙。犹格·索托斯命令他们一起进入这个星系，运用两具化身的独立属性，将整个星系的空间完全独立于宇宙之外。

做完这些，犹格·索托斯依旧闪烁着光芒，显得十分不安。三柱神中的另外两位，森之黑山羊莎布·尼古拉丝和混乱信使奈亚拉托提普，似乎也忧心忡忡。他们看向远处不断向这个星系赶来的大闹钟格赫罗斯，不禁都皱起了眉头。

三柱神与古神的交易

当克苏鲁等旧日支配者的激战进入白热化阶段，阿撒托斯的意志降临到这个星系时，在空旷宇宙中漫步的格赫罗斯瞬间感受到了主宰的气息，径直朝着这个星系赶来。当时，三柱神所有的精力都投注于在这个星系搜索阿撒托斯的所在，疏于防备，让大闹钟格赫罗斯感受到了主宰的气息，尽管犹格·索托斯迅速做出补救，但格赫罗斯几乎已经近在咫尺。

三柱神面面相觑，都散发着无奈的精神波动。大闹钟格赫罗斯的存在过于特殊，即便是三柱神也极为厌恶他身上的诡异音律，不能过度接近。万物归一者犹格·索托斯的空间与时间法则在格赫罗斯身边会被直接同化，而大母神莎布·尼古拉丝的生命法则对这个直接诞生于主宰苏醒念头之中的外神也毫无作用。他们看向奈亚拉托提普，奈亚拉托提普也表示无可奈何，他已经因为格赫罗斯失去了很多化身，这些化身被大闹钟身上的音律干扰，直接脱离了混乱信使的控制。由于这种诡异的、三柱神都想不明白的被动技能，三柱神中的任何一个都不敢轻易接近格赫罗斯。

就在一筹莫展之际，一道时空裂缝在三柱神的面前凭空出现，其中传递出一阵诡异的波动。裂缝逐渐扩大，其中走出一群与旧日支配者在本质上截然不同的身影，为首的那个正是一位精通时空法则的神祇。

这群尚没有统一称谓的神祇有一个共同的特点——他们全都受到过格赫罗斯的影响，甚至可以生活在遭到格赫罗斯音律侵袭的星系之中。这群神祇的身上蕴含着极致的秩序与理智，这让他们与混乱的宇宙格格不入。

面对这些自时空缝隙中走出来的另类，三柱神均心生厌恶，而最烦躁的就是混乱信使奈亚拉托提普，因为这些神祇

之中甚至还有一两具是早已摆脱其控制的化身。奈亚拉托提普抬手，打算挥手消灭这些违背混乱秩序的神祇，万物归一者犹格·索托斯立即阻止了他。

犹格·索托斯走上前去，与这群神祇中为首的那位最强大神祇交谈。不久，谈话结束，伟大的犹格·索托斯告知莎布·尼古拉丝和奈亚拉托提普，大闹钟格赫罗斯将交由这些神祇应对，这些神祇依旧保留着作为旧日支配者的强大能力，但是，他们已经摆脱了混乱的本性，已经适应了格赫罗斯的音律。本质上他们已经不能算作旧日支配者了，后世人类为了区分这些坚持秩序的神祇与其他旧日支配者，将他们称为古神。

不用亲自面对格赫罗斯，莎布·尼古拉丝和奈亚拉托提普都松了一口气。不过，犹格·索托斯接下来传递的消息引起了奈亚拉托提普激烈的反对——作为处理大闹钟格赫罗斯的交换，这些胆大妄为的小东西竟然想要进入主宰意志降临的星系。要知道，当阿撒托斯进入梦乡后，任何接近主宰意志的神祇都是在无限接近宇宙的真理，即便是三柱神，也视此为至高荣耀，将得到主宰意志的认可当作终极理想。奈亚拉托提普为此坚持不懈地制造混乱、挑起争端，如今，主宰好不容易因此陷入了深层的沉睡，通过梦境降临在这片宇宙，这群扭曲、肮脏的古神竟也妄想分一杯羹。

犹格·索托斯看着激烈抗议的奈亚拉托提普，没有动摇分毫。这位智慧之主轻轻地向奈亚拉托提普传达了一则精神讯息：

“主宰的意志，是选择混乱，还是秩序？”

这个无解的问题让奈亚拉托提普瞬间沉默。

古神与格赫罗斯的对抗

古神们已经成群结队地抵达了大闹钟格赫罗斯不远处的星球。聚集在这里的古神竟然多达数千位。如此强大的生物大规模集中于一地，却没有产生暴乱，极为罕见。如果是旧日支配者，即便是克苏鲁和哈斯塔那般力量强大的神祇，也无法同时控制如此庞大的队伍。他们只会陷入混乱、不死不休，根本不会像这些古神一般，遵守秩序，保持理智，规规矩矩地共同行事，等待格赫罗斯的接近。

格赫罗斯正郁闷地赶着路。就在不久前，他还能通过本源感受到主宰阿撒托斯的气息。但是，那股气息忽然之间就不见了踪影，似乎是被故意隐藏了起来。格赫罗斯只好顺着先前感应到的方向，继续在虚空的宇宙中疾行。很快，一群蚂蚁般渺小的生物逐渐进入格赫罗斯的视线，大闹钟瞬间对这些小生物来了兴趣。自诞生之日，还从没有什么活物愿意主动接近他。

看着越来越近的大闹钟格赫罗斯，古神也忐忑了起来。这几千位古神是来自不同星系的旧日支配者，他们过去就曾

经远远受到“天体之音”的影响，转变自身的部分本源，可以适应格赫罗斯的音律，在一定程度上与格赫罗斯的音律共振。不过，生于以混乱为源头的宇宙，他们本源的混乱属性是存在的前提。距离格赫罗斯过近会让他们彻底丧失混乱的本质，一旦如此，他们的精神与形体便会消散，成为宇宙固定法则的一部分，不再拥有独立的思想和存在。

在宇宙的虚空中，几千名古神乌泱泱地占了一大片空间，他们手牵着手并排成数行，挡在了格赫罗斯的前方，七嘴八舌地向他传递着精神波动。格赫罗斯从未与任何外神或旧日支配者交流过。因此，格赫罗斯看着这群向他拥来的小生物，一时之间完全无法理解他们在表达什么。

古神一方也叫苦不迭，巨大的、如同波浪一般的辐射不断自格赫罗斯身上喷涌开来。接触到这些辐射，以格赫罗斯为中心的一切生物、物质，乃至空间和时间，都改变了原本的属性。那种改变毫无道理，猝不及防而又势不可当。混乱的宇宙秩序如同一团纠缠不清的乱麻，在格赫罗斯的音律下，瞬间被梳理成一根根极为纤细而柔软的毫毛。这一转变没有任何征兆，未经过渡，却又极为自然。格赫罗斯越来越近，他们本源之中的混乱力量逐渐衰弱，直到被彻底抹消。只见一个又一个古神的身体逐渐溃散开来，化为点点星光消散在虚空之中。这些古神彻底丧失了生物的活性，化成了世界规则的一部分。不过片刻之间，数千位强大的古神便仅剩五六百位，而那数以千计的已经化为规则的古神，竟然逐渐形成了一个银色的保护圈，用残存的精神和力量保护着幸存的古神。

格赫罗斯没有精神力量，感受不到古神传递的精神讯息，他只凭借星球般的巨大身体上那只猩红色的眸子，去慢慢理解那些小生物的信息。幸存的古神还在逐渐消散，感知到格赫罗斯的视线，他们意识到问题所在，同时凝聚剩余的力量，绘制了一个简单易懂的坐标。这个坐标就如同地球人类文明中的指示箭头一般简单，看到它就知道该去往何方。即使格赫罗斯没有与任何生物交流的经验，也在受到这个坐标的引诱后，明白这群小生物是在给他指引方向。格赫罗斯没有猜疑这个坐标的对与错，或者说，没有任何交往经验的格赫罗斯根本不知道谎言和欺骗到底是什么东西。失去了主宰意志的气息，格赫罗斯已经对原本的目的地失去了大部分兴趣，看到这个坐标后，他立即兴冲冲地朝着古神所指引的方向奔去。此时，仅剩的数百位强大古神也彻底成为宇宙中闪烁的亮点，逐渐消散在虚空之中。

星系名“银河”

被阉割的克苏鲁！

看着偏离了方向，渐行渐远的大闹钟格赫罗斯，三柱神同时松了一口气。随后，这三位强大的本源之神收回目

光，将精神力聚焦在面前的这个星系之中，心中有了自己的算计。

如今，无数大大小小的旧日支配者全部聚集在空间壁垒之内，不断试图突破，渴望逃离这个星系。大母神莎布·尼古拉丝率先上前，只见她黏稠的黑色触须在虚空中不断交织、缠绕，逐渐组成了类似树根般交错、复杂的图案。远远看去，大母神的身躯宛如一棵庞大的生命之树。渐渐地，生命的本源开始回应大母神生命之树的呼唤，如同大树上伴随着枝干的摇动而沙沙作响的树叶一般，星系内所有的旧日支配者都能感觉自身体内每个细胞的跃动。他们体内的基因逐渐遭到生命法则的阉割，失去了继续进化的可能。

片刻之间，旧日支配者便感受到，自此刻开始，即使吞噬再多的力量，他们的身体也不可能再继续强化一分一毫。其中，最受影响的就是对肉体依赖最深的克苏鲁。只见克苏鲁的身躯迅速缩小，扭动的触手、粗壮的肌肉和坚硬的外骨骼不断缩水，他痛苦地挣扎、抽搐，身上那巨大的翅膀也逐渐因力量的衰弱而变小。以精神力量为主的黄衣之王哈斯塔也并不好受。哈斯塔的身体机能不可抑制地遭到弱化，弱化给他带来的伤害竟然比给克苏鲁造成的伤害还要严重。哈斯塔的精神力量过于庞大，遭到弱化的身体根本无法承载如此规模的力量，过剩的精神力不断自哈斯塔周身涌出。溢出的精神力逐渐变得黏腻，并与一些物质结合后不断演变，成了新的衍生物或眷族。因为精神力量不断涌出，哈斯塔的躯体变得更加千疮百孔，仿佛一个残破的马蜂窝，只能勉强延续生命。基因被封锁，肉体被削弱，惨遭阉割的旧日支配者痛苦哀号，实现了目的的莎布·尼古拉丝收回自己的力量，对这些旧日支配者的惨叫置若罔闻。

宁静的星系

不知过了多久，大群的古神涌到了星系之外。根据三柱神与那数千位已化身宇宙规则的古神的约定，这批古神被允许进入这片星系。新抵达的这群古神大多非常弱小，对于他们，三柱神甚至连多看一眼的兴趣都没有。当然，古神阵营之中并非没有强大的存在，眼前的这群弱小的古神其实是被特意挑选出来的，是一群极为特殊的存在。

自格赫罗斯诞生至今，他那古怪的“天体之音”侵染了无数的星系，生活在那里的旧日支配者接连被转化为古神一族。古神不再是纯粹的混乱属性，因而遭到整个宇宙的排斥，只能生活在被格赫罗斯侵蚀、改变的星系。尽管受到格赫罗斯的感染，丧失了本身的成长性，但他们依然强大，本质也并非完全有序，也无法完全融入那些变得有序的星系，只能在其中苟延残喘，直到，这些星系中诞生了新一代古神。

新诞生的古神拥有不输于旧日支配者的资质，却又不像

一代古神那样为混乱的宇宙所排斥。这些新生代的古神将成为古神一族的希望！这就是那数千位一代古神不惜献祭生命也要阻止大闹钟格赫罗斯，将二代古神送入这个星系的根本原因。其实古神信仰秩序与规则，他们相信，既然古神得以存活于这个宇宙，就是主宰阿撒托斯认可了古神的存在，这是主宰的意志做出的决定。因此，即便付出生命，古神也要证明，在主宰创造的宇宙中，秩序的存在不仅必然，而且意义重大。这群新一代的古神将代表古神一族，为降临于这个星系之中的主宰意志提供一个新的选择——秩序。

当主宰的意志苏醒时，他究竟是选择混乱的旧日支配者，还是坚守秩序的古神？这个问题的答案是古神和三柱神都想知道的。但是，没有任何神祇能够揣测主宰意志的选择。也许，主宰的一切行为都将是混沌与随机的，但对于这些古神和旧日支配者来说，主宰的混沌与随机就是宇宙永恒的规律和不变的命运。

万物归一者犹格·索托斯闪烁着光芒，在那道坚不可摧的空间壁垒上开辟了一条单向的空间隧道。弱小的二代古神们依次进入了这个星系。随着最后一个古神的身影消失在隧道之中，万物归一者犹格·索托斯重新回到了空间与时间的尽头，只留下太古永生者塔维尔·亚特·乌姆尔以及未来与时间之主亚弗戈蒙这两具化身，在这个星系之中维持星系所在空间的独立性，以免大闹钟格赫罗斯再次发现这个星系。

而大母神莎布·尼古拉丝也逐渐隐匿到生命的本源之中，透过星系内每个生物的生命力量感知整个星系。混乱信使奈亚拉托提普则不慌不忙地在星系外游荡，犹格·索托斯的空间壁垒完全不能阻止奈亚拉托提普。只要奈亚拉托提普愿意，那么这个星系内的任何一个化身都能立刻成为他的本体。

这片宇宙再次沉寂下来，星系中无比寂静，无法逃离的旧日支配者都筋疲力尽，而主动进入这个星系的古神没有与任何旧日支配者产生冲突。古神的首领在这个星系中开辟了一个新的空间世界，带领其余古神进入其中，酝酿后续的行动。而元气大伤的旧日支配者，虽然看这群另类的古神不顺眼，却也无力在此时发起战争。毕竟，克苏鲁、哈斯塔等旧日支配者相互敌视，一旦分心他顾，疏于防范，肯定被群起而攻之。克苏鲁等旧日支配者各自在这个星系中寻找安稳的居所，陷入了漫长的沉睡。这个不久前还热闹非凡的星系，迅速变得冷冷清清。

随着时间的推移，燃烧者克图格亚排出体外的能量逐渐被各个星球的文明吸收，凭借这份能量，生命得到滋养，逐渐形成族群，族群发展为部落，部落发展为国家。一个又一个文明如同雨后春笋般密集地萌生于各个星球。因为犹格·索托斯的空间壁垒和莎布·尼古拉丝的基因封禁，这些新兴的文明无法像夏盖虫族那样接触强大的力量和深邃的知识。又因为古神的秩序与规则，这个星系中竟然逐渐出现了

宇宙间从未有过的更为温和、更为友善的文明。沉浸在丰富的能量之中，文明不断进化、发展，繁荣昌盛。这些文明给这个美丽的星系起了个同样美丽的名字，这便是我们所熟悉的“银河系”。

古神与旧日支配者的较量

幻梦境

银河系应该是整个宇宙最和谐、最宁静的地方。星系中，所有的神祇都无心战争，就连混乱信使奈亚拉托提普的化身也老老实实地培养着银河系内的诸多文明，丝毫没有再挑起争端的意思。主动来到银河系的古神更是遵从秩序与规则，反对毫无理由的混战。

古神中最强大的几位是善于操控空间规则的神祇。为首的有大深渊之王诺登斯，宇宙空间之主沃瓦道斯，以及闪耀着柔和光芒、性格纯洁仁慈的亚德・萨达格。这几位强大的古神联合起来，在空间壁垒无比坚固的银河系中，巧妙地创建了一个独立的亚空间，这个神奇的空间充斥着迷离与恍惚，似乎存在于绵软的梦境中一般，古神因此称这个亚空间为幻梦境。

幻梦境的规则建立在现实宇宙的规则之上，却又不完全等同于现实宇宙。这个亚空间排斥纯粹的肉体，同时也排斥纯粹的精神体，只有古神可以在其中如鱼得水地生活。即便是其他那些不怎么熟悉空间法则的古神，也可以凭借这个亚空间的特殊属性，在幻梦境中开辟新的空间，建立一个又一个生于混乱却又有着独特秩序的小空间。众多古神不断丰富幻梦境的规则，使这个原本单调、仅仅依附于银河系、没有太多特殊之处的空间逐渐产生了微妙的变化。这种变化来得莫名其妙，让人无法理解，仿佛这种变化天生就该存在一般。古神对这种奇妙的变化保持沉默，细心地呵护着幻梦境空间的变化。

古神一族之外最初察觉到这种变化的，不是力量强大的旧日支配者，而是那些诞生于银河系的大大小小的文明。这些文明利用自己母星上的各种资源，逐步强大自己，渐渐接触到了一些关于银河系的秘密。有些文明甚至还能够接触到旧日支配者。但是，旧日支配者对这些文明毫无兴趣，在旧日支配者看来，这些文明就像水泥地上的一小块儿苔藓，虽然翠绿的色泽有些引人注意，却也不过是些不堪一击的普通植物罢了。

银河系的文明充分利用各自母星上的一切能源，不断进化，直到能在星系中移民。每个发展到这一阶段的文明都会遇见一个奇怪的现象，它们的精神域会逐渐与一个奇异的空间产生联系。属于它们文明的思想、文化，乃至梦境与意识，都会逐步在幻梦境这个亚空间显现出来。只要一个文明

进化出一定的精神共同体，它的群体意识就必然会在幻梦境中留下自己的影子。

幻梦境中的古神乐于指引这些文明。有的古神赋予这些文明更强大的基因力量，有的古神则给予这些文明一定的精神力量和知识。在古神的指引下，这些文明染上了古神的色彩，它们在宇宙中传播的文化里也逐渐有了秩序的影子。感受到古神的善意，一个又一个文明被古神同化，逐步走向古神一方。直到此时，旧日支配者才察觉到古神的动作。但他们丝毫不以为意，毕竟银河系中的文明太过弱小，在旧日支配者眼中如同蜉蝣一般。在他们看来，愿意接触这些低级物种的古神是在自甘堕落。

旧日灾难

就这样，在漫长的岁月里，古神与旧日支配者在封闭的银河系中一直相安无事。直到，克苏鲁与哈斯塔两个阵营的旧日支配者恢复了大部分的力量，日渐活跃，越来越多地在银河系中掀起事端。

强大的旧日支配者遭到莎布·尼古拉丝的生命法则阉割后，力量骤减，但也只是与过去相比而已。在银河系里，他们依旧是无比强横的存在，旧日支配者天生就有着无比强大的生命力。他们不畏惧与其他旧日支配者战斗，甚至不在意敌对阵营的围剿，因为所有旧日支配者都知道，除了三柱神等外神，任何的存在都无法轻易抹杀他们。曾经平静、和谐，如今开始走向繁荣的银河系陷入混乱。旧日支配者在狭小、封闭的银河系中游走打斗，即便只是不经意的路过，也足以摧毁一整个文明，哪怕是发达到可以进行星际移民的文明，也无法在旧日支配者混乱的行为中逃离毁灭的命运。

无法走出被改造成独立位面的银河系，让这些生性混乱、无序的旧日支配者频繁爆发冲突。新兴起的文明忽然感到了自己的弱小。他们不知灾难何时爆发、爆发在哪里，甚至不知这灾难因何而来，也无从应对。随时会大难临头的恐惧感在每个发达文明中滋生、蔓延。所有文明都竭尽所能避开旧日支配者的脚步，然而旧日支配者的行动随心所欲，肆无忌惮，难以探知，更无法预测。所有的文明，无论是否知晓旧日支配者的存在，都只能瑟瑟发抖地在恐惧中艰难求生。

被毁灭者不知凡几，众多文明求救无门，直到某刻，幻梦境的精神意识忽然降临在每个幸存的文明之中。这些文明以留存在幻梦境中的精神共同体为媒介，开始全面获取古神们的指导与知识。自此，银河系的文明开始疯狂信仰古神。

通过信仰，各文明的生命对幻梦境的影响不断加深，如同一枚枚石子，被投入这个亚空间。随着石子的增多，亚空间变得极为稳固，它建立在银河系各高级文明所有生物的意识共同体之上，不可动摇。就这样，凝聚了各文明精神共同体的创造与信仰，幻梦境孕育出了特殊的法则。在幻梦境

中，古神可以引导信念形成新的主体，这些主体的投影可以透过作为亚空间的幻梦境，直接吸食银河系这个主空间的能量。在古神的指导下，经由银河系众多文明的共同编织，基于规则与信念的新神诞生了。弱小的古神，竟然凭借一个原本不算特殊的亚空间，利用众多高级文明对旧日支配者的恐惧，集合了所有文明的信念，在虚幻的梦境中凝聚出了真实的神明。

此时，整个幻梦境如同一个巨大的子宫，古神亲自凝聚创造了卵子，精子则由散居于各行星的高级文明提供。整个封闭的银河系如同母体，不断将能量传输到这个巨大的子宫之中。强大的能量波动甚至形成了能量漩涡，景象之壮观不逊于当年克图格亚排泄体内多余能量时的场景。只不过，当年克图格亚是不断发散辐射，而幻梦境则是不断吸收。

旧日支配者很快就察觉到不对，银河系中的能量正在以前所未有的速度飞快减少。如果银河系没有遭到万物归一者犹格·索托斯的封禁，这自然无关紧要，然而，由于犹格·索托斯的空间壁垒，银河系彻底成了一个独立的崭新位面。也就是说，与广阔的宇宙不同，银河系中的能量并不是无限的。按照幻梦境的吸收速度，旧日支配者即便不再耗费能量互相厮杀，不出十几万年，也会因能量缺乏而陷入沉睡。旧日支配者纷纷停止争斗与游走，准备先联合起来攻击主导幻梦境的古神。

幻梦境使用的是一套单独的规则体系，各古神在幻梦境来去自如，旧日支配者却根本无法进入。不过，问题没有困扰旧日支配者很久，他们虽然蛮横无比，却并不愚蠢。他们很快便发现，古神是以银河系中大大小小的文明为毛细血管，不断向幻梦境这个子宫填充能量。也就是说，旧日支配者不必试图进入幻梦境，只要毁灭银河系中的一切文明，幻梦境自然会不攻自破。

旧日支配者分头行动，疯狂屠戮此前根本不放在眼里的大大小小的文明。旧日支配者实在是太强大了，即便是最弱小的旧日支配者也能给银河系的高级文明造成毁灭性的灾难，银河系的众多文明根本没有一丝反抗的机会。连旧日支配者都无法逃离银河系，新生的文明更是逃脱无门，一时间，银河系文明的结局似乎只有一个，那就是彻底的毁灭。

起初，最强大的几个文明联合起来，企图挣扎出一条生路。然而，这几个高级文明很快就发现，在旧日支配者所掌控的法则面前，新生的文明弱不禁风、不堪一击。集合各文明顶级科技而创建的联军，对旧日支配者来说如土鸡瓦狗，在相遇的那一刻便瞬间溃散。高级文明的所有斗志都被摧毁了，从那时起，所有高级文明都意识到，自身千万年的进化，不过是从一个小小的孢子，繁衍成了一株不起眼的蘑菇而已。面对旧日支配者在宇宙规则层面的碾压，这些高级文明的反抗不过是螳臂当车，不值一提。陷入绝望的各高级文

明开始分裂，它们放弃了过去引以为傲的科技与文明，一部分开始乞求幻梦境中古神的庇护；一部分开始醉生梦死，抛弃了道德与文明，永堕混乱与无序的狂欢；还有一部分，则转而信仰强大的旧日支配者，它们期望成为旧日支配者的眷族或仆从，进而苟延残喘地活下去。

弱小文明的想法对于旧日支配者来说无关紧要，他们只是一心想要毁灭所有的文明，不过千年时间，银河系的文明便十不存一，尚未被毁灭的只有那些过于弱小或隐藏较深的文明。旧日支配者没有停止杀戮，他们已经决心毁灭银河系的一切文明，彻底切断幻梦境吸取银河系能量的途径。

外神的惩罚

就在仅剩的文明快被旧日支配者毁灭殆尽时，混乱信使奈亚拉托提普的本体凭空出现在银河系内。感受到他的气息，旧日支配者瞬间停止杀戮和破坏，没有任何一个旧日支配者敢挑战三柱神的力量。

黑暗宇宙的三柱神之一，混乱信使奈亚拉托提普冷冷地俯瞰整个银河系，他散发着巨大的威慑力，所有的旧日支配者与古神都被迫蛰伏，瑟瑟发抖。

自银河系诞生以来，奈亚拉托提普的化身一边在银河系内四处游荡，探寻主宰意志的身影；一边肆意培育文明，为主宰意志的降临做准备。古神开辟了幻梦境这个奇异的亚空间，为了控制古神的行为，防止他们对主宰意志的降临造成影响，奈亚拉托提普默许了旧日支配者扼杀银河系文明的行动。

然而，经过如此漫长的岁月，混乱信使奈亚拉托提普竟然没有找到主宰意志的任何蛛丝马迹。数千年来，只有这群旧日支配者始终肆无忌惮，将自己培育的文明毁得七零八碎。这些文明是奈亚拉托提普为主宰意志降临精心布置的舞台，他绝不允许旧日支配者将其全部摧毁。

不满的奈亚拉托提普决定略施惩戒，发泄自己的不满。

他轻轻地哼了一声，那声音穿透所有阻隔，作用在了银河系所有旧日支配者的脑海中。如同被沉重的铁锤砸中的豆腐，所有参与摧毁银河系文明的旧日支配者的精神本源都遭到重创。他们痛苦万分，较为弱小的旧日支配者当场暴毙，暂时活下来的旧日支配者也在虚空中翻滚、哀号，不断毁灭周身的一切物质，以此发泄精神上无法忍受的疼痛。出了一口气的奈亚拉托提普也不再追究，他扫了一眼蛰伏在亚空间中的弱小古神，身影逐渐消失在虚空中。

旧日支配者的沉睡

旧日支配者能量的恢复

当旧日支配者逐渐从恐慌与痛苦中回过神来，已经是数个世纪之后了。

旧日支配者本就无法抵抗奈亚拉托提普的摆弄，基因又遭到大母神莎布·尼古拉丝的封锁和削弱，面对奈亚拉托提普的精神攻击，能够活下来的旧日支配者寥寥无几。那些热衷斯杀却力量有限的旧日支配者基本上都湮灭了。幸存的，要么血脉强大，要么从一开始就因为弱小而安分地选择苟活。这些弱小的旧日支配者没有参与任何屠杀银河系文明的活动，逃过了奈亚拉托提普的惩罚。不过，无论是强是弱，所有幸存的旧日支配者都神色萎靡。

格拉基，这位十分弱小却曾经多次幸运逃脱各种致命灾难的旧日支配者，又一次成功地存活下来。三柱神离开银河系后，格拉基化身为黏稠的、鼻涕虫一般的形态，寄生在一些弱小的文明种群之中。他用自己的尖刺控制这些文明族群的生物，逐渐将它们驯化成自己的奴隶，安逸地生活了数千年。没想到，旧日支配者突然开始疯狂地屠戮银河系文明，弱小的格拉基不得不抛弃那些即将被自己完全掌控的文明，再次逃到不知名的地方潜伏起来。

当毁灭文明的旧日支配者因遭到奈亚拉托提普的惩罚而神色萎靡时，格拉基却因为谨慎小心的作风躲过一劫。奈亚拉托提普的气息消失后，格拉基继续躲了几个世纪，直到受到惩罚的旧日支配者恢复了一些气力，逐渐开始在银河系活动。等确定混乱信使奈亚拉托提普没有再次出现，他才长舒一口气，开始寻找幸存的文明，准备再次尝试寄生。

旧日支配者中计

这个时间点，恢复活力的似乎不仅是旧日支配者。怪异的一幕发生在格拉基的面前——银河系无比稳固的空间忽然开始四处断裂，在裂隙中泄漏出了古神的气息。很快，自裂隙之中走出了几千位柔弱不堪的新的古神。

这些古神皆由纯粹的能量松散地组合而成。精纯的能量如同松软的蛋糕，格拉基看着这些走出来的古神，甚至能够想象吞噬这些美味古神时所能带来的那种绵密丝滑的口感，那将是多么无与伦比的美妙体验。不过，格拉基是一个机警到有些神经质的旧日支配者，他没有强悍的力量，做事永远瞻前顾后，擅长的只有逃命，这也正是他能够逃过数次劫难活到今天的主要原因。格拉基不由自主地咽着口水，却并没有擅自上前。

这些能量构成的弱小古神有些奇怪。按理说，古神再弱小，也是变异的旧日支配者。但凡能在这个黑暗宇宙中活下来的生物，必然有一技之长，至少也有足够保命的技能。但是，这些突然出现的古神稚嫩得像是刚出生的雏鸡，明明无力自保，却浑身散发着诱人的气息，毫不隐藏，似乎是特意为旧日支配者准备的珍馐，而且还是几千道各具风味的佳肴。

格拉基越想越不对劲。当这位弱小的旧日支配者还在犹豫，自痛苦中缓过劲来的克苏鲁、哈斯塔，以及其他大大小小的旧日支配者，在古神气息的诱惑下蜂拥而来。这些旧日

支配者恨透了古神，就是因为古神大肆吸收银河系有限的能量，害怕饥饿的旧日支配者才选择毁灭文明种族，若非如此，他们的精神也不会被混乱信使奈亚拉托提普重创。在痛苦中挣扎了几个世纪，为了修补破损的精神，旧日支配者早已将体内的能量消耗殆尽。对能量的渴望碾碎了本就不多的警惕，旧日支配者一拥而上，争先恐后地撕扯着气息甜美的古神，那些闪着光芒的古神竟躲也不躲，任由旧日支配者将自己吞噬殆尽，反倒是各位旧日支配者为了争夺古神而相互厮杀。

古神的数量迅速减少，潜藏在一旁的格拉基心如刀绞。如今的银河系，能量日渐枯竭，饱餐一顿的机会屈指可数。就因为一点点的犹豫，失去了饱餐一顿的机会，格拉基后悔得捶胸顿足。要是力量足够强大，他肯定会上前厮杀，一起吞噬这些古神。然而，看着克苏鲁、哈斯塔等体型庞大、散发着阵阵威压的旧日支配者，格拉基深知自己已经失去了机会。他老老实实、小心翼翼地躲在一旁，感受着虚空中飘散的古神气息，看着其他旧日支配者大快朵颐。

克苏鲁等旧日支配者很快就将这数千位能量精纯的古神吞噬殆尽。他们已经很久没有这样饱餐一顿了，自从古神开辟出幻梦境，借由各种文明吸收银河系的能量，这个星系的能量已经难以满足旧日支配者的需求。为了维持清醒，他们要么四处搜刮星系中游离的细碎能量，饥一顿，饱一顿；要么与其他阵营的旧日支配者厮杀，通过撕裂对方的身躯，吞噬对方的血肉来摄取能量。如今，不知是因为奈亚拉托提普精神攻击留下的后遗症，还是因为吃得太饱，吞噬了古神的旧日支配者竟然都感觉到沉沉的睡意。

感觉到意识变得模糊不清，克苏鲁与哈斯塔等旧日支配者立刻意识到情况不对。旧日支配者强横无比，平时根本不会产生任何睡意，如今，吞噬了数千位古神的能量，他们应该更加清醒才对。

这些被吞噬的古神身上有古怪！

眩晕感与困倦感一阵阵侵袭着克苏鲁和哈斯塔等旧日支配者，他们已经来不及弄清这些古神到底是用什么方式影响了自己，即将进入梦乡的旧日支配者当即四散开来，各自隐匿。没有一个旧日支配者敢在其他旧日支配者面前陷入沉睡，不然，再次苏醒之时，他的身躯一定会被吞噬得只剩骨架！

古神的诅咒与被封印的旧日支配者

幻梦境里的古神看着纷纷离去的旧日支配者，神情变得更加凝重，他们的计划还有一步没有完成。

旧日支配者插手之前，古神通过以幻梦境为子宫孕育出的新神是银河系各强大文明的守护者。这些新神以各自文明的信仰、文化和情感为脐带，不断吸收银河系中的能量，孕

育自身。旧日支配者屠戮文明，斩断了联结那些文明与新神的脐带，孕育中的新神因此失去了赖以生存的根基。失去了孕育自己的摇篮，新神产生了强烈的恨意，怨恨旧日支配者毁灭了自己的文明与子民。二代古神凝聚起这滔天的恨意，在幻梦境中以新神为核心，创造了一种诅咒。一旦旧日支配者吞噬心怀恨意的新神，诅咒就会如附骨之疽一般纠缠而上。

若是全盛状态的旧日支配者，自然不可能被这种弱小的诅咒影响。然而现在的这群旧日支配者，先是被莎布·尼古拉丝封锁了基因，不久前又被奈亚拉托提普重创了精神，再加上银河系被犹格·索托斯层层封锁，无法获得外界宇宙的能量补充，银河系的旧日支配者正处于有史以来最虚弱的状态，这才能让古神的诅咒乘虚而入。

古神知道，旧日支配者有着强大无比的血脉，生命力极其旺盛，即便遭到削弱，也不是他们能够消灭的。古神创造的诅咒只是让旧日支配者陷入沉睡，然后，他们趁机将这群怎么打也打不死的怪物封印起来。

因为诅咒的影响，四散而去的旧日支配者大多先后陷入沉睡。很快，各古神纷纷离开幻梦境，分散开来，小心谨慎地靠近那些已经陷入沉睡的旧日支配者。他们在旧日支配者的周围布下各式各样的封印，阻止旧日支配者吸收能量。没有足够的能量，力量无法恢复，他们自然无法摆脱诅咒苏醒过来。对于其中最强的那些，古神阵营派出了最强者，对封印之地进行密切的监视。只有实力最强横的几位旧日支配者，如克苏鲁和哈斯塔，摆脱了古神的追踪，勉力维持着自身的状态，顺利地在银河系中销声匿迹。

不知又过了多少年，旧日支配者的气息已渐渐沉寂，古神的身影也渐渐遁去，弱小的旧日支配者格拉基缓缓自藏匿处探出触角，庆幸自己未被那些新神吞噬。

整个星系重新寂静下来。格拉基离开了潜藏的星球，前去探索未知的领域。这场漂泊之旅无比漫长，等到这位惯于游荡的旧日支配者也厌烦了漂泊时，他停下脚步，随着一块陨石降落在一小颗蔚蓝色的行星上。这个星球风景宜人，生存着一些自称“人类”的低级文明生物，他们将这颗星球称为“地球”。

地球篇

地球是怎样出现的？

为什么会出现这样一个离太阳远近正好，温度适宜智慧生物生存的星球？

地球已经存在40多亿年，人类真的是地球上自古以来唯一创造了璀璨文明的智慧生物吗？

隐生宙·太古代

（前寒武纪，地球诞生—约5.4亿年前）

由于没有足够的生物依据，

人类对地球的这段历史知之甚少

一切都要从盲目痴愚之神阿撒托斯陷入沉睡的那一刻讲起。

当阿撒托斯陷入梦境，宇宙开始在梦境中显现出来。最接近宇宙真相的诸神竭尽所能为阿撒托斯的梦境献上光怪陆离的素材。他们围绕在阿撒托斯的身边，吹奏着肮脏的音调，呼号着亵渎的语句，敲击着混乱的节拍。无序的黑暗宇宙因这些混乱而变得生机勃勃。

此后，犹格·索托斯诞生，存身于一切时空，自此，时

间的法则就开始以无数时空中的万物归一者为基准，线性前进。不过，在黑暗混乱的宇宙中，时间对诸神来说没有任何意义，唯有被时间法则紧紧束缚住的弱小文明才能够深刻地体会到时间的流逝。如果细细地以人类的时间来换算，盲目痴愚之神阿撒托斯入睡，宇宙诞生于主宰梦境之时，是 150 亿年前。

旧日的宇宙里，各支配者互相吞噬，无尽的混战引发了不祥的征兆。当征兆凭空出现之时，伟大的三柱神万物归一者犹格·索托斯、森之黑山羊莎布·尼古拉丝以及混乱信使奈亚拉托提普，同时降临在一个美丽的星系之中。紧接着，不知是什么缘故，这个仿佛成了疫病之源的星系被强制隔绝在宇宙的角落。三柱神仔细小心地观察着这个星系，如同观察玻璃盒里的蝴蝶一般。至此，时间已经过去了近百亿年。

46 亿年前，地球诞生

46 亿年前，银河系中一片不起眼的虚空之中，忽然产生了一股不可名状的力量。这股力量在一开始几近于无，却绵绵不绝。原本平静的星云仿佛因为这用之不尽的微小力量，产生了一丝涟漪，如微风吹过的湖面荡起微澜。

涟漪随着源头的力量不断涌动，引发了星云的坍缩，原本平静的整片虚空都因这场坍缩的开始而混乱起来。空间法则开始扭曲，原本庞大的星云不断碎裂，不断升高的温度和压力让碎裂的星云向中心凝聚，成为一个炽热的自转球体，不断吸积四散的气体和尘埃。持续的坍缩之下，球体核心的温度不断上升。经过千百万年的积累，炽热无比的球体倏然点亮，一颗崭新的恒星诞生在这片虚空之中。未被恒星吸积的气体和尘埃在它的引力作用下，相互碰撞、组合，较大的碎块形成了一颗颗围绕这颗恒星转动的行星。在年轻的太阳系中，自恒星向外数，排在第三位的行星便是地球。

活火焰的足迹

刚刚诞生的地球之上没有任何生物。初生的地球与太阳系中剩余的碎块不断撞击，巨大的热量使地球处于熔化状态，如炼狱般被岩浆海覆盖，熔岩肆虐。这样炽烈的地球引起了旧日支配者、活火焰克图格亚的注意。

自银河系遭到犹格·索托斯的空间封锁，旧日支配者遭受莎布·尼古拉丝的基因阉割，克图格亚再也没有往日的猖狂。在旧日支配者杀戮大大小小的文明时，实力大不如前的克图格亚没有参与，逃过了奈亚拉托提普的精神攻击，避免了陷入沉睡、被古神封印的结果。在银河系，追寻奈亚拉托提普就像追寻一尾大海之中的游鱼。虽然克图格亚偶尔能够发觉奈亚拉托提普化身的气息，但是，每当他成功降临，想要吞噬精纯力量的化身时，都发现对方早已杳无踪迹。

再次失去了奈亚拉托提普化身的气息，克图格亚漫无目的地在银河系中游荡。他在年轻的太阳系停了下来，那颗刚诞生不久的太阳散发着暖洋洋的气息，对克图格亚来说极为受用。而地球这颗冒着炙热岩浆的行星，就像一条温暖的毛毯，能够让活火焰克图格亚懒洋洋地打上一个盹。于是，克图格亚降临在太古之初的地球上，那些自他身上演化而来的炎之精也跟随这位旧日支配者，一同在这颗年轻的星球上歇脚。

时光飞逝，当克图格亚从深沉的睡梦中醒来时，地表的岩浆经过数亿年的冷却，几乎已经完全凝固，灰黑色的粉尘与火山喷发释放的气体覆盖着整颗星球。克图格亚认为这个阴沉沉的星球已经不再舒适，于是带领炎之精离开地球，前往夜空中一颗闪亮的恒星——后来的人类文明将之命名“北落师门”。

活火焰克图格亚带领炎之精离开地球后，地球表面逐渐不再炽热。大气层温度下降，天空乌云密布，如同一张厚重的棉被将整个地球笼罩其中。不间断的大雨与不停歇的闪电持续上百万年，使得这颗星球产生了更复杂的有机物。然而，即便有了有机物，这颗星球依然是一颗死星，生命法则在这里似乎没有丝毫的体现，仿佛这里不受大母神莎布·尼古拉丝的眷顾。

无尽的沉闷死气在这颗行星上飘荡，直到一群鬼鬼祟祟、不可名状的古神来到原始地球的终北之地，才给这个死气沉沉的星球带来了一丝转机。

38 亿年前，地球生命的源泉

无限吞噬分裂个体的“母亲”

降临地表终北之地的古神悄悄撕裂空间的维度，从那如梦似幻的空间中小心翼翼地取出一大团黏稠的、如同肉块一般的东西，慢慢地放进了一片热气升腾的沼泽。古神们面色凝重，动作平缓、谨慎，但是，仍有一两个古神在这个过程中沾染了那团胶质肉块溅射出来的液体，瞬间在哀号之中化为瘫软的肉泥，并迅速被沸腾的沼泽中的肉块吸收。这团在沼泽中蠕动的肉块，正是“无源之源”“究极祖神”，外神乌波·萨斯拉。

这位外神无比强大，但也无比愚蠢、没有理智，一切的行动都出自本能。他有着强大的生命力，如果你仔细观察他身体上那些蠕动的肉块就会发现，每一个肉块都是一个挣扎扭曲的、有着独立智慧的单细胞生命。这些介于灵体和物质之间的个体，弱小的尚不及部分神祇的眷族，强大的则与旧日支配者相比也毫不逊色。但是，这些被分裂出来的个体刚挣扎着离开母体，就被乌波·萨斯拉重新吞噬了。

不断生育子嗣，又不断吞噬子嗣，这位一切行为仅凭本能，毫无理智、始终愚蠢的强大外神，是其他神祇都不愿

意接触的。不知出于什么目的，这群古神暗中将这位外神藏在这颗年轻的死星上。紧接着，大部分古神就离开了这颗星球，只留下一小部分古神潜伏在阴影中继续暗暗观察。

没有理智的乌波·萨斯拉在这颗死星上不断分裂，创造生命，然后又将那些有着自主意识与智慧的生命重新吞噬，与自己融为一体。生来强大、堪比旧日支配者的部分个体被分裂出来后，拼尽一切力量想要远离乌波·萨斯拉，但最终还是在绝望的哀号之中重新融入生命的本源乌波·萨斯拉体内。没有任何一个被分裂出来的个体逃过究极祖神的吞噬。

无法摆脱的宿命

无解的循环持续了几亿年，直到一个特殊的分裂体打破了出生即被吞噬的命运——伊德海拉。乌波·萨斯拉曾分裂出无数生命，被后世人类称为“梦之女巫”的伊德海拉并不是其中最强大的一个，但是，她有着同化的力量。伊德海拉可以吞噬周围的一切生命体，然后将生命体的基因重组，保留有利于自己的或是自己想要的基因或器官。她吞噬章鱼的基因，就可以长出章鱼的触手；吸收了巨熊的基因，就可以长出厚实的皮毛御寒。当然，诞生之初的梦之女巫伊德海拉在掌握同化能力之时，首先做的是分解自己的基因。她将自己的基因打碎、重组，在经历了撕心裂肺的痛苦之后，这位旧日支配者成功地改造了自己的一部分原始基因。她逃过了乌波·萨斯拉的吞噬，逃出了终北之地这个令人毛骨悚然的地方。

虽将终北之地远远抛在身后，但刻录在基因中的命运依旧如影随形。伊德海拉清楚地知道，终有一日，自己会回归乌波·萨斯拉的体内。究极祖神那强大、原始、无序且邪恶的力量，注定要在未来的某一天彻底吞噬自他分裂、进化而来的一切生命。每个细胞，每段基因，终将归于外神乌波·萨斯拉，归于无源之源。

梦之女巫伊德海拉不愿坐以待毙，她想要彻底摆脱回归乌波·萨斯拉的命运。她吞噬、重组基因的能力没有上限，只要愿意，她能随生命的进化而不断进化。通过吞噬其他种族的基因，筛选、保留那些强大、适合自己的基因，她可以进化到超乎想象的地步。不过，在此之前，相较于外神而言仍旧十分弱小的梦之女巫伊德海拉，需要寻觅无数的生命，这需要一些运气，更需要漫长的时间。

恩凯之沉睡者

终北之地的循环仍在继续，乌波·萨斯拉分裂出的单细胞个体转瞬即逝，但究极祖神的存在，仍旧使地球开始散发出活跃的生命气息。生命法则降临在这片荒芜的地球。散发着微弱生命气息的星球引来了强大的旧日支配者和银河系的高级文明。

首先来到地球的是克苏鲁的表亲，有着三柱神黑暗血脉的旧日支配者，“蟾之神”撒托古亚。这位旧日支配者来自遥远的索斯星。在过去的岁月里，他在索斯星过着悠然的生活。后来，星球被一个喜爱吞噬生物的外神占领。那个贪婪的外神几乎吃掉了星球以及周边的所有生物。为了逃脱被掠夺和吞噬的命运，撒托古亚离开索斯星，前往土星，并在那里停留了一段时间。但是，蟾之神很快就厌倦了那颗星球，他拖着沉重的身躯来到了蕴含着生机的地球，居住在一个名为恩凯的地底深渊中。他巨大的身躯囤积着无数脂肪，蟾蜍一般的头部有着一对半睁半闭、昏昏欲睡、永远打不起精神的眼睛。

与其他热衷厮杀的旧日支配者不同，撒托古亚没有统治欲，也没有攻击欲。他静静地蹲坐在黑暗的居所之中，就像一个有着高贵血统的王子，不去争夺王位，而是隐居山林，陷入永恒且神圣的睡眠。他并非没有智慧，正相反，蟾之神撒托古亚有着深沉的智慧，他精通古老的魔法，其中包括穿越时空的方法。在遥远的未来，人类魔法师伊波恩正是在蟾之神撒托古亚那里学到了禁忌的魔法，写下了那本流传于世的书籍——《伊波恩之书》。

与撒托古亚一同来到地球的还有他的眷族——“无形之子”。那是一群黑色软泥一般的生物。它们信奉蟾之神撒托古亚，在深渊中守卫它们主人神圣的睡眠。

10 亿年前，最初的异星文明

银河系之外，黑暗混沌的宇宙充斥着永无止境的厮杀。混乱信使奈亚拉托提普，以万物归一者犹格·索托斯的空间与时间为舞台，以森之黑山羊莎布·尼古拉丝的生命与基因为拨片，以宇宙间的文明为琴弦，演奏一场场喧嚣、刺耳、混乱无比的交响乐，以此取悦那位主宰一切的盲目痴愚之神，阿撒托斯。

但是，太阳系的这出混乱交响乐的声音微乎其微。这里的星球平平无奇，地球更是荒芜一片，亿万年如一日，没有任何戏剧值得众神观看。

从蟾之神撒托古亚降临地球，时间已经过去了数十亿年。地球不断变化，却始终没有智慧生物诞生。20 亿年前，旧日支配者、象之神昌格纳·方庚降临地球，他眼前的仍是一颗单薄而毫无生趣的星球，这位旧日支配者同撒托古亚一般，选择沉睡。此后，地球再未出现什么波澜，继续沉寂了 10 亿年，直到一个名为“古老者”的高级文明种族降临地球，这颗行星的沉寂才终于被打破了。

古老者的太空旅行

10 亿年前，古老者通过太空旅行来到了地球的南极地区。在外神和旧日支配者眼中，这时的地球平淡得令人作呕。整个星球的大部分地区都被海洋所覆盖着，由于地震和

火山喷发而涌现的尘埃和有害气体，伴随着升腾的水蒸气，形成厚重的乌云。腐蚀性极强的酸雨倾盆而下，不断汇入大海。如此酷烈的环境，完全不适合生命的诞生与繁衍。虽然地球上生活着外神乌波·萨斯拉和撒托古亚等几位旧日支配者，但这些强大的存在无意于改变环境，对繁育子嗣也没有多大兴趣。真正推动地球生命进化进程的是古老者。

整体而言，古老者同时具有植物和动物的特点，外形更像植物，生理上则更类似于动物。根据后世人类记载与考古发现，古老者长着五角星一般的头部，每个角都长有一只眼睛，此外，头部还有五根虹吸管和一套可以在黑暗中感知外界的纤毛组织。它们的躯干形似细长的酒桶，其上生有薄膜状的双翼。在身体的底部，古老者生有粗壮的附肢，便于在地面行走。古老者的肉体十分强大，既可以抵御宇宙中的强烈辐射，又能够承受深海的巨大水压。与过往降临地球的旧日支配者不同，最终抵达地球的古老者感觉如至天堂。地球的海水中含有丰富的无机物，古老者几乎不用花费任何精力就能摄取足够的养分，顺利地生存下去。很快，这些自遥远星球跋涉而来的探索者扭动身躯，动手在深海之下创建基地。

前往海底生活的古老者很快就进化出了纤细结实的百合状触手。这个种族对自己身体的掌控力极其惊人，它们熟练地用新生的器官加工、搬运石块等材料，建立起规模庞大的城市。

没有工具，以巨石为原材料，古老者的生产方式似乎与高级文明相去甚远。实则不然，在迁往地球之前，古老者已经在原本的星球创造了极其精细的机械文明，高度智能化的机械为古老者提供了舒适、安逸的生活。然而，古老者是一个高度自省的种族，很快便意识到极致机械化导致的情感缺失。强大的智能机械助手意味着便捷，便捷势必催生惰性，而虚拟世界的存在使整个种族脱离现实，结果，它们的生活和情感越发空虚。古老者担心，长此以往，安逸的机械社会如同温水一般，让“青蛙”不自觉地走向消亡。古老者一族果断地放弃继续发展机械文明，转而研究生物基因，专注于强化肉体的力量。得益于疯狂的生物实验，古老者拥有了最适合种族生存的身体，得以跨越广阔的宇宙，来到地球。

它们的身体能够抵抗深海中以兆帕计的高压，能够依靠翅膀轻盈地在虚空中飞行。它们不需要呼吸，只需要像植物一样吸收无机物便可存活。它们没有性别，只需要像蕨类一样发射孢子就可以繁衍。古老者寿命悠长，如非意外，比如遭遇战争，基本不会死亡。此外，它们五角星状的头部有着五个脑叶，古老者因而拥有极其发达的智力。它们有着清晰的自我认知，善于自省，习惯记录文明成果。无论是寿命、智力还是繁殖能力，古老者在碳基生物文明中都几乎无人能敌。古老者几乎算是完美地适应元古宙环境的种族。据推测，如果古老者始终通过摄取海水中的无机物维系生命，不扩张

生存领地，那么这个种族绝不至于日渐衰落，直到濒临灭亡。

自古以来，只要环境允许，不论其创造者是碳基生命还是其他形态的生命体，文明的产生与发展始终伴随着扩张。借用中世纪的观念来评判古老者这个种族的原罪，它们犯下的是七宗罪中的“暴食”与“贪婪”。虽然可依赖无机物为生，但古老者更喜爱有机食物，尤其是动物。为了满足口腹之欲，古老者开始尝试创造可以食用的生物。它们尝试了存在于地球的所有无机物，顺利培养出可以利用的原始的低级有机生物。但是，实验很快便停滞不前。古老者千方百计也无法打破这些原始生物的基因壁垒，创造更高级的生命。这片宇宙的生命法则在冥冥之中控制着每个基因的尽头。

研究无限停摆，直到梦之女巫伊德海拉出现并打破僵局。四处寻找新生命形式的伊德海拉吞噬了几个古老者，就此获得了与古老者交流的能力。这位古老且神秘的神祇悄悄地将有关究极祖神乌波·萨斯拉的信息透露给了古老者。

分析梦之女巫提供的信息花费了古老者巨大的精力，漫长的岁月中，地表的形态与过去相比早已面目全非。最终，古老者在终北之地的神秘洞穴中见到了令它们疯狂的一幕。无数原始却强大的单细胞生命体如潮水般自邪恶外神周身涌出，又不断被其重新吸收、融为一体。古老者如获至宝，它们想要取走乌波·萨斯拉的基因样本，利用外神强大的基因来创造可以食用的高级有机生物和服侍它们的奴隶种族。

即使古老者拥有臻于完美的强大的肉体，这种行为也称得上是自寻死路的疯狂之举。外神的强大远非文明种族可比，外神周身凝聚着混乱的本源，部分甚至是宇宙规则的化身，是生物文明无法触及的存在。幸运的是，如今出现在古老者面前的，是被古神秘密封印在地球之上的愚蠢、痴愚、毫无理智，仅凭本能行事的究极祖神乌波·萨斯拉。不幸的是，只要接近混乱的外神，一切次等的存在都将不可避免地逐渐丧失理智。

跃动的基因

在梦之女巫伊德海拉暗中的细心指导下，古老者牺牲了无数个体的生命，最终在乌波·萨斯拉身上取到一小块儿原始的、潜力无限的、跃动的基因。祖神基因不愧于无源之源的名号，神秘且强大，不受大母神莎布·尼古拉丝基因法则和生命法则的约束。莎布·尼古拉丝可以孕育万物，让万物在各自的基因限制中有序地进化。而究极祖神乌波·萨斯拉是一个无序的进化体，可以不受约束地随意创造基因。古老者得到的只是一个小小的基因片段，却同样具有无穷无尽的进化潜能。

返回海底城市后，这个智力超群的种族开始全力研究这份基因样本，致力于创造一种既听话又强大的生物。不久之后，一种肉体极为柔软、坚韧，可以随意变形的生物在古老

者的实验室中诞生了。这种生物既可以成为古老者的食物，也可以作为奴隶种族供古老者驱使。古老者将这个新创造出来的奴隶种族称为“修格斯”。

在古老者的日常生活中，修格斯这个种族的重要性不可忽视。平常，修格斯如同烂泥一般柔软，古老者可以根据实际需要，将修格斯用作流动的外骨骼或延伸的肢体。例如，古老者会将修格斯塑造成巨大的手臂或触手，利用它们轻易地搬起巨大的石块，建造恢宏的城市。身披修格斯化成的巨大铠甲，古老者可以轻松地移山填海。在科研领域，修格斯不仅是古老者的得力助手，还是优秀的实验对象。它们随心所欲地改造修格斯的基因，创造丑陋、怪异的下级种族。对古老者来说，修格斯还是一种非常美味的食材，它们的血肉口感极佳、营养丰富。最让古老者满意的是，它们根本不必担心修格斯的养殖问题。诞生于祖神基因的修格斯可以自动修复，无限分裂繁殖。总的来说，修格斯相当于一种可以无限自主再生、取之不尽用之不竭的资源。这就是伟大的究极祖神、无源之源最强大的地方！乌波·萨斯拉的基因打破了大母神莎布·尼古拉丝的生命法则，只需要一个小小的基因片段，就可以养活一个强大的高级文明。

大约1亿年，在修格斯的辅助下，古老者的巨型城市遍布地球各大水域。漫长的岁月里，地壳的大规模运动从未停止，新的大陆板块在海洋中升起，到8亿年前，古老者已经进化出了可以在陆地上维系生存的器官。虽然大部分古老者仍旧生活在海洋中，但新生的陆地上也开始出现古老者的巨型城市。

作为一个辅助族群，修格斯的存在完美地满足了古老者的欲望，它们彻底地融进了古老者的生活，融进了古老者的血肉。不知不觉间，古老者一族相继滋生了“懒惰”和“傲慢”这两大原罪。地球舒适的生活，让古老者逐渐遗忘了在漫长岁月里苦心创立的科技文明，在修格斯的辅助之下，古老者不再费力生活，以至于器官逐渐退化。而繁盛的文明和修格斯一族长久以来的顺服，让古老者抛弃了谨慎与自省，放松了对这个奴隶种族的控制。

古老者放松了警惕，拥有外神基因片段的修格斯在无数次的分裂之中，逐渐进化出了独特的大脑以及群体智慧。古老者渐渐发现，自己的奴隶竟然越来越不听使唤了，之后更是开始反抗它们的创造者，甚至生出了背叛的心思。

古老者起初并不在意，但修格斯一族的反抗意识越来越强，原本便捷的生活开始困难重重，它们不得不开始认真对待修格斯产生的族群意识。古老者结合科技与魔法，创造了一种晶体存储器，也就是后世人类口中的“古老者水晶”。这些晶体物质可以压迫修格斯的反抗意识，通过催眠、暗示等诸多方式，迫使修格斯一族听从晶体持有者的命令。遭到古老者水晶的镇压，修格斯不得不继续接受奴役。但是，已经诞生的心智、强大的分裂能力以及不断进化的能力并未因此消失。修格斯一族在压迫中静静地等待，等待能量积蓄完毕，等待反叛创造者的时刻。

最初的地球生命

修格斯暂时蛰伏，古老者的生活也恢复了往日的安逸。与此同时，地球也逐渐褪去了过往的死寂。古老者当年培育修格斯时，不慎泄漏了培养皿里的部分原始基因。时光流逝，如今的大海之中，是自原始基因进化而来的大量藻类以及海绵动物、刺胞动物等无脊椎动物。这些生命在海洋中不断进化，原本空旷的大海就因为究极祖神乌波·萨斯拉泄漏出的一点点基因碎片而变得热闹非凡。散发着丰富生命气息的地球引来了更多的外星生物。

7.5 亿年前，一个没有翅膀却能在空中飞行的种族降临地球。这种生物外形如同一条长长的水螅，周身生长着奇怪的触手，能够隐身，擅长操控疾风。根据现存资料，这个种族的真正名称无人知晓，被人类简单地称为“飞天水螅”。初临地球，飞天水螅没有试图抢占古老者位于深海之中的地盘，而是在坚硬的陆地上用玄武岩建造了自己的城市，竖起耸立的高塔。然而，两个种族和平相处的日子并没有持续太久。飞天水螅在陆地繁衍生息，需要越来越庞大的领地。试图向深海扩张的飞天水螅，与古老者爆发了地球自诞生以来的第一场种族战争。两个种族的厮杀极为惨烈，最终获胜的是肉体强大、在地球根基深厚的古老者。飞天水螅损失惨重，再也不敢觊觎海洋。同样元气大伤的古老者则默认了飞天水螅的存在，允许它们在大陆的有限区域生存。

显生宙·古生代

（约 5.4 亿年前—约 2.5 亿年前）

约 5 亿年前，古老者又在实验室中创造了最初的脊椎生物——鱼类，并允许它们自由进化。脊椎生物就像是这颗星球的天选之子，不断进化、繁衍，各种鱼类和哺乳类动物相继产生，开始向陆地转移。近亿年间，脊椎动物遍布地球的各个角落，更多的古老者也随之迁往到陆地。没有沉重的水压，它们的生活变得更加舒畅、自在。

地球的物种逐渐丰富，蓬勃的生命力吸引着域外生命。不久，一个文明种族跨越遥远的星际，盗取了地球上某种生物的躯体，建立了自己的伟大文明。4 亿年前，伊斯之伟大种族降临地球。

4 亿年前，时空穿越者降临

盲目痴愚之神阿撒托斯是一切的开端。主宰之下，是宇

宙中最强大的外神，他们无序、混乱，不可名状，过去与未来对他们没有任何意义，空间也无法限制他们的行动。既无生，也无死，除了阿撒托斯的苏醒，外神根本无须考虑生存与毁灭。

在外神之下，那些生命层次不够，没有资格进入阿撒托斯混沌神殿的存在，成了旧日宇宙的支配者。强大的旧日支配者遵循本能，带领眷族互相厮杀，以战争为乐，靠毁灭打发无尽生命中的无聊时光。弱小的旧日支配者则隐匿在一些星球的阴暗深渊之中，沉睡度日。

漫无边际的空旷宇宙里，数量最庞大的是生命法则自行孕育的智慧种族，它们的生命层次与旧日支配者和外神在本质上截然不同。在旧日支配者面前，即便是最强大的智慧种族也不堪一击。一些智慧种族观摩万物，探寻世界的规则，创建自己的文明。其中一些文明不断进化，凭借自身强大的血脉和发达的精神力，疯狂地探索宇宙的真相，甚至直接供奉旧日支配者，进而接触黑暗宇宙的秘密。夏盖星的夏盖虫族就是一个为了接触外神而不择手段的种族。不过，限于等级，有些文明没有接触宇宙真相的资格。它们的追求仅仅是让种群永远延续下去。

被称为古老者的文明经过各种尝试，最终选择将强化肉体作为文明的发展方向。这个头脑聪明、科技发达、肉体强悍且繁殖力惊人的高级文明很快就在银河系开枝散叶，向各个星球扩张，最终定居于地球，在深海之下建立了城市与文明。同样选择了地球的还有伊斯之伟大种族。这个来自伊斯星穿越时空而来的文明与古老者一样强大。只不过，这个文明选择的进化方向不是肉体，而是精神。

精神投射

这个诞生于伊斯星的种族有着得天独厚的天赋技能，它们能将自己的精神投射到其他种族的身体中，通过精神的交换获得强大的肉体。征服了一个又一个肉体强大的种族，这个选择强化精神的种族认定自己是“伊斯星上最伟大的种族”。这个种族的确强悍，自诞生之日起，伊斯星上没有任何一个种族能与之抗衡。它们在伊斯星创建了文明，并度过了悠久的岁月，直到伊斯星面临毁灭，伟大种族才决定迁移自己的文明。

宇宙迁移是许多高级文明都曾做出的选择。为了穿越空旷的黑暗宇宙，有的种族发展机械文明，制作精妙的机器人和强大的飞船，借钢铁之躯穿越星际，移民外星；有的种族，如古老者，则放弃机械，走上强化肉体的道路，靠强悍无比的肉体直接飞越浩瀚的虚空，进行宇宙殖民。伊斯之伟大种族则摈弃了肉体，进行匪夷所思的“精神移民”。它们选择一个时空，抛弃自己原本的肉体，然后将整个种族的精神投射到另一个种族的体内，达到文明延续的目的。至于伊

斯之伟大种族选择以这种方式延续文明的原因，要从它们对时间的认知讲起。

伊斯之伟大种族认为时间是弯曲的，处于一种无序、混乱的状态，因为整个宇宙就是一个迷离的梦境。这场梦没有开端与结尾，梦中先后发生的事件没有必然的联系，一切不过是高级维度投射在这个世界中的一些片段。对于伊斯之伟大种族来说，短暂的时间是有意义的，恒久的时间反而没有意义。时间如同衔尾之蛇，无始无终，伊斯之伟大种族所做的不过是从一枚鳞片跳到另一枚鳞片，而它们需要的仅仅是一个正确的坐标和一个适合精神交换的对象。

伊斯之伟大种族发明了一种机器，这种机器可以在狭小的空间内制造极大的质量，质量不断增大，时空开始扭曲，当质量增大到足够的程度，伟大种族就能找到一个黄豆般大小的时空漏洞。在精密科技的辅助下，伊斯之伟大种族可以将这个时空漏洞扭曲到任意的时空。伟大种族首先会挑选合适的目标生物，派遣种族精英作为先驱进行精神交换，确定时空彼端的世界是否更适合种族生存。一旦确定这个时空环境适宜，伊斯之伟大种族就会举族运用种族天赋，将精神投影投射到该时空的生物体内，强行与其置换精神，更简单地说，就是强行与其他生物进行灵魂交换。4 亿年前，伊斯之伟大种族就是通过这种方式穿越时空、降临地球，而被迫进行交换的那些精神则迷茫地在伊斯星的陌生躯体中苏醒，绝望地等待星球的灭亡。

当然，穿越时空并非没有风险。时间长河错综复杂，伊斯之伟大种族的天赋确实能够察觉普通感官无法察觉的模糊通道，找到正确的节点，但并非每个个体都能次次顺利地交换精神。一旦遇到错乱的时间线，即使是心智最敏锐的个体也会迷失在时间长河，就此湮灭。因此，伊斯之伟大种族对待时空之旅异常谨慎，群体性穿越更是仅在种族生死存亡之际才会进行。

被伊斯之伟大种族选中的地球生物拥有圆锥状的躯体，能够移动却有着植物属性。躯体顶部有四根触手，其中两根承担着手臂的功能，末端生有巨爪，可以进行沟通，也可以操作机械；一根相当于头颅，连接着生有三只眼睛的巨大球体；还有一根末端生有喇叭状的红色器官。新的躯体没有性别，依靠孢子进行繁殖，寿命极其悠长。伊斯之伟大种族很快就适应了新的身体，开始在陆地上建立自己的城市与文明，而陆地已经在过去的3.5亿年间被飞天水螅和古老者所占据。伊斯之伟大种族不愿招惹强大的古老者，而且，绝大部分古老者更愿意生活在深海而不是陆地。于是，争夺生存领地的战争在伊斯之伟大种族与飞天水螅这两个族群之间爆发了。

起初，未曾一败的伊斯之伟大种族没有认真对待飞天水螅的进攻。它们像以前那样，试图利用引以为傲的种族天赋，与飞天水螅置换精神，慢慢渗透敌方，从内部彻底瓦解

这个种族。然而，事情的发展与伊斯之伟大种族的设想截然不同。

飞天水螅这个种族有着极为特殊的身体构造，它们并非碳基生物，甚至不是纯粹由物质构成的生物。飞天水螅拥有一种人类至今无法理解的生命构成形式，它们不受地球引力的影响，可以轻易地在地球上制造强风，灵活飞行。它们还可以控制磁场，让光线穿透身体，达到隐身的状态。更令伊斯之伟大种族头痛的是，飞天水螅虽然拥有思维，其结构却不同于任何一种生物，完全无法与伊斯之伟大种族的精神波动匹配。一旦伊斯之伟大种族使用种族天赋，进入飞天水螅的肉体，那可怕的特殊结构就会扭曲伊斯之伟大种族的精神，根本无法交换飞天水螅的意识。在飞天水螅这个种族面前，伊斯之伟大种族的天赋毫无用武之地。多种物理攻击均收效甚微，伊斯之伟大种族不得不另求他法。仔细研究了飞天水螅的躯体样本后，伊斯之伟大种族发明了一种可以释放特殊电流的武器。这种形式的电流可以给飞天水螅构造特殊的肉体造成极大的伤害。

地球历史上的第二场种族战争持续的具体时间和详细经过已经无法考证，唯一可以确定的是，伊斯之伟大种族赢得了最后的胜利。它们无法彻底消灭飞天水螅，只能将这群恶心的怪物封印在地底世界，并派遣军队拿着武器在出口严加看守。

战争结束之后，伊斯之伟大种族在一片大陆的偏僻角落，也就是今天澳大利亚的大沙沙漠，建立了第一座也是最伟大的一座城市——纳克特。随着时间的推移，高耸入云、绵延无数千米的石块、混凝土建筑不断涌现，日常的智力活动与艺术活动也再次丰富起来。不过，安逸的生活没有消磨伟大种族的忧患意识。

这个种族其实非常有趣，精神投射带来的丰富知识让它们知道，在地球建立的文明终将毁灭，肉体会限制种族的发展，会有更强大的种族抢占它们的领地。即便肉体能够永生、更强大的文明始终无法发现这里，脚下的这颗行星终究有一日会毁灭，远处那颗明亮的恒星终归无法避免熄灭的命运。伊斯之伟大种族相信，有形的一切都会毁灭，唯有精神可以永生。

为了应对在地球上可能遇到的各种糟糕情况，伊斯之伟大种族不断派心智敏锐的个体进入时间长河，以地球为空间锚点，前往未来，了解整个地球的发展历程，掌握每个时代的知识。至于地球的过去，伊斯之伟大种族不曾亲眼见证，因为过去的地球没有可以进行精神交换的物种。不过，通过与其他星球智慧种族的精神交换，它们知晓整个太阳系的历史。纳克特庞大的建筑群中存放着伊斯之伟大种族发掘、记载的各个时空的历史，被称为“图书馆之城”。伟大种族知晓地球未来每个时代的发展，知道自己在漫长岁月之后的遭

遇，为应对危机做着充足的准备，从未像古老者那样耽于享乐，致使文明衰退、身体退化。

3.5 亿年前，伟大的克苏鲁降临

自伊斯之伟大种族降临地球，5000 万年过去了。伟大种族的平静生活即将被打破。

距地球不远的太空中出现了一群长着章鱼状触手的生物。这些可怕而扭曲的存在展开蝙蝠一样的肉翼，如同一群魔神划过虚空。仔细看去，这些密密麻麻地长着黏腻触手的可怕生物始终簇拥着几位尊贵的存在。其中一位是一个不断蠕动的形状不定的肉块，它的身上布满褶皱和鳞片。一位外形如同海星一般，有着极为宽大的触手。还有一位更引人注目，形似一只长着翅膀的巨大红色章鱼。这三个存在散发着莫名的恐怖气息，但他们并非是这群怪物中最扭曲的。最扭曲的是被他们簇拥其中的那个通体暗绿、体态臃肿、肌肉狰狞，头部如同章鱼一般生有众多触手的可怕存在。那是星之眷族的主人、未来拉莱耶的拥有者、深潜者侍奉的主神，伟大无比的克苏鲁。

克苏鲁漆黑的眼睛看着这颗蔚蓝色的星球。经历了漫长的旅途，这位曾经在银河系掀起惨烈战争的强大神祇如今已经略有倦意，他打算带领自己的子嗣与眷族，入驻这颗看起来很适合养老的行星。克苏鲁的精神波动将这种信息传达给身后的怪异生物。克苏鲁的眷族无不欢欣雀跃，赞美这个决定，他们也早已厌倦了漫无目的地漂流，渴望在一颗舒适的星球建立统治。而克苏鲁那几个可怕的子嗣也显露出炽烈而肮脏的欲望，他们想要在这颗蔚蓝色的小行星上施展拳脚。

克苏鲁的子嗣算是第三代的旧日支配者。他们虽然有着来自亵渎之双子的古老血脉，却远不如此时的克苏鲁强大，更不用说与全盛时期的克苏鲁相比。一方面，银河系被万物归一者犹格·索托斯用时空法则禁锢，得不到系外宇宙的能量补充，能量密度也大不如前。另一方面，大母神莎布·尼古拉丝施加给克苏鲁的基因封锁延续到他们身上，这群银河系中新诞生的旧日支配者弱得离谱。不过，这些弱小的子嗣仅仅是克苏鲁为了逃脱银河系这个牢笼所做出的尝试之一。

索斯星的岁月

当年，被活火焰克图格亚外溢的能量诱惑，克苏鲁与他的兄弟——黄衣之王哈斯塔惨遭基因阉割，被封锁在这片星系，之后因为屠戮文明而被奈亚拉托提普的精神攻击重伤，最后被古神趁机算计，虽然摆脱了古神的追踪，没有受到封印，但被迫陷入沉睡。面对三柱神的绝对实力，有着古老血脉的旧日支配者如同土鸡瓦狗般不堪一击。他们就像被关在笼子里的蟋蟀，只能在银河系中悲鸣。

转眼间，数十亿年过去，克苏鲁在银河系的偏僻角落苏醒。即使实力大不如前，旧日支配者仍是智慧种族无法撼动、难以企及的存在。克苏鲁可以占领一片领地，永远地维持统治，接受崇拜。但是，旧日的支配权对伟大的克苏鲁来说毫无意义。

他不想就这样沉寂，于是不断漫游，期望找到解除基因封锁的方法，抑或是寻到破开空间封锁的门路。不知辗转多长时间，克苏鲁来到了索斯星。索斯星是一个庞大的行星，它的体积大概是地球的四倍，再加上构成索斯星地层的岩石密度极大，这里的引力是地球的数倍。这样的环境下，海水根本无法在地表存积，全部渗入地下，星球表面只有狰狞的黑色石头，以及因水流侵蚀而形成的大大小小的山洞。

一般情况下，索斯星这样引力过大的星球根本无法孕育智慧种族。但是，这颗行星上确实生活着一群体质特殊的生物。而这个种族之所以能适应索斯星的恶劣环境，是因为索斯星拥有两颗散发着绿色光芒的恒星。

那是一对双子恒星，恰到好处的引力让它们围绕着共同的质心，在轨道上互绕，既不会渐行渐远，也无法合为一体。奇异的辐射让它们散发着绿色的光芒。绿色的光芒无比诡异，似乎有着改变生物基因的特性。克苏鲁途经索斯星时，立即被不远处双子恒星诡异的辐射所吸引。沐浴在绿色的辐射之下，这位伟大的旧日支配者欢欣无比。

克苏鲁的降临给索斯星的文明带来了空前的震撼，他们开始崇拜克苏鲁。伟大的克苏鲁很快就发现了索斯人的不同。这些索斯星的原生物种因为那诡异的辐射而变得极具可塑性。索斯人并非单纯的碳基生物，而是由一种形状不定的可变体构成。为了弄清辐射对生命体的影响，伟大的克苏鲁留在了索斯星，开始研究这个星系的双子恒星和索斯人。

克苏鲁很快便发现，索斯人竟然可以同化旧日支配者的基因。在克苏鲁的指引和赐予之下，索斯人很快就吸收了克苏鲁的基因，改变了自己的形态。他们长出了章鱼似的头颅，获得了极高的智慧，成了克苏鲁的仆从。让克苏鲁惊讶的是，同化了自己基因的索斯人还可以继续进化，若条件允许，这个种族甚至能够孕育旧日支配者。这个发现让伟大的克苏鲁异常兴奋，他知道，自己终于发现了一种有可能突破基因界限的生命体。如果能够通过这个种族打破大母神莎布·尼古拉丝设置的基因锁，伟大的克苏鲁就可以重拾巅峰时期的肉体力量。

接下来无数的岁月中，克苏鲁在索斯星展开基因和肉体实验，将同化了自身基因的索斯人收为自己的眷族，他们就是后来人类文献中常见的所谓“星之眷族”。不过，在星之眷族的身上，伟大的克苏鲁并没有找到打破基因锁的线索。在索斯星上的研究陷入了僵局，莎布·尼古拉丝的基因锁始终无解。就在克苏鲁一筹莫展，想要离开这个星系之际，一

位雌性旧日支配者来到了索斯星。

Idh-Yaa → P.282

让克苏鲁继续留在索斯星的是伊德·雅。这是一个通体白色、如同巨大蠕虫一般的旧日支配者。在这位旧日支配者体内，伟大的克苏鲁感受到了熟悉的血脉气息，那是来自森之黑山羊莎布·尼古拉丝与万物归一者犹格·索托斯的古老而强大的黑暗血脉——伊德·雅是克苏鲁同父异母的妹妹。

随着伊德·雅的出现，克苏鲁将新的计划提上了日程。既然无法通过星之眷族培育突破基因枷锁的存在，那么就由自己与同样血脉古老的妹妹结合。他希望，如此孕育的子嗣可以提高三柱神血脉的浓度，避免基因被封锁的命运。伟大的克苏鲁在索斯星上对伊德·雅展开追求，后者欣然同意了克苏鲁培育子嗣的计划。两位有着相近血脉的古老神祇在索斯星上缠绵，肉体的结合在生命法则的催化下孕育了新一代旧日支配者。

他们的第一个孩子是一团不断蠕动、长着诸多触手和肉块的怪物。克苏鲁的这位长子一诞生，身上便辐射出一种恐怖的能量，能够将接近他的弱小的生物石化，成为拥有思想却与死者无异的活雕像。在人类的文字记载中，他被称为

Ghatanothoa → P.283

“火山之王”加塔诺托亚。

可惜，即便拥有双子恒星绿色辐射的加持，加塔诺托亚身上依旧没有伟大的克苏鲁所需要的基因。克苏鲁与妹妹伊德·雅又开始了新一轮的造神计划。第二个诞生于绿色辐射

温床中的孩子有着两只巨大的带蹼手掌，与手掌相连的身体上长着一个满是触须的头颅，在茂密触手的深处是一只闪耀着诡异色彩的眼睛。克苏鲁的次子被后来的人类称为“深渊之主”伊索格达。伊索格达的诞生并没有给克苏鲁带来欢欣——他虽然有着巨大的身躯以及奇异的精神力量，但依旧不是克苏鲁想要的子嗣。紧接着，克苏鲁的第三个儿子佐斯·奥莫格诞生了。他海星般的躯体遍布巨大的触手，后来被人类称为“深渊住民”。让克苏鲁懊恼的是，佐斯·奥莫格比加塔诺托亚和伊索格达更弱小。

就在克苏鲁即将放弃这个方式时，伊德·雅生下了最后一个孩子。那是一个雌性旧日支配者。这个子嗣与克苏鲁最为相像，她的外形如同一只巨大的红色章鱼，背部生有蝙蝠一样的翅膀。在人类的记载中，克苏鲁的小女儿被称为克希拉。由于双子太阳的绿色辐射，克希拉成功地具备了与索斯人相同的能力。她能够随意改变自身形态，任意变大和缩小自己的肉体，若有足够的能量，克希拉甚至能够改变自身的基因。克希拉的降生使克苏鲁看到了打破基因诅咒的希望。这位伟大的旧日支配者欢欣鼓舞，这一刻，过往的忧愁离他而去。不过，现在的克希拉还年幼，无法控制自身这股能够改变基因的力量。此外，克希拉作为解开莎布·尼古拉丝基因枷锁的钥匙，要想成功转动锁孔，克苏鲁还需要一些其他的基因样本。克苏鲁很快就冷静下来。

黑暗无序的宇宙中，混乱信使奈亚拉托提普的眼睛始终注视着克苏鲁的一举一动，那股混乱邪恶的力量关注着银河系中的每一丝异常。索斯星的变化没有瞒过这位高维度的外神，在他看来，银河系的戏剧终于开始变得荒诞、有趣起来。这位神祇因莫名的缘由将索斯星的一切——双子恒星的特殊辐射，以及可以同化旧日支配者基因、不断进化的索斯人，透露给了其他困于银河系的外神。那些外神同样渴望逃出银河系，其中，可怕的外神克赛克修克鲁斯立即朝着索斯星奔来。伟大的克苏鲁感知到外神的强大气息，刚刚找到脱困希望的克苏鲁不愿在此时与外神有所冲突，于是带着新生的子嗣和星之眷族一起离开了索斯星，在无边无际的虚空中四处游荡，寻找新的落脚之处。

文明种族的“无助”

时间回到3.5亿年前，不知经历了几亿年的辗转漂泊，克苏鲁和他的子嗣们最终在星之眷族的簇拥下来到了太阳系。在这里，他们发现了一颗有趣的蔚蓝色小星球。这颗行星并不宽敞，但物种丰富、生机盎然，无比适合克苏鲁之女克希拉的成长。一般来说，没有特殊的能源或法则，体积如此小的行星不会产生如此丰富的生命形态、散发如此浓烈的生命气息。伟大的克苏鲁敏锐地发觉到地球的异样。

这一天，克苏鲁与子嗣们在星之眷族的簇拥下，降临在地球的一片大陆上。同时，这一天也深深地烙印在古老者和伊斯之伟大种族的记忆里。

地球的命运悄然发生改变。

他们首先降临在地球最庞大的那片大陆上。

那里视野辽阔，周围的海域散发着让他们舒适的气息，相较于其他星球的荒凉，这里的物种异常丰富。此外，这里已经有两个高级文明建立了国度。

克苏鲁的三个儿子，加塔诺托亚、伊索格达和佐斯·奥莫格迫不及待地降临在附近的文明城市里。对他们来说，这些城市无异于新奇的玩具。克苏鲁没有阻止三个儿子，任由自己愚蠢、肮脏的血脉摆弄地球上的那些种族，他只关心小女儿克希拉的成长。在这场邪神降世的灾难中，伊斯之伟大种族和古老者遭受了前所未有的灭顶之灾。

伊斯之伟大种族一直在等待离开的时机。火山之王加塔诺托亚的接近能让伊斯之伟大种族的身体瞬间石化，它们不得不将自己的领地逐渐缩小。在旧日支配者面前，再强大的文明种族也难以聚起反抗之力。伊斯之伟大种族蜷缩在自己的堡垒里，调试着进行精神投射的仪器。往返于时间长河的伟大种族可以洞悉未来的走向，窥探生机所在。它们牺牲部分族人的生命，躲藏到深邃的地下堡垒之中，等待着转机的到来。

古老者面对的则是侍奉克苏鲁的星之眷族。地球的引力

与索斯星相差几倍，诞生于索斯星的星之眷族不喜欢在陆地上那种轻飘飘的感觉，他们更喜欢深海之中的巨大压强。深海重压让索斯星的星之眷族找到了故土的感觉。星之眷族开始全力入侵海洋，这两个同样来自遥远天外的种族开始了旷日持久的大战。星之眷族吸收并同化了克苏鲁的基因，实力今非昔比，难逢敌手。古老者也寸步不让，修格斯一族在它们的催动下化为强大的外骨骼，如同给古老者穿上了厚重的铠甲。一时间，古老者与星之眷族相持不下，战争陷入僵局。

胶着的战争引来了克苏鲁的次子，深渊之主伊索格达的窥探。巨大的身影如同可怕的梦魇，笼罩住古老者的海下城市。转瞬之间，古老者经营了数亿年的恢宏城市就消失殆尽，取而代之的是一个深渊般的裂隙，海水奔涌而下，形成一道道巨大漩涡。在这一天，古老者终于记起了旧日支配者的恐怖，记起了在几亿年的安逸生活中逐渐遗忘的这个黑暗宇宙的规则。强大的肉体和悠久的文明在旧日支配者面前犹如蝼蚁，仅仅是克苏鲁的一个儿子，就足以覆灭古老者的文明。面对绝对的力量，古老者再也提不起反抗的勇气，古老者急剧收缩海洋中的领地，准备用手中的基因科技与克苏鲁谈判。

这个聪明的种族的确有着可以与克苏鲁谈判的筹码。热衷基因实验的古老者在克苏鲁的星之眷族潜入深海的第一时间就俘获了一个。星之眷族长着与克苏鲁相似的章鱼脑袋，远超寻常种族的生命力让古老者惊叹。随着研究的深入，古老者发现了星之眷族曾让克苏鲁震惊的可塑性。通过分析索斯人惊人的同化能力的基因序列，聪明的古老者逐渐得出一个结论："伟大的克苏鲁想要打破基因的禁锢。"正是这个发现给了古老者与克苏鲁谈判的资本。

危急关头与克苏鲁谈判——这是古老者进行的一场豪赌，它们用地球上所有古老者的未来，赌克苏鲁对它们的科技感兴趣。古老者将一份礼物送给了伟大的克苏鲁。那是一个精密的培养皿，培养皿中是究极祖神乌波·萨斯拉的基因碎片。

打开培养皿的那一刻，一道尖锐的精神波动自克苏鲁身上传播开来，回荡在整个地球之上。伟大的克苏鲁终于找到了突破莎布·尼古拉丝基因锁的关键。外神乌波·萨斯拉那恶心、古怪的基因，不受到大母神莎布·尼古拉丝的控制，可以随意改变，也可以被随意塑造。拥有这种基因，生命体既可以无限退化为最简单的原生质体，也可以无限进化为可怕的外神。伟大的克苏鲁兴奋得近乎癫狂，时强时弱的精神波动持续了几个月，散发的精神威压让他的四位子嗣惴惴不安，竭力收拢自己的气息，不敢引起克苏鲁的注意。自出生起，他们从未在自己父亲的身上感受到如此兴奋的情绪。随后，伟大的克苏鲁向所有星之眷族和自己的子嗣传递信息，命令他们回到最初降临的大陆。克苏鲁没兴趣

统治地球，也没有兴趣去奴役文明种族，他需要的是一个实验室。伟大的克苏鲁要在这个实验室中找到逃出牢笼的方法。

克苏鲁命令加塔诺托亚、伊索格达和佐斯·奥莫格留在姆大陆，禁止他们屠戮地球的物种；又让星之眷族在陆地上建立属于自己的国度。之后，一部分星之眷族按照克苏鲁的要求，建造高大扭曲、违反几何学的不规则建筑作为实验室；另一部分则不断捕捉地球的各种生物，将一个个挣扎、哀号的生命体送往崭新的实验室。

对于献上外神基因的古老者，克苏鲁答应不会对它们的种族赶尽杀绝，条件是，古老者必须持续为伟大的克苏鲁提供究极祖神乌波·萨斯拉的基因。克苏鲁亲身体验过三柱神的威力，他比一般旧日支配者更明白外神的可怕。即便知道乌波·萨斯拉没有理智，仅存本能，以及究极祖神被封印的位置，他还是将偷取外神基因样本的任务交给了古老者。这位旧日支配者不敢轻易接触外神，一旦被外神强大的混乱法则侵蚀，即便是旧日支配者也会逐渐失去自我，就像当年身为万众邪魔的首领耶布一样。

合约达成，星之眷族与克苏鲁的子嗣纷纷离去，古老者终于松了一口气，这个聪明且幸运的族群赌对了，献给克苏鲁的礼物为它们赢得了喘息之机。在过去的几亿年里，地球舒适的环境和修格斯的精心服侍，让古老者的肉体不断退化，不知不觉间已经无法再凭借肉体漫游太空，它们已经失去了进行星际移民的能力。安乐的生活让它们遗忘了宇宙的黑暗，如今，克苏鲁的降临让古老者自美梦中醒来，它们开始努力挖掘过去的研究成果，企图找回丢失在时间长河里的技术。

它们最迫切想要寻回的是肉体时空迁移技术。有了这扇空间传送门，它们就可以逃往没有旧日支配者的偏僻角落，继续苟活。接下来，古老者种族开始韬光养晦，用乌波·萨斯拉的基因稳住克苏鲁，趁机建立传送门，准备逃离地球。这并不是一个轻松的决定。想要取得乌波·萨斯拉的基因，需要牺牲大量古老者的生命，任何一点差错都会引来乌波·萨斯拉的无情吞噬。然而，只有成功复原传送门，地球的古老者才可以留下一份血脉，它们别无选择。

古老者退出海洋，放弃了海底的舒适环境，回到了初抵地球时降临的南极地区，在疯狂山脉中夜以继日地钻研。克苏鲁也将基因实验视为重中之重。一时间，地球迎来了诡异的平静。

克苏鲁的基因实验

乌波·萨斯拉的基因的确强大，那种强大的侵蚀与同化能力使克苏鲁不敢直接对自己的女儿克希拉使用原始的基因。他需要先将这些基因稀释，让它们不再如此暴躁，而稀

释基因的最好方式就是在其中插入更温和的基因。

自古老者培养皿中的外神基因泄入海洋，地球水域中演化出的新物种如恒河沙数，它们如同一道道天然滤网，在数亿年间，一代代地将那可怕、肮脏的基因逐渐净化成可以被掌控的基因。不过，也正是因为多代传承，地球生物基因中衍生自乌波·萨斯拉的片段过于稀薄，只有少数强大个体或变异体生物的体内才有可以利用的基因。克苏鲁对星之眷族下达命令，让他们搜寻诞生自究极祖神乌波·萨斯拉的地球生物。

星之眷族带回的生物样本越来越多，伟大的克苏鲁发现，他并非第一个利用地球生物做实验的旧日支配者。被抓回的一种名为“米里·尼格利”的生物，就是另一位旧日支配者改造地球生物所创造的仆从种族。早在20亿年前，象之神昌格纳·方庚便降临地球，生活在大陆某处的隐秘洞穴之中。不知过了多久，地球上出现了两栖生物，昌格纳·方庚利用部分两栖生物为自己创造了一个仆从种族。米里·尼格利是一种长着四肢五体的类人生物，它们的头部和皮肤类似于蟾蜍，周身黏稠、湿润，遍布令人作呕的肿块。米里·尼格利肉体强度有限，不擅长物理攻击，没有发声器官，拥有一定的智慧，但仅限于为其主人搜集食物。

克苏鲁具有古老而强大的血脉，天生拥有近乎完美的强大肉体，他要寻找的是真正强大的基因，对弱小的米里·尼格利充满不屑。不过，这种弱小的生物还是启发了克苏鲁，很快，克苏鲁就利用究极祖神乌波·萨斯拉的基因创造出一个巨大的两栖类生命体。这个生物长着四肢五体，身躯如鲸鱼般巨大，身上生有鱼鳞和鱼鳍，头部外观与鱼类相似。它有着庞大的基因冗余量，可以承载祖神基因的多变性。伟大的克苏鲁所创造的这个下级旧日支配者，在后世人类文献中被称为“大衮”。

大衮拥有极高的智慧，它遵循主人克苏鲁的命令，创造了一个仆从种族。这个种族外貌如同缩小版的大衮，有着近乎无尽的生命。人类称这种鱼头人身的怪物为“深潜者”，它们对战斗并无热情，十分热衷于繁殖——这个种族的诞生就是为了同化地球上那些自究极祖神乌波·萨斯拉的基因演化而来的高级生命。

深潜者与所有的类人高级智慧种族交配，在子嗣体内的强大基因会同化另一方的基因。如果给大衮和深潜者足够的时间，它们能够通过基因同化筛选出最适合小公主克希拉的基因样本。吞噬了这份基因样本，克希拉将打破基因锁，继承乌波·萨斯拉无限进化的能力。而伟大的克苏鲁，则可以通过夺取女儿的这种能力，突破自身基因锁的限制，恢复往日的强大力量。只要打破大母神莎布·尼古拉丝的限制，克苏鲁甚至能无限进化，突破到外神的层次。想到这里，克苏鲁的精神波动再次激烈起来。

地球上还有一位外神一直秘密地注视着克苏鲁的一举一动，这就是梦之女巫伊德海拉。伊德海拉与克苏鲁有着类似的命运。克苏鲁受制于莎布·尼古拉丝的基因阉割，实力大减，无法进化，而梦之女巫则因为父亲乌波·萨斯拉的基因控制，无法离开这位究极祖神太远。自乌波·萨斯拉体内分裂而出的这位神祇想要吞噬克苏鲁的子嗣，替换自己的基因，摆脱被究极祖神吞噬的命运。幻梦境中，过去将乌波·萨斯拉封印在地球的古神也开始着手准备，计划将发现这个秘密的克苏鲁封印。

他们的阴谋与诡计奇妙地交织在地球。这颗不起眼的小星球因为外神、旧日支配者以及古神三方不可告人的肮脏秘密而变得热闹非凡。

3 亿年前，克苏鲁被囚

古神与伊德海拉的共谋

梦之女巫伊德海拉的红眸一直在阴恻恻地注视着拉莱耶。这双眸子曾经不停地在克苏鲁的几个子嗣身上游荡，最终，停在了克苏鲁的小女儿克希拉的身上。

此时，深潜者已经成为一个族群，它们与星之眷族一起侍奉着克苏鲁及其子嗣，尤为严密地保护着克希拉这位小公主。在梦之女巫看来，无论是星之眷族，还是以大衮为首的深潜者都造不成丝毫威胁，唯有终日隐居在古城拉莱耶之中研究外神基因的克苏鲁是自己夺取克希拉的阻碍。诞生于地球的梦之女巫此时还远不够强大，即便拥有无与伦比的神格，力量却无法与克苏鲁相比。伊德海拉必须将克苏鲁自克希拉身边引开，才有机会吞噬小公主那强大而极具可塑性的基因。这并不容易。

就在梦之女巫伊德海拉头痛之际，一阵诡异莫名的精神波动触碰到她的意识。陌生的精神波动让伊德海拉悚然一惊。很快，她前方的空间出现了几个光辉的身影。他们自称古神一族，是远古之神的一个分支。

对于这些奇怪身影的自我介绍，伊德海拉只听懂两点：第一，古神一族是旧日支配者的敌对阵营；第二，古神有意帮助自己夺取克苏鲁之女克希拉的肉体。

不得不说，因为诞生较晚，又是究极祖神乌波·萨斯拉被送往地球之后才分裂出的强大的存在，伊德海拉对古神的行事作风没有丝毫了解。不过，古神的提议恰逢其会，梦之女巫觉得自己不必客气，欣然接受了他们的提议——由古神负责引开强大的克苏鲁，伊德海拉趁机偷偷吞噬红色的克希拉。

一个改变地球命运的大事件，就在古神们的笑意中开始了。

被算计的梦之女巫

起初，一切都进行得很顺利。古神在北部集结，肆意释

放着自己的精神力量，向拉莱耶所在地试探，蓄意激怒伟大的克苏鲁。克苏鲁感到凭空出现的古神气息，并被肆无忌惮的精神波动激怒，动身离开拉莱耶。大战似乎一触即发。

潜伏在拉莱耶附近的伊德海拉兴奋地接近克希拉。就在伊德海拉步步逼近、克希拉惊恐尖叫时，本已离开的克苏鲁却突然怒火冲天地出现在伊德海拉的面前。原来，古神根本没打算真的引走克苏鲁，他们的真实目的是让梦之女巫伊德海拉直面克苏鲁，自己坐山观虎斗，等双方两败俱伤后，渔翁得利。没跟古神一族打过交道的伊德海拉完全不知道这个族群的习性，被怒而折返的克苏鲁打了个措手不及。

伊德海拉不得不放弃就要到手的克希拉，准备先离开拉莱耶，避避风头。克苏鲁哪里肯让她离去。小女儿克希拉是克苏鲁精心培育的子嗣，是打开基因锁的唯一希望。眼下这个娇嫩的希望竟差点遭到吞噬，循着古神的气息离去却无功而返的克苏鲁怒火更盛，不管三七二十一，上前就与梦之女巫厮杀起来。

伊德海拉哪里打得过克苏鲁。她从诞生到现在不过三十多亿年的时间，远不如克苏鲁。更何况，因为乌波·萨斯拉的限制，梦之女巫无法离开地球，且此前从未与旧日支配者交手，也从未参加过混乱、血腥的战斗。

陡然面对克苏鲁的攻击，她只能不断变化成自己认为强大的生物来应敌。她化出形似深潜者的粗壮四肢和尖利爪牙，尝试攻击克苏鲁的庞大肉体，又化成形态不定的修格斯，化解克苏鲁的攻击。

凭借自身来自外神的强大基因，伊德海拉变化而成的生物竟然意外地与克苏鲁打了数个回合。然而，战斗意识薄弱、作战技巧几近于无的伊德海拉，也仅能接上几招，消耗克苏鲁的部分肉体力量而已。

左支右绌的伊德海拉很快便败下阵来，她始终没有放弃逃跑，然而，面对盛怒之下的克苏鲁，即使拼尽全力，她也没有找到任何可逃走的空隙。不久，这位诞生自地球的强大神祇，便被克苏鲁打成了一摊烂泥。

沉没的拉莱耶

虽然克苏鲁与伊德海拉的打斗不算大战一场，但是身处能量贫瘠的银河系，难以补充损耗的克苏鲁并不好过。他悬浮在空中，看着这摊肉泥被星之眷族仔细收集起来，计划将之作为实验材料，提取出能够帮助小女儿克希拉进化的基因样本。

星之眷族收拾完满地狼藉的战场，准备收工；克苏鲁也放松心神，准备返回城中继续实验。就在此时，几股强大的气息突然降临在拉莱耶上空。暗中窥伺已久的古神按照事先谋划，在现身的一刹那便向克苏鲁展开猛烈的攻势。如今的克苏鲁旧力已尽，新力未生，面对有备而来的古神，克苏鲁

一时之间竟然只能用肉体硬抗这波攻势。

古神阵营只派出一半古神与克苏鲁战斗，牵制克苏鲁的行动；另一半古神当场闭目冥思，他们身上散发出莫名的韵律，似乎牵动了天空之中的星辰。

如果你是在场的旧日支配者，就会清晰地发现，那所谓的星辰乃是来自一处亚空间的一种能量。这个亚空间在地球的上方显现出一条巨大的裂缝，闪耀的星辰光芒从中透出，笼罩在地球上方，而亚空间的法则力量正压制着整个拉莱耶古城。

那是一种奇异的法则力量。若是以往，这种法则力量根本不可能对旧日支配者产生影响。然而，这里是遭到时空封禁的银河系，外界宇宙的混乱法则在这里有所减弱。

克苏鲁当即发现，这个亚空间正是古神当初开辟的幻梦境。一股不祥的预感在克苏鲁的心中涌现。克苏鲁的精神波动荡漾开来。他的几个儿子接触到这种精神波动，立刻远遁而去，离开了拉莱耶古城，而克苏鲁的下级旧日支配者大衮，则立刻带着小公主克希拉飞速向深海之中逃去。

很快，克苏鲁担心的事情发生了。幻梦境的规则投射在拉莱耶古城之上，城内的星之眷族都开始昏昏欲睡。克苏鲁体内原本被成功压制的诅咒此时也因亚空间规则波动而复苏，开始在克苏鲁的体内游动。内外夹击之下，克苏鲁无力久战，唯有速战速决。只要打退这群古神、击碎亚空间的裂缝，就能赢得一线生机。然而，与梦之女巫伊德海拉的战斗消耗了克苏鲁太多的力量，他一时间根本无法完全恢复。

在古神的精心策划下，克苏鲁陷入死局。很快，克苏鲁便感到阵阵困倦，行动变得迟缓起来。就在克苏鲁陷入迷离之时，古神将拉莱耶的地基打碎。瞬间，海水翻涌而上，淹没了拉莱耶古城。惊涛骇浪中，星之眷族与他们的主人克苏鲁一同沉入海底深处。

海面尚未恢复平静，古神便取出一些刻印着奇怪符号的石碑。他们将石碑埋在拉莱耶古城的周围，石碑散发出的能量波动掩盖了克苏鲁的精神力量。

此后，克苏鲁的肉体因为古神的诅咒而被封印，陷入沉睡。而他的精神波动则因石碑的掩盖而无法传播太远。那个曾经引领无数旧日支配者开启无尽战争的伟大的克苏鲁，就这样被封印在地球这颗蔚蓝色的行星上。

暂时蛰伏

克苏鲁被囚禁在拉莱耶，随之沉入海底。当大地停止塌陷，不见克苏鲁身影的地球似乎恢复了往日的平静。

克苏鲁的三个儿子火山之王加塔诺托亚、深渊之主伊索格达以及深渊住民佐斯·奥莫格从此统治着姆大陆的文明，观望着大地上的一切。刚刚失去父亲的庇护，他们难以对抗其他旧日支配者，不敢如往日般横行无忌。

作为克苏鲁的下级旧日支配者和管家，大衮带领深潜者一族在海底深处保护着小公主克希拉。他们手上还有梦之女巫伊德海拉的血肉，然而，没有克苏鲁，即便是大衮也无法同化这些可怕且强大的来自外神的基因。他们只能将其封存起来，等克苏鲁苏醒之后再亲自进行研究。为了继续强化克希拉的基因，他们不断派出深潜者，引诱高级生物进行交配、繁衍，从而筛选、提取地球上那些强大的变异基因。

无论是克苏鲁的子嗣、他的下级旧日支配者大衮，还是大大小小的深潜者，他们都在等待克苏鲁的复苏。

2.75 亿年前，蛇人创立伐鲁希亚

伊德海拉的苦恼

风平浪静后，一处偏僻的洞穴中蹒跚地走出了一个身影——梦之女巫伊德海拉。

这位血统高贵的神祇恨得咬牙切齿。她从未想到古神竟然这样卑鄙，敢驱虎吞狼，利用自己消耗克苏鲁的力量，把自己视作炮灰。若不是有着众多的化身，这些化身与本体可以共享精神，她这次必定损失惨重。

吃一堑长一智，梦之女巫决定不再只注重本体的力量。她不断制造化身，这些化身有着独立的人格和各异的能力，又与本体拥有同样的记忆。在遥远的未来，这些化身将与人类结合，创造出众多有趣的故事。不过，当务之急还是

恢复力量。

她大部分力量都在与克苏鲁的厮杀之中消耗了，如今幸存下来的梦之女巫仅是化身，实力远不及本体。看着自己比诞生之初还要孱弱的身体，伊德海拉知道，自己亟须吞噬更多优质和变异的基因。

因为诞生于无源之源乌波·萨斯拉，伊德海拉能够无限制地吸收基因、自我进化。这正是她的可怕之处。然而，此时的姆大陆并没有合适的生物，自行演化而生的那些生物太过弱小，生命层次过于低级，根本无法满足伊德海拉的需要。心焦无比的伊德海拉尝试吞噬古老者和伊斯之伟大种族的基因，却大失所望。

因为修格斯一族提供的安逸生活，古老者在懒惰的腐蚀下肉体退化，它们的基因早已失去原本的活性。面对克苏鲁压力，它们甚至无法逃离地球，只能以牺牲族人为代价，退避南极地区。数千万年过去，古老者的基因还不如数亿年前美味。如今的古老者就像腐烂的果子，虽然散发着诱人果香，却让伊德海拉无法下咽。

至于另一个智慧文明种族——伊斯之伟大种族，就更加不足为道。它们投射精神时，选择的是一种介于动物与植物之间的生物。伊斯之伟大种族专注发展精神力，几乎无视肉体力量的发展，它们选择的身体虽然有利于发挥精神力量，基因层次却十分原始、低级。对伊德海拉来说，它们的

基因口感如同滑腻腥臊的胶质，与鸡肋一般。

梦之女巫伊德海拉苦寻无果，近乎崩溃——地球为什么没有进化出高级的文明生物呢！

在梦之女巫的眼中，新鲜、活跃的文明最为诱人。文明如同温床，在发展的过程中会孕育出无数变异的个体。而这些个体也会推动文明的发展，使其更为兴盛。而现在的地球上，只有古老者与伊斯之伟大种族这两个成熟到极点，开始走向衰落，已经不再产生变异的文明种族。

它们根本不能满足伊德海拉的需求。

就在伊德海拉一筹莫展之际，一个旧日支配者的出现让事情有了转机。

爬行类的诞生与众蛇之父

克苏鲁的气息沉寂后，地球上个个旧日支配者纷纷蠢蠢欲动，其中就有伊格。

他在远古时就来到地球。那时，地球的生命远没有现在这么多，伊格降临不久便选择沉睡。几亿年的时间在睡梦中倏忽而逝，古神与克苏鲁的战斗爆发了。剧烈的波动吵醒了这位旧日支配者。

离开沉睡的洞穴，这位全身长满鳞片的旧日支配者依靠腹部鳞片移动和滑行，从而缓缓出现在地表。如今（约 2.95 亿年前）熙熙攘攘的世界让他满心疑惑。

散发着浓郁生命气息的地球让刚刚苏醒的伊格产生了强烈的繁衍欲望。如同绝大多数旧日支配者一样，他也受到了大母神莎布·尼古拉丝的生命法则影响，无形中敦促他创造形形色色的眷属生物或下级种族。

无法抵抗大母神生命法则的召唤，伊格巨大的蛇躯不由自主地盘踞在松散的沙地上，生命的本源不断颤动，将古老、强大的血液凝聚成一颗颗卵，每一颗都孕育着一种与他体貌相似的生物。不久之后，这些卵一一孵化，地球上的第一批蛇类就此诞生，他也因此被后世人类称为“众蛇之父”。

蛇类诞生之后，众蛇之父心中的繁衍欲望稍稍淡去，随即将这个新生的物种冷漠地抛在脑后，任由其随意生长，自己则开始在这片大陆上游荡。蛇类的诞生并未给这位创造者带来任何喜悦。不少古老的旧日支配者都会在需要时创造眷属生物。它们不仅可以供自己驱遣，有些甚至足够强大，堪比弱小的旧日支配者。对伊格而言，这些存在才堪称造物，而蛇类不过是法则约束之下不得不创造的一些低级生命，无异于排泄物，不值一提。

梦之女巫伊德海拉敏锐地察觉到蛇类的诞生。她吞噬了这个新物种，顿时意识到蛇类基因的可塑性。一个计划迅速地在她脑海中成形。

伊德海拉首先同化了蛇类的基因，通过与其他物种的基因进行重组，成功塑造出一个拥有巨大蛇形身躯的化身。她

将本体意识转移到这具躯体之中，找到了众蛇之父伊格。伊德海拉提出，她想与伊格结合，共同创造一个文明种族。但她没有说明最终目的，是以这个智慧文明种族为温床，培养频繁变异的多元基因，为自己的进化提供营养。

众蛇之父本能地想要拒绝。在这位旧日支配者敏锐的感觉中，这个与自己有着相似生命形态的梦之女巫伊德海拉出现得过于巧合、突然。感觉到伊德海拉周身散发出的不凡气息，众蛇之父本能地感觉这是个陷阱。更何况，虽然因为大母神生命法则的影响，伊格难以抑制创造新生物的欲望，但途径并非只有交配和孕育子嗣，于是他拒绝了伊德海拉的建议。

伊德海拉哪里会善罢甘休，她催动被自己同化的蛇类基因，散发出雌蛇特有的气息，引动了众蛇之父本能之中的生殖欲望。那股气息夹杂着基因与生命法则的波动，伊格根本无力抵抗。

当伊德海拉的躯体与伊格的庞大蛇身接触后，来自大母神莎布·尼古拉丝的基因与生命法则顿时击溃了伊格的理智。两个半人半蛇的庞大生物在开阔的地表交合。最终，梦之女巫伊德海拉成功夺得众蛇之父伊格的基因样本。

伊德海拉挑选自身源于外神的部分基因，将变异潜能最高的片段编入了众蛇之父的基因。如她所料，伊格可塑性极强的本源基因成功承载住了源于乌波·萨斯拉的特殊基因。

整合完成的基因在伊德海拉体内形成大量的蛇蛋，短时间内便被生育出来。随即，梦之女巫的意识回到本体，伊德海拉为了与众蛇之父交配而专门创造的化身就此死亡。尸体边则是满地的蛇蛋和伊格。

在伊格的看护之下，这些蛇蛋陆陆续续孵化成功，约在2.95亿年前诞生了长着人身蛇尾的蛇人一族。对于这群用自己的本源基因创造的蛇人，伊格十分无奈。作为旧日支配者，伊格对这群弱小的存在不感兴趣。但是，这群弱小生物有着伊格的本源基因，在某种程度上来说就相当于伊格的化身。因此，伊格不能完全对这些蛇人不管不顾。权衡之后，伊格教授这群蛇人巫术与炼金术，并要求这群蛇人全身心地信奉自己，随后便再次陷入沉睡。而梦之女巫伊德海拉的其他化身则藏在地球各处，等待蛇人文明的形成，等待这个温床演化出能够为自己所用的强大而特殊的基因，供自己吞噬、进化。

不得不说，由两位孕育的蛇人极为优秀，再加上伊格的教导，他们精通黑魔法和巫术，擅长使用毒物和迷幻剂。在没有克苏鲁的空旷大陆上不断繁衍、进化。

2.75亿年前，距诞生之日起仅仅2000万年的时间，蛇人一族就建立了强大的帝国文明——伐鲁希亚。然而，这个刚刚诞生于地球的智慧文明种族过于依赖巫术和毒药，对科技不感兴趣，这为他们未来的衰落埋下了种子。

2.5 亿年前，古老者再遭重创

克苏鲁带来的阴云逐渐散去，退居疯狂山脉的古老者一族终于松了一口气——再也没有谁像催命鬼一样，逼迫它们窃取究极祖神乌波·萨斯拉的基因样本了。

在遭受克苏鲁威逼的日子里，古老者为了取得究极祖神乌波·萨斯拉的基因，已经损失了大量的同族。终于，克苏鲁被封印于海底，古老者放松心神，准备好好享受难得的平静日子。

唯有经历过压迫的种族才知道，自由和生命是何等可贵。古老者被强大、可怕的克苏鲁压迫了太长时间，在那段岁月里，它们面对死亡与毁灭的威胁，惶惶不可终日。如今，沉重的压力已经消散，这个曾被扼住咽喉的文明种族开始贪婪地呼吸自由的空气。它们停下一切繁重的劳动，将科技抛诸脑后，尽情地享受生活，享受没有压迫与死亡的生活。美食、艺术、娱乐，古老者花样百出地享受生命，一时间，这个文明涌现出无数艺术家和文学家。

随着时间的推移，古老者的堕落不仅没有停止，反而更进一步。它们开始追求华而不实的东西，逼迫奴隶种族修格斯建造各种标新立异但没有实际功能的建筑，一座座形如蜂巢的建筑拔地而起，高耸入云的尖塔被树立在海底的深渊之中。它们利用过往的生物科技培育各种美味的生物，将此作为生命的终极追求。它们的建筑越来越恢宏、奢华，它们的食物越来越繁多、精致，即便是古老者中最见多识广的建筑师、尝过最多山珍海味的美食家，也无法将其一一辨识。

古老者的文明再次停滞。族中的智者知道，古老者的信仰已经崩塌。克苏鲁的降临让这个高等文明清楚地认识到自己的渺小与脆弱。几亿年的进化，古老者几乎摆脱了寿命的束缚，它们自恃肉体强大，认为自己征服了宇宙，甚至敢研究外神的基因，未曾想它们引以为傲的肉体和科技在旧日支配者面前不堪一击。即使克苏鲁陷入沉睡，它们过去所相信的一切也早已土崩瓦解，再也无法复原。如今，这个高级文明惧怕死亡，愈发珍惜活着的每一天。

智者们寄希望于时间，希望悠久的岁月可以洗去族人内心的不安和及时行乐习性。然而，古老者变本加厉的压榨，让过去曾发动叛乱，最终被古老者水晶镇压的奴隶种族修格斯再次发起反抗。

在过去的几亿年里，修格斯已经发展出紧密的社会组织，但是，它们无法反抗自己的主人，因为古老者水晶会影响它们的神经网络，让它们一直处于催眠状态。

修格斯没有强大的科技，但它们有着源于究极祖神乌波·萨斯拉的活跃基因。经过不断的进化和变异，修格斯一族中逐渐出现了部分不会被古老者水晶影响心智的变异个体。现在，这些个体还十分弱小，数量也极其有限，但修格

斯已经无法再等下去了。

自从克苏鲁被封印、古老者重获自由之后，修格斯全族都被调动起来，昼夜不停地工作，为了修建规模庞大的建筑，不断移山填海。过程中，修格斯的数量开始锐减，劳损的成员始终无法得到休养。更重要的是，古老者最喜欢的一种食物是以修格斯为主要原料。

修格斯再也无法继续忍受古老者的压迫。于是，在不受古老者水晶影响的变异体的带领下，这个奴隶种族再次反抗自己的主人。

这股强大的反叛力量让古老者措手不及。长久沉溺在舒适的生活之中，笃信古老者水晶可以彻底压制修格斯一族，古老者根本没有其他防备修格斯的手段。反叛来势汹汹，古老者只得一边用水晶控制大部分修格斯，一边紧急研究那些变异的修格斯个体。

修格斯的反叛再次以失败告终。

修格斯的原始基因样本来自究极祖神乌波・萨斯拉，因而具有强大的变异性和进化潜力，虽然为古老者提供了巨大的助力，却也让古老者无法长久地控制它们。这一次，古老者决定永绝后患。它们研发出一种新技术来抑制修格斯基因中的活跃因子，这是一种针对修格斯的基因锁。

自此以后，修格斯再也无法变异出强大的个体，只能永远受制于古老者水晶，永远屈服于它们的创造者。

显生宙·中生代

（约 2.5 亿年前—约 6600 万年前）
是板块、气候、生物演化改变极大的时代，
走向爬行动物时代

2.25 亿年前，恐龙崛起，蛇人文明受创

距伐鲁希亚王国建立至今，已经 5000 万年。在这段时间，蛇人文明不断发展，已经空前繁盛。但是，与 5000 万年前的空阔大陆不同，此时的地球出现了一种庞然大物。

这种生物由地球生命自行演化而成，它们的身躯大多硕大无比，有的食草，有的食肉，最重要的是，它们天生克制蛇人。后世人类文明将这种生物称为“恐龙”，它们是中生代的主宰。

地球的原生物种基本衍生自乌波·萨斯拉泄漏到海洋的基因片段。近 7000 万年前，众蛇之父伊格创造了爬行类，这些生物的进化速度快到令人惊叹，用“爆炸式进化”来形容地球在这段时期的生物发展程度一点儿也不为过。

作为爬行类动物的代表，恐龙很快就进化出能将蛇人置于死地的本事。凶猛的肉食恐龙不断攻击蛇人，而蛇人悲哀地发现，他们引以为傲的巫术与魔法对这些庞然大物根本无效。那些在战争中能够轻松杀死同类的毒药，给抵抗力惊人

的恐龙造成的伤害微乎其微。数不胜数的蛇人被肉食恐龙吞噬，蛇人文明似乎在一夕之间便开始崩溃。没错，由强大的梦之女巫伊德海拉与众蛇之父伊格共同孕育、拥有双方基因片段的蛇人一族，竟然被智商有限，仅是肉体强大的恐龙逼到几乎灭绝。

让蛇人的境遇雪上加霜的是，受其奴役的其他智慧种族也趁乱发起反叛。有时，文明就是这样脆弱，即便有神祇的护佑，有神奇的魔法和致命的毒药，也会在野蛮的入侵之下分崩离析。

面对恐龙族群的入侵，蛇人不得不哀声祈求自己供奉的神祇，恳求众蛇之父伊格的怜悯。不幸的是，沉睡中的伊格没有回应这群弱小后裔。万般无奈之下，蛇人只好退离地表，在错综复杂的地下洞穴内建起恢宏、坚固的新城——幽嘶。

以迁居地下为节点，原本的蛇人文明伐鲁希亚王国正式消亡。

1.6 亿年前，米·戈降临

自肉体开始退化，古老者便祸不单行。近 1 亿年来，勉强被镇压的修格斯一族从未真正顺服，日复一日地消耗着古老者的精力，恐龙的崛起也进一步压缩了古老者的生存空间，1.6 亿年前，一个外星种族又扇动着巨大的翅膀来到地球。这种生命看似甲壳类动物，实质上却更接近真菌。它们的身躯呈粉红色，高度约 1.5 米。头部为椭圆肉瘤，其上生有短小触须，整体形如向日葵，没有明显的视觉或听觉器官，可变幻色彩。胸部生有数组细长节肢，背部生有数对巨大的、如同蝠翼一般的薄膜状双翼。

这群名为米・戈的外星文明种族来自遥远的冥王星，它们不靠语言交流，而是凭借精神波动传递信息与情感。米・戈的身躯看似脆弱，却能够仅凭肉体跨越空旷、危险的宇宙，移民地球。它们的到来给古老者造成了又一次沉重的打击。

米・戈特别强势，来到地球之后，它们看中了大陆上的一种金属，于是便大肆开采矿石。这种行为惹怒了重新散居于陆地之上的古老者。既然外来的种族侵犯了自己的领地，那就只能开战。古老者相信，即便不敌旧日支配者，但打败普通的宇宙文明种族是绝对没问题的。但是，古老者一族在开战后悲哀地发现，现实与自己的预想截然相反，退化后的它们根本无法与米・戈这个外星种族抗衡。

发生于地球上的这场外星生物与外星生物的战争，最终以古老者的撤退而告终。米・戈自此控制了地球北部的大部分区域，其中厌恶寒冷气候者则迁移至接近赤道的姆大陆。

对古老者来说，幸运的是，米・戈没有对它们赶尽杀绝。米・戈一族虽然拥有极其发达的科技，对医学和机械都有极深的研究，能够自由穿越星际，在宇宙各处建立辽阔的

殖民地，但它们无意用这些技术奴役其他种族，此次也是一样。它们对统治地球没有太大的兴趣，只是想开采地球上的矿物。

与过去降临地球的文明种族不同，米·戈一族热衷于向其他文明生物传播自己的宗教信仰。事实上，数以亿计的漫长岁月中，米·戈一族早就意识到，在混乱宇宙之中，拥有外神与旧日支配者的庇护是何等重要。

米·戈一族有着不逊于古老者的强大肉体，却不像曾经的古老者一样，将无坚不摧的肉体视作种族延续的根基。它们也不像伊斯之伟大种族一样，摈弃肉体的进化，利用精神投射实现种族的延续。米·戈一族信仰着众多的神祇。万物归一者犹格·索托斯、森之黑山羊莎布·尼古拉丝，以及混乱信使奈亚拉托提普，这些都是米·戈信奉的对象。此外，前往姆大陆的米·戈信奉克苏鲁的长子——火山之王加塔诺托亚。即便是与米·戈一族相互敌视的黄衣之王哈斯塔，也有少量米·戈信奉着他。它们更愿意用自己的科技取悦众神。

此次来到地球，它们还带来了一块黑黝黝、亮闪闪的晶石，也就是它们引以为傲的神奇造物——闪耀的偏方三八面体。原因无他，只要将这块晶石置于完全的黑暗之中，就能召唤出三柱神之一的混乱信使奈亚拉托提普的一具化身——“夜魔”。

显生宙·新生代·大灾变时代

（约 6600 万年前—约 260 万年前）

6500 万年前，蛇人文明的重建与恐龙灭绝

一亿多年过去，在大地深处，退离地表的蛇人文明早已不再局限于最初的狭小空间，如今，不仅幽嘶城更加宏伟、曲折，更有蛇人在漫长岁月中创建的庞大地底世界。

地底生活

避居地下至今，蛇人已经完全适应了幽暗的环境。以幽嘶城为中心，蛇人以一条条坚实的山脉为骨架，不断向深处挖去，挖掘出的泥土、巨石则被丢入深渊。时光流逝，蛇人在地下的生存空间越来越大，穹宇之下，不仅有高高低低的丘陵，还分布着地下水汇聚而成的浩渺湖泊。堡垒绵延起伏，巨大的城市星罗棋布，数不胜数的蛇人聚落拱卫着中央的城市——幽嘶。

一眼看去，幽嘶城并不高大。它坐落在坚实的山脉之上，是蛇人在山体上打造的四方城池。城墙以坚固的花岗岩为主要材料，墙内则是用黑色的巨石搭建而成的建筑，它们如众星捧月一般，将城池中央的青金石神殿烘托得庄严肃穆，那里正是蛇人供奉众蛇之父伊格的神圣场所。

幽嘶城并不高大，但城下却遍布密密麻麻的通道以及居

所，城中的蛇人就在这里生活。他们常年不见阳光，瞳孔变得细窄，全靠蛇信收集外界信息。与祖先相比，他们的四肢变得更短、更粗，粗壮的尾部成了他们穿行于地下隧道的主要倚仗。

在幽嘶城，蛇人有着严格的等级制度。首先，地位最高的是供奉众蛇之父的祭司。其次，是自远古之时流传下来的高等蛇人血脉。再次，则是普通蛇人。伊格的祭司享有至高无上的权力，据称，他们懂得伊格的语言，甚至能够直接与这位伟大的祖神对话。血统高贵的蛇人分为两派，一派是王族，他们兢兢业业地统治着蛇人帝国，另一派则是散漫而不问世事的学者。蛇人学者不仅传承了远古时期伊格教授的炼金术和魔法，还醉心于生物研究。据考，蛇人文明曾诞生过一位史无前例的强大变异体，他承袭了祖神赐予的古老智慧，使蛇人文明的生命科技迅猛发展。在他的引领下，蛇人创造出奴隶种族——“沃米人”。

沃米人身材高大，肌肉健硕，四肢粗壮，形如猿猴，毛发浓密，但智商低下。他们诞生于蛇人的实验室，此后受普通蛇人驱使，负责繁重、枯燥的挖掘和建造工作，是幽嘶城最底层的存在。据称，沃米人为杂食性生物，对蛇人而言极度不洁，故而并未成为蛇人的食物。

在严密的等级制度下，蛇人在幽嘶城繁衍生息逾亿年。他们的等级制度很少被推翻，或许是来自众蛇之父伊格的基因片段过于稳定，蛇人族的变异率几近于零，近万年才会发生一次突变。然而，每位变异个体都会为蛇人带来一场变革，让蛇人文明发生质的变化。

蛇人文明大兴

不知何时，蛇人一族的父神伊格终于自深沉的睡眠中醒来。再次回到地表，他眼前的世界已经面目全非。他发现，自己创造的蛇人一族踪迹全无，曾经繁华的蛇人城市如今仅剩断壁残垣，大地上活跃着的是从未见过的庞大生物——恐龙。

满心疑惑的众蛇之父向蛇人族传递了自己的精神波动。在蛇人祭司的引领之下，伊格来到地下的幽嘶城。见到一望无际的宏伟城市，伊格终于意识到，在自己沉睡的短暂岁月里，蛇人一族曾遭到致命的威胁。

确实，自从蛇人诞生以来，伊格在传授他们一些魔法和炼金术的皮毛之后，就再也没有出现过。没有自己的庇护，他们几乎无法维持种族的延续，不得不放弃地表的一切。

众蛇之父伊格顿感无奈。他虽无意花费过多精力和时间与他们亲近，但无法彻底割舍这群弱小的后裔。作为蛇人族创造者的众蛇之父，开始手把手地将一些科技知识与宇宙规则教给生活在幽嘶城的蛇人。随后，伊格再次沉眠。为免蛇人族在自己不知道的情况下再次遭遇重创、被某种强大的生

物毁灭，这次，他选择的安眠之所是幽嘶城之下的地底深处。

幽嘶城的蛇人潜心钻研众蛇之父此次传授的知识，他们惊奇地知晓，父神伊格是无比强大的存在，他与蛇人有着截然不同的生命形态，是宇宙中的旧日支配者。对伊格的崇敬占据了蛇人一族的心神。

蛇人一族对父神伊格传授的知识深信不疑，为了避免毁灭种族的灾难再次发生，他们开始全心研究父神留下的科技与宇宙规则。这一时期，幽嘶城的蛇人文明开始爆炸式增长，蛇人的进步速度远超过去两亿多年的岁月。漫长的岁月中，蛇人一族逐渐理解了魔法原理，掌握了生物科技。他们创造了许多令后世文明匪夷所思的科技，通过魔法与生物技术的结合，他们甚至奴役了沃米人这样的奴隶种族。

更加坚固、高大的堡垒出现在大地之下，蛇人文明迎来了科技发展的鼎盛时期。

陨石降临

就在蛇人族隐居地底、发展科技的同时，地球正处于后世所谓的“大灾变时代”。

所谓大灾变，源头乃是天外的一颗陨石。迄今为止，尚未有研究证实这颗陨石的来源，也无法确定陨石之上是否有其他存在。据物理学家推测，这颗陨石极有可能来自小行星巴普提斯蒂娜。初步可以确定的是，它于 6500 万年前左右撞向地球，位置在今墨西哥尤卡坦半岛附近。

巨大的陨石撞击后四分五裂，在巨大的冲击力下，海水瞬间沸腾咆哮，全球各地地震不断，火山因地壳运动而频繁爆发。喷发出的灰尘夹杂着水汽进入大气层，在季风的裹挟下扩散到全球，整个地球都被覆盖在厚重的灰尘之下，暗无天日的时代降临了。

没有充足的阳光，植物无法正常生长，失去食物的植食性动物相继死亡，继而是肉食性动物的死亡。与此同时，在灰尘的遮蔽下，太阳辐射的减弱导致地表温度骤降，地球就此进入严寒期，充满硫化物的大气层导致地球酸雨不断。

在这次后世地质学者所谓的“白垩纪末灭绝事件”中，地球的大多数动植物死亡、灭绝，曾称霸中生代大陆的恐龙也在其中，反而是退避地底的蛇人一族凭借科技发达的坚固城市幸存下来。

大地的震动让蛇人族非常惊愕，恐龙的灭绝则让蛇人族喜不自胜。他们感激父神伊格的指引，庆幸自己早早离开了地表。此后，蛇人一族对伊格的信仰愈发狂热。

5000 万年前，伊斯之伟大种族离去

陨石撞击带来的灾难逐渐被时间淡化。1500 万年之后，地球生态基本恢复如初，生机日渐旺盛，那些古老的种族如旧日般繁衍生息。然而，随着本土生命的演化，这些外星种

族与地球越来越“格格不入”。

地球原生动植物的变异概率和进化速度，是外来种族的百倍有余。数亿年来，古老者仅肉体稍有退化，基因大体不变。伊斯之伟大种族更不必说，它们的肉体来源于一种地球生物，但它们在骨子里就对变异深恶痛绝。伊斯之伟大种族在通过孢子繁育后代时，会将变异个体全部剔除，避免属于地球生物的基因发生变异，污染本族的精神力量。

不过，伊斯之伟大种族对地球生物基因的活跃性充满好奇。作为经常穿梭于不同文明之间的种族，它们知道，地球生物的变异速度在宇宙中绝属罕见。一般而言，一个种族自诞生至形成文明，所需的时间至少以亿年为单位。然而，基于地球种族的变异速度，这个时间甚至可以缩短至几分之一。伊斯之伟大种族甚至推测，地球上一旦进化出智慧种族，仅需百万年左右的时间便能演变成高级文明。地球的特殊性让伊斯之伟大种族不断对地球生物的基因进行研究，最终，它们在所有生命体的基因中找到了相同的因子，那是来自究极祖神乌波·萨斯拉的基因片段。这位外神的力量在一定程度上帮助地球的动植物抵消了生命法则之神、森之黑山羊莎布·尼古拉丝的基因束缚。它们的基因蕴含着乌波·萨斯拉的本源，有着无穷的可能性，意味着爆炸式的演化。

伊斯之伟大种族沉迷于地球生物的未来，它们选择不同时间点的地球生命，与之交换精神，以窥探地球的奥秘。在它们选定的个体中，有第十四王朝的古埃及人，有君主制衰亡后的欧洲学者，甚至还有人类文明灭绝后新生甲虫文明的个体。伊斯之伟大种族的精英去往各个时段，接触不同时期的地球文明，考察不同时代的生态环境和生物习性，判断种族未来的落脚之处。当伊斯之伟大种族在不同时间节点搜集信息时，被迫交换而来的异族精神体则被困在伊斯之伟大种族的躯体之中，用陌生的躯体书写它们脑海中的一切知识。记录完毕后，伊斯之伟大种族会将这些知识封存在一种不会被腐蚀的金属盒子中，存放于图书馆里。

如今，伊斯之伟大种族已经在地球生活了 3.5 亿年。在这段漫长的岁月里，它们从未停止对未来的探索，未来对它们来说并非秘密。它们已经做好准备，迎接它们早已知悉的灾难。

灾难的源头是当年被伊斯之伟大种族封印在地底的外星生物飞天水螅。无数的岁月让飞天水螅怨恨深重，日夜不停地寻找冲破封印的机会。大灾变时代所造成的频繁地震松动了封印它们的塔状建筑，给了它们逃脱牢笼的机会。它们不断将地震造成的裂缝扩大，而伊斯之伟大种族则竭力用专门对付飞天水螅的电击枪来抵抗。

起初，伊斯之伟大种族还能够控制局面，但是，脱困的飞天水螅越来越多，伊斯之伟大种族迅速开始溃败。很快，飞天水螅势如破竹，伊斯之伟大种族的城市沦为焦土，几亿

年的文明于顷刻间毁于一旦。在恨意的驱使下，飞天水螅不断厮杀，直到将视线所及的敌人全部杀死，才停止了疯狂的攻击。地底的岁月早已让飞天水螅无法适应地面强烈的阳光，完成复仇之后，这群古老的生物退回地下世界，继续安静地生活。

地面之上遍布着伊斯之伟大种族的尸体，伊斯之伟大种族的文明就此在地球消亡。然而，已经退去的飞天水螅并不知道，这些尸体中的精神体究竟去了哪里。这个能够精神移民、穿梭时间长河的种族不会轻易灭亡，一切都在它们的预料之中。在飞天水螅肆意杀戮泄愤时，伊斯之伟大种族中的部分精英早已带着大量的资料和信息，与木星上的一个文明物种交换了身体。

不过，木星的生活不过是缓兵之计，在不久的将来，危机再次降临，伊斯之伟大种族会再次分裂出一部分精英，将精神转移到金牛星附近，繁衍生息。在遥远的未来，在人类灭绝之后，伊斯之伟大种族会重返地球，这一次，它们选择的是地球上的一种甲壳类生物。

500 万年前，蛇人信仰之变

面对一个强大的神祇，哪个文明能够永不低头？

旧日支配者是宇宙规则的一部分，是智慧文明难以企及的生命层次。后世的人类，因每一条数学定理、物理定律的发现而狂喜，自以为离宇宙真理更近了一步。无数智慧文明操控基因，控制自身的进化方向，认为自己掌控了生命的法则。殊不知，无论是数学定理、物理定律，还是基因和进化，都是旧日支配者和外神制定的规则。

智慧种族或许可以发现、利用这些规则，外神和旧日支配者却能够改变这些规则。依附于强大的神祇，遵循他的规则，才能够长久生存下去，这是蛇人一族在很早以前就明白的道理。而众蛇之父伊格正是蛇人的父神，是蛇人文明所遵循的亘古不变的法则。

那么，什么能够改变一个文明所信奉的法则？答案是——另一个同样强大的法则！

500 万年前，这个小概率事件在蛇人文明中发生了。

埋下怀疑的种子

随着对黑暗宇宙的发掘和研究，蛇人一族逐渐推测出一个可怕的事实——他们的创造者，众蛇之父伊格，并非宇宙间唯一的真神，他仅是众多旧日支配者中的一位。

这种堪称异端的思想在幽嘶城传播开来，引起了蛇人一族的恐慌。数亿年来，众蛇之父伊格始终是蛇人心目中唯一的真神，是他们最高的信仰。质疑父神并非宇宙唯一之神的念头无异于亵渎。

不愿亵渎父神的蛇人采用鞭笞和自残的方式，试图摆脱

这种想法。在他们看来，那些将这种观念公之于众的蛇人罪无可恕，必须受到严厉的惩罚。在地底深处的幽嘶城，宗教迫害一时间成了蛇人的日常。一旦有科学家或哲学家提出多神理论，他们就会被剥去蛇皮，驱逐到充满死亡气息的地表。幽嘶城再无蛇人敢谈论其他旧日支配者的存在，对众蛇之父伊格的质疑就这样被压制下来。然而，怀疑的种子已经埋下，只待合适的时机发芽。

事情的发展超出了蛇人一族的预料。

在扩建新城的过程中，勘探地形的蛇人在一处幽深的地底洞穴里发现了一个可怕的恶魔——一直在深渊中沉睡、懒惰无比的蟾之神撒托古亚。

黑暗之中，看不清轮廓的庞大身躯之上，一双眼睛半开半闭，周身遍布短短的毛发，肥大的嘴唇间时不时吐露出黏腻的舌尖。他一派昏昏欲睡之态，浓稠的气息却让蛇人无法靠近一步。

虽然从未听到也未接触过撒托古亚相关的信息，但看到他的一刻，此行的蛇人便意识到，他与父神伊格一样，也是旧日支配者。

变质的信仰

起初，发现撒托古亚的蛇人惶恐不安，延续两亿余年的一神信仰，幽嘶城频繁上演的血腥迫害，让他们极为排斥这个潜伏在地底深渊之中的恶魔。

得知这一消息的蛇人一族试图向自己证明，眼前的蟾之神撒托古亚绝非与父神伊格同等级的存在。他们用尽所有的手段去攻击他。意料之中，无论是毒药还是魔法，都无法对撒托古亚造成任何伤害。事实上，他们甚至连靠近撒托古亚都无法做到，因为蟾之神周围围绕着如同烂泥一般的眷属生物“无形之子”。

这些眷属生物和古老者创造的奴隶种族修格斯很像，但无形之子具备更强的能力和更高的智慧，它们轻而易举地杀死了所有进攻撒托古亚的蛇人魔法师与蛇人战士。

蛇人一族别无他法，只能大量派遣麾下的奴隶种族发动攻击，打算以沃米人为炮灰，消磨无形之子的力量。出乎意料的是，身为奴隶的沃米人竟能毫无阻碍地接近蟾之神撒托古亚。紧接着，蟾之神那张可怕的大嘴探出黏稠的触手，将所有的沃米人吞噬殆尽。

一阵愉悦的精神波动荡漾开来，无形之子也跟随这阵恐怖的精神波动狂乱地扭动着如同烂泥一般的身躯。蛇人一族顿时明白这位深渊之下的恶魔想要的是什么。

接下来的数年间，蛇人不断将活生生的祭品献给他们眼中的恶魔撒托古亚。撒托古亚也习惯接受蛇人一族献上的祭品，当蛇人接近时，无形之子已经不再阻拦。

一开始，蛇人只献祭一些奴隶种族。但撒托古亚很快就

腻了，饥饿的撒托古亚会将贡品连同献祭的蛇人全部吞噬。他需要更为鲜美、更加高级的祭品。蛇人不得不开始将同胞献祭给撒托古亚。蛇人祭司颤抖着，不断献上族人，一次次蛇人的惨叫在撒托古亚恒久盘踞的洞穴之中回荡。

终于，他们的祭品缓解了撒托古亚的饥饿。这位克苏鲁的血亲，有着黑暗血统、知晓宇宙之谜的旧日支配者，转动那迷离昏沉的双眸，散发出一阵精神波动，毫不吝啬地将知识与魔法传递给前来上供的蛇人祭司。当然，旧日支配者的生命等级远远高于智慧文明，哪怕是他们眼中的常识，甚至于他们的存在本身，对于低级文明生物来说，也是亘古不变的真理。

接触那份可怕信息的瞬间，蛇人祭司眼中的恐惧一扫而空。他蹙眉深思，随之而来的是狂乱和喜悦。

此后，每当蛇人献上的祭品讨得蟾之神撒托古亚欢心，蟾之神就会散发阵阵精神波动，传递一些关于黑暗宇宙的信息，其中掺杂着禁忌的魔法与科技知识。日复一日，蛇人一族迷上了向撒托古亚献祭的过程。

自蛇人一族诞生以来，他们从未这样近距离地接触旧日支配者，从未如此酣畅淋漓地得到这样隐秘的知识。数亿年来，他们信奉的伟大父神伊格从不愿在蛇人文明久留，无论蛇人祭司献上怎样的祭品，都无法讨得众蛇之父的欢心。被父神冷落了几亿年，蛇人无比期望亲近强大的存在，获得他们传授的信息。

对于撒托古亚传授的知识，蛇人大多无法理解。然而，对蛇人一族来说，这些知识如同一片远在天边但取之不尽、用之不竭的淡水湖，虽然暂时无法开采，却远比守着一口难得出水的枯井艰难度日好上许多。得到这样海量、隐秘的知识，付出的不过是一些祭品，这样取巧的事让所有曾亲身向蟾之神撒托古亚献上祭品的蛇人沉迷不已。

无尽的知识、神祇的回应以及对力量的渴望，让蛇人一族打破了幽嘶城的禁忌。

曾经在恐龙的利齿下濒临灭绝，体验过绝望的蛇人在骨子里就有一种对力量的贪婪。这种贪婪鞭打着蛇人一族，刺激他们不断打破禁忌和伦理，只要能够变得更加强大，不再只能无力地承受毁灭与灾难的到来，即使变为扭曲可怕的怪物，牺牲自己所有的道德准则，接受肮脏、亵渎、可怕、邪恶的知识与力量，蛇人一族也甘之如饴。

最终，在强大力量的诱惑面前，这群曾经笃信众蛇之父伊格是唯一真神的虔诚信徒，这个曾经扼杀一切异端邪说、毁灭所有异端的种族，背弃了自己的创造者，打破了与父神伊格的约定，选择了邪恶而强大的撒托古亚。

幽嘶城的末日

短短十数年间，对蟾之神撒托古亚的狂热崇拜在幽嘶城

传播开来。既然蛇人族的创造者、真正的父神不愿赐予力量，自然有蛇人选择求助于恶魔。

蟾之神撒托古亚从不吝啬知识的赐予，长久处于“神圣的懒惰”之中，蟾之神不像其他旧日支配者一般富有攻击性，精神力的侵蚀性也相对较低。这位另类的旧日支配者只专注于两件事——进食和沉睡。负责举行献祭、频繁接触蟾之神的蛇人，逐渐成了幽嘶城中力量最强大的一批。

这群转而信仰蟾之神撒托古亚的蛇人摧枯拉朽般地打败了仍旧信仰众蛇之父伊格的蛇人。接连的胜利让这群蛇人实力大涨，在成功控制幽嘶城后，他们的野心开始膨胀。

存身于混乱的黑暗宇宙中，没有外神和旧日支配者强大无匹的实力，智慧种族只能卑微地苟活。文明的生灭仅在神祇的一念之间，安分守己无法确保种族的延续，但傲慢和放肆却一定会招致无上存在的惩罚。

信奉蟾之神撒托古亚的蛇人被短暂的兴盛蒙蔽了双眼，忘记了自己与众蛇之父伊格有天壤之别，傲慢的蛇人一族因来自撒托古亚的知识而沾沾自喜，竟然计划封印沉睡于幽嘶城之下的伊格。

此时在蛇人心中，伊格不再是他们的创造者，不再是力量和生命的赐予者，而是蛇人族进化道路上的阻碍。他们坚信，想要实现文明的蜕变，必须杀死自己的创造者，摆脱他通过基因施加在蛇人族身上的枷锁。

他们计划将众蛇之父伊格封印，然后将蟾之神撒托古亚引来，向他献祭众蛇之父。在蛇人看来，旧日支配者级别的祭品一定能够取悦撒托古亚，让他赐下更为可怕、强大的知识，甚至能够借此成为无形之子那样永远陪伴在旧日支配者身边的眷属生物。

蛇人们自信满满，将无数材料搬运到伊格身边，逐步布置封印。在洞穴上方，原本应该处于沉睡之中的众蛇之父伊格却睁着一双冷眸，注视着身下这群无知的微末存在。

看着围绕在自己周围的这群生物，感受着他们体内与自己相似的基因，众蛇之父伊格的眼中没有一丝温情。随着封印的完善，伊格感到周身渐渐产生躁动的气流，这无法伤及伊格分毫，却让他怒火渐炽。这位旧日支配者蓦然扭动巨大的身躯，在一瞬之间彻底摧毁了蛇人一族最坚固、最伟大的地下城市幽嘶，几亿年来的文明成果毁于一旦。

500 万年前的那一天，蛇人终于感受到旧日支配者的恐怖。一日之内，蛇人一族几乎死伤殆尽。并未改信撒托古亚的一小部分蛇人逃出地下世界，重返地表，还有极少数的蛇人因为正在侍奉深渊中的撒托古亚而幸免于难。

将蛇人文明推到灭亡的边缘，众蛇之父伊格仍不解气。身为蛇人一族的基因提供者，他掌控着蛇人身上源于自己的本源基因片段。他诅咒背叛自己的蛇人，自此以后，世世代代背负原罪，永无止境地活在恐惧之中，失去语言，失去肢

体，失去智力，逐步退化成自己当初创造的普通蛇类。而想要缓解这种源于基因的诅咒，只有全心全意侍奉伊格这一个方法。

至此，地球自古以来第一个也是唯一一个本土文明彻底衰落。

300 万年前，沃米人独立

传承两亿多年的偌大幽嘶城仅剩断壁残垣，蛇人文明分崩离析，幸存者分为两支。一支是小部分始终信奉伊格的蛇人，他们离开地底世界，在地表繁衍生息。另一支则是在恩凯深渊中侍奉蟾之神撒托古亚的蛇人，伊格苏醒时，他们因撒托古亚的存在逃过一劫。

这群转信蟾之神撒托古亚的蛇人在得知幽嘶城被毁的一瞬就知道，自己再无可能回到父神伊格的怀中。留在地底的蛇人一脉已经别无选择，他们继续为蟾之神献上祭品，祈求获得更多的知识。他们计划回到地表，在广阔的大陆之上重建蛇人文明，但这群蛇人舍不得能赋予他们强大力量的蟾之神，最终，他们决定带蟾之神一起前往终北之地。

懒惰的蟾之神撒托古亚自然不会自己移动。身形庞大、散发着混乱气息的旧日支配者让蛇人束手无策。不过，他们持之以恒的韧劲的确令人惊叹，潜心钻研蟾之神撒托古亚赐予的大量知识后，蛇人从中提炼出一种可以移动撒托古亚的魔法仪式。

蛇人们开始不断挖掘洞穴，用惊人的耐心将巨大臃肿的蟾之神撒托古亚一寸寸地朝地表移动。这项工作繁重而漫长。一批蛇人因力竭死去，或被短暂苏醒的撒托古亚吞噬，下一批蛇人就会立刻填补空缺。蛇人不断用生命实行这项伟大的计划。

最终，一条由无数代蛇人的血肉铺就而成的道路，将蟾之神撒托古亚从幽邃的地底深渊转移到终北之地的地下洞穴。

至此，时间已经过去近 200 万年。

当蛇人打算着手以蟾之神撒托古亚的所在为中心，打造一个更为强大的文明时，一个意想不到的事件打断了蛇人的喜悦——始终处于蛇人奴役之下的沃米人叛变了！

身披棕色皮毛、形如野兽的沃米人，诞生于蛇人一族的基因改造工程，他们有着强健的体魄和蓬勃的繁殖能力。在过去的 200 万年里，沃米人一直是蛇人移动蟾之神撒托古亚的得力助手。在蛇人眼中，沃米人不过是直立行走的野兽，是没有思想的趁手工具，是撒托古亚已经厌倦的低级食物。他们没有发现，在侍奉撒托古亚的悠久岁月中，沃米人已经形成自己的语言，有了严密的社会组织和等级制度。自诞生便一直遭受蛇人驱使的沃米人想要窃取蛇人的果实，独占旧日支配者撒托古亚的宠爱。

蛇人与沃米人的战争过程无人可知，唯一可以确定的

是，这场冲突以沃米人的自由而告终。据考古学者推测，蛇人虽然擅长使用魔法与毒药，但在过去的 200 万年里，幽嘶城的陷落让蛇人十不存一，前往终北之地的路上，又有大量蛇人被献祭给撒托古亚，至沃米人叛乱，这支蛇人的数量已经不值一提，自然不是沃米人的对手。

蛇人惨败，获得自由的沃米人兴奋地围绕在旧日支配者撒托古亚身边，在终北之地建立起属于沃米人的文明，如过去的蛇人一般，祭祀懒惰的蟾之神撒托古亚。

显生宙·新生代·第四纪·人类的舞台

（约 260 万年前至今）

人类登上历史舞台

蛇人退避，沃米人一心建立文明，归于平静的地球似乎连温度都开始降低。距今约 260 万年前，地球进入“冰河时代”，地球文明迎来新一波的灾难，地表气温陡降。随着冰期和间冰期的不断交替，气候时暖时寒。复杂多变的自然环境下，哺乳动物得到空前发展，进化出直立行走的猿人。

260万年前，希柏里尔文明的兴起

原始人的出现

1.6亿年前，外星种族米·戈降临地球，在与古老者的战争中大获全胜，将北半球的陆地收入囊中，终北之地也因此处于米·戈一族的统治之下。

米·戈一族热衷于向其他文明生物传播自己的宗教信仰，无论前往哪里，都随身携带着它们的杰作——闪耀的偏方三八面体，以便与奈亚拉托提普的化身——夜魔建立联系，传达对这位柱神的信仰。

米·戈降临地球时，伐鲁希亚王国已经被恐龙毁灭，幸存的蛇人族遁于地底，日日期盼众蛇之父伊格苏醒，重振蛇人文明。米·戈族接触蛇人族，希望将这块晶体赠给他们，并提出帮助他们与混乱信使奈亚拉托提普缔结联系。

蛇人拒绝了米·戈的赠予。那时，蛇人一族仍然纯洁，坚定地信奉着他们的创造者——众蛇之父伊格。在蛇人看来，米·戈所传播的关于混乱信使奈亚拉托提普的信仰是对众蛇之父的亵渎。愤怒的蛇人将前来传教的米·戈逐出了地下世界。

500万年前，幽嘶城的大部分蛇人背弃众蛇之父伊格，改信蟾之神撒托古亚。在伊格的怒火下，幽嘶城毁于一旦，蛇人文明没落。在幽嘶城沦陷的那日，米·戈将闪耀的偏方

三八面体置于黑暗之中，召唤出奈亚拉托提普的化身夜魔。这具化身隐在黑暗的角落，饶有兴致地观察惊惶不定、四散奔逃的蛇人，在一面倒的屠杀结束后倏然离去。

幸存的蛇人纷纷迁往他处，其中一支蛇人侍奉着蟾之神撒托古亚，一起转移到米・戈统治下的终北之地。这一次，米・戈没有再将蛇人作为传教的对象，它们选择的是终北之地新近兴起的原始人类。

米・戈一族开启了新一轮的传教，它们为当时还处于蛮荒阶段的人类讲述了伟大诸神的事迹与威力。

当时的人类过于弱小，对米・戈一族带来的强大科技与魔法垂涎不已，毫不迟疑地接受了米・戈传授的一切。虽然对米・戈提到的万物归一者、森之黑山羊、混乱信使等词汇一头雾水，无法理解有关他们的信仰和仪式，但在弱小的原始人类眼中，这些无疑是救命的稻草。他们生于寒冷的终北之地，处于诸多强大文明的夹缝之间，没有强悍的肉体，也没有发达的科技，就连没有思想的野兽也能威胁到他们的生存。原始人如同无尽黑夜中的行者，拼尽全力地想要抓住些什么，哪怕是恶魔的触手。

原始人类不断向混乱信使、万物归一者和森之黑山羊等伟大的神祇献上祭品，然而时光流逝，他们逐渐发现，这些所谓的神祇根本无法给人类提供任何庇佑。无论他们怎样虔诚供奉，不可名状的众神从未回应。

在凛冽的寒风和野兽的咆哮中，原始人抛弃了这些无用的信仰，不再信奉奈亚拉托提普、犹格·索托斯以及莎布·尼古拉丝。比起崇拜遥不可及的强大神祇，此时的人类更需要的是填饱肚子。很快，有关麋鹿女神的信仰传播开来，伊赫乌蒂成了终北之地的人类所信奉的主要神灵。

女神的庇佑

据称，痴愚的究极祖神乌波·萨斯拉曾分裂出无数大大小小的神祇，后世学者将初始状态的他们称为原生种。其中，大部分新生的原生种都在哀号之中被乌波·萨斯拉重新吞噬。首个逃过此劫的神祇是梦之女巫伊德海拉，在她离开终北之地后，又有几位为数不多的神祇摆脱了夭亡的命运。与伊德海拉相似，他们也拥有特殊的属性，才以各自的方法脱离了乌波·萨斯拉，其中一位便是茨琥梅。

茨琥梅的构造极为特殊，他的存在介于灵体和物质之间，且雌雄同体。茨琥梅继承了究极祖神乌波·萨斯拉强大的生育力，以自己的本源基因为材料，以一己之力繁育出地球上全部植物的原型，正是他的降临为终北之地注入了无限生机。而麋鹿女神伊赫乌蒂正是茨琥梅自我受孕后孕育的一位女神。与茨琥梅诞下的其他子嗣一样，伊赫乌蒂降世便被随意抛下，从未见过给予自己生命的茨琥梅。

作为诞生于地球的本土神祇，伊赫乌蒂并不知晓黑暗宇

宙的规则。加之银河系的封锁，她虽然神力强大，却不像旧日支配者那样，热衷于折磨信徒的精神和肉体。

当人类发现这位长着鹿角和鹿蹄、气息强大的女神后，欢欣鼓舞地把她簇拥到高处。看着对自己顶礼膜拜的生灵，麋鹿女神也由衷地感到高兴。当这位女神展露出笑意时，她周围的植物开始繁茂生长。这份能够控制植物生长、源源不断提供充足食物的丰饶神力，令当时终北之地上的原始人类狂热地崇拜这位年轻的神祇。

一时间，对伊赫乌蒂的崇拜成了终北之地主要的宗教信仰。人类以伊赫乌蒂为主神建立教团。在麋鹿女神的庇佑之下，人类的聚落生机盎然，充足的食物、丰富的能量，使得人类的希柏里尔文明迅速崛起、发展，可与获得自由的沃米人分庭抗礼。

特殊的人类基因

在原始人类文明蒸蒸日上之时，一双眸子透过浓重的黑暗悄悄地盯上了终北之地。那是被闪耀的偏方三八面体召唤来的奈亚拉托提普的化身——夜魔。

起初，奈亚拉托提普对地球上的智慧文明不以为意。无论是古老者还是伊斯之伟大种族都没有得到他的关注，对于后来崛起的蛇人文明也毫不在意。当初受到米・戈一族的召唤，让他稍微注意的也不过是伊格和撒托古亚。

对于人类，奈亚拉托提普原本并不上心。这个弱小的族群即使得到米·戈的偏方三八面体，也难以与自己沟通。然而，此后游走于北半球的夜魔，被数量越来越多的原始人所吸引。

根据夜魔长久以来的观察，奈亚拉托提普发现，人类文明的发展速度远远快于吐着信子、游走于地下的蛇人。更准确地说，人类这种生物所创造的文明，更新迭代的速度普遍超过黑暗宇宙中的其他文明。

百亿年来，黑暗宇宙中诞生的智慧文明不知凡几，其中能被这位混乱信使奈亚拉托提普看在眼中的文明生物屈指可数，而夏盖行星的夏盖虫族绝对算得上一个。以夏盖虫族为例，这个高级智慧种族用了几十亿年的时间，经过无数次基因改良，才进化出拥有精神共同体的蜂巢文明，这是智慧文明发展的天花板。

此后，由于大母神莎布·尼古拉丝的生命与基因法则，夏盖虫族进化受限，数亿年间，从未成功突破种族的生命维度，进化出堪比旧日支配者的独立个体。逼不得已，夏盖虫族放弃追求个体的基因进化，转而在宇宙中探寻盲目痴愚之神阿撒托斯的身影。前前后后又是十数亿年过去，虽然其中有着奈亚拉托提普的手笔，但疯狂的夏盖虫族真的完成了召唤主宰阿撒托斯化身的仪式。

总而言之，在众多文明种族之中，夏盖虫族堪称励志典

范，是少数凭借自身努力成功触及基因屏障的智慧种族。当然，结局并不会因此改变。接触了太多黑暗宇宙的秘密，夏盖虫族日渐疯狂。最终，这个强盛的文明在奈亚拉托提普的谋划中走向灭亡。

与夏盖虫族相比，人类这种地球生物的特殊性昭然若揭。纵观古今，人类文明的发展处处可见外神与旧日支配者的身影。强如夏盖虫族，也是在基因进化到极点后，才接触到黑暗宇宙的规则，进而得知外神与旧日支配者的存在，引来他们的目光。而人类却早在蒙昧时期就已经接触到黑暗宇宙中关于旧日支配者乃至外神的信息，他们甚至可以将其记录下来，留给后世人类阅读。

此外，夏盖虫族的进化动辄十数亿年，而人类却在短短万千年间孕育出强大的变异个体。而一个变异个体的出现，往往会迅速激发其他个体的变异。在接触有关外神和旧日支配者的邪恶、肮脏的知识时，面对那种无孔不入的精神侵蚀，这些个体竟然有着不弱的抵抗力。

这种异状不仅引起了奈亚拉托提普的兴趣，也是后世学者眼中的未解之谜。有人推测，人类的特殊性或许是因为源于究极祖神乌波·萨斯拉的部分基因片段。拥有这位外神的基因，便不受大母神莎布·尼古拉丝的法则限制。

奈亚拉托提普试图近距离观察人类文明的演化。他派遣自己的化身融入终北之地的人类王国，让他失望的是，他的化身无法理解渺小人类的行为。人类没有强大的精神力，他们的情感波动易变而微弱，难以捕捉。奈亚拉托提普转而选择变异程度相对较高的优秀人类个体，用自己的力量将其侵蚀，试图把他们转化为自己的化身，以便混入人类社会。然而，人类体内来自乌波·萨斯拉的基因序列会干扰奈亚拉托提普的侵蚀，最终使遭到侵蚀的人类变为没有理智的扭曲怪物。现在的人类，体内存在一种微妙的平衡，哪怕只添加一丝一毫的外物，也会让人类混乱的基因瞬间爆发。

一时间，过于弱小脆弱的人类让奈亚拉托提普无处下手。

隐匿的女神

奈亚拉托提普沉思之际，一个美丽的身影出现在他的视线里。

当时，麋鹿女神伊赫乌蒂因被人类为其举办的欢庆仪式中的舞蹈与歌谣召唤而来。她的到来，为终北之地带来了无限生机。数不胜数的植物肆意生长，谷物与果蔬眨眼间便散发出诱人的清香。在这片生机有限的寒冷之地，旺盛的生命力让见到此景的人类愈发迷狂地赞颂伊赫乌蒂。

麋鹿女神伊赫乌蒂柔滑的鹿角在暗夜中微微闪烁，层叠的裙摆之下是女神修长的双腿和纤细的鹿蹄，半遮半掩的丰满身躯给人类带来繁衍的欲望与动力。人们匍匐在女神的脚

下，感受女神周身萦绕的气息，陷入狂欢。

经过迷醉的原始人类，一个陌生的身影接近了麋鹿女神伊赫乌蒂。漆黑如夜的斗篷之下，正是混乱信使奈亚拉托提普。

感受到伊赫乌蒂身上与乌波·萨斯拉相似的气息，奈亚拉托提普突然想到一个绝妙的主意。如果无法直接利用人类低级的肉体制作化身，是否能够与拥有乌波·萨斯拉基因的伊赫乌蒂结合，诞下既与自己共享记忆又与人类同源的化身呢？

站在伊赫乌蒂面前，奈亚拉托提普提出了与她结合并诞下子嗣的想法。麋鹿女神一言未发，满脸羞红地腾跃而去。奈亚拉托提普摸不着头脑，只能追了上去。两位神祇在你追我赶过程中，伊赫乌蒂逐渐感知到奈亚拉托提普的神奇，最终接受了奈亚拉托提普的追求，不过，她要求奈亚拉托提普用原始人类的方式举办婚礼，正式娶她为妻。

这个要求让混乱信使奈亚拉托提普更加摸不着头脑。外神与旧日支配者是没有“婚姻”这个概念的。在奈亚拉托提普看来，两个神祇为了生育子嗣而短暂结合是一件再正常不过的事情。而他追逐麋鹿女神，也仅仅是因为想要创造一个子嗣。至于伊赫乌蒂口中的婚姻，以及人类的嫁娶仪式，对于奈亚拉托提普来说完全没有意义。

在这位外神眼中，仪式是力量的一种运用方式，简陋、原始，但适用于智慧种族。然而，就他观察，终北之地的人类所谓的仪式并没有产生任何力量波动，自然也没有丝毫的意义。

与奈亚拉托提普不同，伊赫乌蒂生于地球，一直以来受原始人供奉，她理解原始人的仪式，也认同原始人的仪式，她重视“丈夫”和“妻子”这两个概念所代表的名分与意义。

结果，奈亚拉托提普在莫名其妙的情况下参加了自己的结婚仪式，成了麋鹿女神伊赫乌蒂的丈夫，并着手与女神孕育子嗣。

很快，奈亚拉托提普发现，麋鹿女神伊赫乌蒂的身体构造过于特殊，她可以孕育子嗣，却无法融合自己的基因。总而言之，他与女神的结合无法为他带来拥有乌波·萨斯拉基因的子嗣。

将子嗣制成化身的计划宣告失败，奈亚拉托提普失去了留在终北之地的理由，头也不回地离开了。他的离开伤到了麋鹿女神伊赫乌蒂的心。自那以后，只有伊赫乌蒂教团的首席大祭司能够与女神沟通，终北之地的原始人再也没有见到麋鹿女神的身影。

170万年前，凛冬降临

170万年前，地球正值冰期，南极和北极的冰川不断向赤道侵袭，漫天冰雪，气候严寒。温度陡降的地球获得了两

位旧日支配者的喜爱。一位是活火焰克图格亚的后裔，冰焰极圈之主——亚弗姆·扎Aphoom-Zhah → P.291，另一位则是崇拜黄衣之王哈斯塔的冰寒死寂之神——伊塔库亚Ithaqua → P.292。

冰焰极圈之主亚弗姆·扎降临地球后，不断吸收周围的热量，使得终北之地异常严寒，温度远低于地球其他地区。而冰寒死寂之神伊塔库亚则在冰霜之中肆意掳掠智慧种族，作为祭祀黄衣之王哈斯塔的牺牲品和进行改造的素材。

伊塔库亚能够赋予自己的信徒抵御严寒的能力。一时之间，因严寒而濒临灭绝的智慧种族开始向这位旧日支配者靠拢，期望他赐予御寒的力量，让自己的种族得以延续。其中有沃米人和蛇人，甚至还有史前人类参与其中。当然，即便因为崇拜伊塔库亚，进而获得了抵御寒潮的能力，地球上的文明也仅能苟延残喘，想像过去那样迅猛发展是绝无可能。

智慧种族不堪一击，北极圈的两位旧日支配者肆无忌惮地拓展势力范围，致命的寒气逐渐覆盖了整个终北之地，甚至波及了位于太平洋彼端的姆大陆，隐隐影响到了深海中的古城拉莱耶。看守克苏鲁封印的古神大为吃惊。

很快，古神在寒冷的风雪中出手了。古神此次采取的手段已不可考，但根据终北之地的地质遗迹，古神这次施展的手段明显比封印克苏鲁时更加强势、猛烈。

强大的封印直接将冰焰极圈之主亚弗姆·扎囚禁在北方

极地的深坑里。在陷入沉睡之前，愤怒的亚弗姆·扎用最后的力量将整个终北之地全部冰封。终北之地上的文明，无论是信仰蟾之神的沃米人和蛇人，还是原始人新近建立的王国，几乎都被冰封在永恒的冻土之下，化作历史的尘埃。

古神全力一击，封印了冰焰极圈之主亚弗姆·扎，面对另一位旧日支配者，他们已经无力施加强大的封印。几近力竭的古神联合起来，将咒印刻在冰寒死寂之神伊塔库亚体内，让这位冰寒死寂之神无法继续扩大领地。

这场摧毁大量智慧种族的酷寒持续上百万年，学者将这段时间称为冰河时代。

75 万年前，终北之地文明终结

信仰的衰落

麋鹿女神伊赫乌蒂隐没，凛冬降临，希柏里尔文明的处境变得愈发艰难。虽然大祭司依旧能够通过特殊的仪式与麋鹿女神联系，但这种联系日渐微弱。失去了神祇的庇护，希柏里尔人的信仰开始出现微妙的变化。亵渎的信仰开始在祭司阶层传播开来。

迁移到终北之地的蛇人文明早已背叛自己的祖神，转而崇拜愿意赐予各种黑暗魔法的蟾之神撒托古亚。他们将学来的知识和魔法用文字记载下来，编纂成禁忌的典籍，代代相传，最后辗转到了希柏里尔人手中。

最初，希柏里尔人对蟾之神的黑暗典籍不感兴趣，伊赫乌蒂的力量足以维持整个文明发展，他们并不贪婪地渴求更多。但今时不同往日，女神伊赫乌蒂已经杳无踪迹，能够读懂这些古老书籍的人类开始动摇。他们秘密地学习、施展书中的魔法和炼金术。来自蟾之神撒托古亚的黑暗魔法不仅给予使用者强大的力量，引人沉迷，还会附着在人的精神上，让每个接触它的人走向疯狂。

对撒托古亚的疯狂崇拜遭到伊赫乌蒂教团的仇视，他们迫不及待地对异教徒展开屠杀。清洗迅速升级，很快，不仅接触过黑暗典籍的异端被教团驱逐，就连与他们有关的人也惨遭迫害。

千年难遇的伊波恩

在伊赫乌蒂教团驱逐的人群中，有一位日后影响伊赫乌蒂教团命运、改变地球人类发展方向的重要人物，而现在，他只是一个苍白、消瘦的少年。

约 75 万又 200 年前，名为伊波恩的少年因被迫害而流离失所。迫不得已，他投奔了父亲的一位魔法师好友，终于获得了安身之所。然而，厄运并没有就此放过伊波恩，收留他的老魔法师塞拉克因为研究禁忌魔法，变成了形如蛇人、毫无理智的怪物。为了生存，伊波恩只能杀死怪物，收拾好老魔法师的遗物，开始流浪生活。

流浪期间，伊波恩开始阅读魔法师留下的古籍，逐渐被书中来自蟾之神撒托古亚的深邃知识吸引，走上了探寻禁忌的道路。在一次偶然的机会下，伊波恩进入了恩凯之深渊，在那里遇到了撒托古亚。

巨大的蟾之神撒托古亚居于地底深渊之中，接受无形之子和沃米人的供奉。自从被蛇人一族历经千辛万苦搬运至此，他懒惰的身躯就再也没有移动过。蟾蜍般的丑陋面孔上，眼睛始终半睁半闭。他似乎从未醒来，一直处于神圣的睡眠状态。对于这位旧日支配者来说，地球上的一切都无法引起他的兴趣。过往的无尽岁月里，地球上的一些智慧种族曾经供奉过他，但从不足以让他苏醒，直到伊波恩到来。

伊波恩的身上散发着特殊的气味，怪异、刺鼻，让蟾之神撒托古亚缓缓苏醒过来。身有高贵的黑暗血脉，撒托古亚知晓黑暗宇宙的诸多秘密，他从伊波恩的气息中清楚地感知到外神奈亚拉托提普的影子。蟾之神不知道这个弱小的存在为何受到奈亚拉托提普的关注，他开始与伊波恩交流，探究这个人为何而来。这场交流的具体内容后人无从得知，唯一可考的是，伊波恩在黑暗中与蟾之神撒托古亚交流之后，心智健全地走出了深渊，留下了大量的秘密和魔法知识。

这一壮举在人类之中堪称史无前例。伊波恩的人生也自此变得精彩万分。在接下来的人生路途中，他一边躲避伊赫乌蒂教团的追捕，一边利用魔法将自己的精神投射到不同世

界，窥探黑暗宇宙的秘密，创作了许多记载着魔法、旧日支配者乃至外神的手札。

132 岁时，伊波恩遭到教团大祭司的追捕，最终两人双双离开地球。此后，短短 200 年，终北之地的文明被彻底摧毁，关于麋鹿女神的信仰也随之沉寂。一片死寂的两极地区再无力孕育文明，靠近赤道的姆大陆成为唯一适合文明存续、发展的区域。

50 万年前，姆大陆智人崛起

姆大陆是原始人类文明诞生之前便存在多年的一块大陆。据地质学者考证，这片失落的大陆曾经漂浮在今日的太平洋地区。终北之地的文明惨遭毁灭后，姆大陆成为人类文明的主要摇篮。约 10 万年前，姆大陆与曾经的拉莱耶大陆一样，沉入海底，就此消失。

地处太平洋，接近赤道，相较于终北之地，姆大陆有着得天独厚的优势，冰河时代的寒冷也无法毁灭这片大陆上的文明。考虑到姆大陆的气候条件以及曾经无比繁盛的文明，若该地未曾毁灭，现存的几片大陆在文明的古老程度方面绝对比不过这片温暖、富饶的大陆。

人类与龙王

50 万年前，姆大陆上的人类建立了新的文明，与他们一起扎根在这片大陆的，还有远古的蛇人文明。

这一支蛇人被当地人类称为“龙王”，他们是幽嘶城蛇人文明幸存者的后裔。500 万年前，幽嘶城惨遭毁灭的那一天，始终虔诚信奉众蛇之父伊格的蛇人离开地下世界。与前往终北之地，最终在酷寒中不幸灭亡的另一支幸存者不同，他们留在了姆大陆。

离开暗无天日的地底，这支幸存的蛇人终于知道了什么叫作“天堂”。姆大陆四季如春，动植物门类丰富，蛇人基本不需要花费多余的心力，就可以快速吸收能量、重建文明。这一支蛇人文明迅猛发展，科技水平远超迁往终北之地的同族。

到 50 万年前，蛇人已经在姆大陆繁衍生息 400 余万年。这样安逸的环境让蛇人别无所求。不过，非说姆大陆有哪一点令蛇人不快，就是那群新近出现的、不长尾巴的怪异猿猴——人类。

蛇人亲眼见证这个种族从没有智慧的野兽一步步进化成以双脚直立行走的智慧生物，然后在短短数万年间发明语言和文字，建立自己的社会组织，甚至建立了尼美迪斯王国。在蛇人看来，人类这个种族虽然不像沃米人那般拥有强壮的肉体，却是基因实验的完美素材，当作奴隶更是再好不过了。

蛇人对人类发动攻击，展开围捕。最初，趁人类不备，蛇人屡屡得手。通过对人类基因的研究，蛇人发现，人类个

体的基因突变率高得惊人。以蛇人一族为例，蛇人的诞生源于众蛇之父伊格和梦之女巫伊德海拉的本源基因片段。身为旧日支配者，伊格的基因几近完美、稳定性极高。蛇人一族在降世之初就已经足够强悍，同时也继承了基因的稳定性。梦之女巫给予的部分基因片段确实具有强大的突变性，然而，与伊格孕育蛇人的只是伊德海拉吸收蛇类基因临时制造的一具化身，这些基因强度有限，无法抵抗伊格基因的影响。因此，蛇人一族近万年才会出现一位变异的蛇人。比起普通蛇人，他们往往更加善于使用魔法和毒药，智慧与体魄也更为强大。蛇人一族正是依靠这些万年一遇的变异个体来推动文明发展。正因如此，即便度过了两亿年的漫长岁月，蛇人依旧没有进化为更强大的种族，不得不依靠神祇的力量。

人类这个物种则完全不同。同样拥有乌波·萨斯拉的基因，人类的个体平均两至三代就会产生明显的变异。变异基因有时会使得该个体变得更加弱小，但总有个体会因为基因变异而变得更加强壮、聪慧。自从人类发明语言和文字之后，人类文明的进步更是以指数级增长。与曾经的恐龙相比，人类虽然没有能够抵御魔法和毒药的强大身躯，却比恐龙更为坚韧，潜力非凡。

人类进化的脚步从未停止，蛇人却始终留在原地。此外，人类有着远超过蛇人的强大繁殖能力，时间过去得越久，人类在数量上就越占优势。更重要的是，在蛇人进攻、屠杀人类的过程中，人类也俘虏了蛇人，通过他们掌握了一系列的魔法与炼金术。人类还因此找到了蛇人一族的弱点，开始利用各种稀奇古怪的方式发起反击。

战争的天平逐渐倾斜。人类的攻击从微弱到猛烈，对蛇人一族的威胁日渐严峻。短短一千年，蛇人建立的国度就被人类野蛮地摧毁了。战败的蛇人远遁南方，人类一举占领了蛇人的城市。

在蛇人引以为傲的书库中，人类领袖找到了有关蟾之神撒托古亚的知识与禁忌魔法。

人类对魔法的追寻

姆大陆的人类历史短暂，此前从未接触过那些难以名状的存在，对那些知识毫无顾忌。打开尘封数百年的书籍，翻阅着蟾之神撒托古亚传授的信息，知道了那场几乎灭绝蛇人一族的灾难，姆大陆的人类也初次知晓了关于旧日支配者的秘密。

书中的字符似乎有着异样的魔力，在接触过它们的人类的脑海中翻腾不休。很快，部分憧憬高等存在的古人类漂洋过海，前往终北之地，期望找到蟾之神撒托古亚的踪迹。

人类的搜寻持续了几百年，绵延数十代，很遗憾，他们并没有在终北之地找到蟾之神的踪迹。不过，他们发现了许多旧日文明的遗迹，在一处废墟中，人类找到了一些关于旧

日支配者的魔法书籍。其中，最著名的便是《伊波恩之书》。

这本以史前动物皮革为载体的书籍就静静地躺在终北之地北部的黑色建筑废墟中，它的作者是大魔法师伊波恩。据书中所述，伊波恩诞生于希柏里尔，是该文明有史以来最伟大的魔法师。在伊波恩离开地球后，他的弟子将他的五百余页手稿整理成册。

《伊波恩之书》记载了许多关于希柏里尔的魔法，内容翔实，包括大量的禁忌知识与神秘魔法，让每个得到这本书的人都痴狂于神秘的黑暗世界。在后世神秘学者口中，它是“阴晦悚然的神话、邪恶高深的咒语、仪式与典礼的集大成之作”。

人类迫不及待地翻开此书，但很快他们就失望地发现，此书的大部分内容都超出他们的理解范围。不过，在《伊波恩之书》的第十五章，人类找到了他们所渴求的关于蟾之神撒托古亚的知识。

心满意足的人类将这本书秘密带回姆大陆，交给了当时的教团神官，由他们将此书翻译为姆大陆人类的语言，并秘密研究其中的奥妙。借由《伊波恩之书》，姆大陆的人类第一次知晓盲目痴愚之神阿撒托斯、邪魔之祖阿布霍斯等外神的存在，知晓蟾之神撒托古亚在终北之地的过去，还有蜘蛛之神阿特拉克·纳克亚等旧日支配者存在于地球。

不到一年的时间里，教团神官便将《伊波恩之书》解读完毕，在解读的过程中，数位人类祭祀逐渐异变，转化成毫无理智而又扭曲、病态的怪物。然而，即便阅读此书会让人类肉体异变，但人类还是甘之如饴，前仆后继地阅读和研究这本书的内容。

《伊波恩之书》中不仅有接触外神和旧日支配者的咒文和仪式，还有展开防护、为武器附魔的魔法。神官将一些复杂晦涩的魔法和仪式进行简化，谱写出更为实用的魔法书。

在这些强大魔法的加持下，姆大陆的人类文明产生爆炸式的增长。30 万年间，人类对这片大陆的探索越来越深入，逐渐发现了那些远古神祇的踪迹，他们找到了拉莱耶之主克苏鲁的长子、火山之王加塔诺托亚，在那诡秘的神之居所里，米·戈这个种族已经侍奉这位神祇几亿年的时间。随着与火山之王加塔诺托亚的接触，人类也逐渐接触到这位尊神的两个弟弟——深渊之主伊索格达以及深渊住民佐斯·奥莫格。

面对这三位血统高贵的尊神，弱小的人类文明企图通过接触这些旧日支配者，在这些黑暗神祇的身边乞求一些让文明强大的力量。

17 万年前，众神的棋盘

深渊的凝视

对于在黑暗宇宙中生存了几亿年的高级智慧文明来说，

远离旧日支配者是最基本的生存法则。

旧日支配者的生命形式与智慧文明截然不同，他们有着智慧文明难以企及的强大力量，如果能够得到他们的庇护，确实可以躲过许多危机。然而事实并非如此，高级智慧种族清楚地知道，对于文明生物来说，依附于旧日支配者无异于饮鸩止渴、自取灭亡。

旧日支配者行事全凭心意，高兴时的随手施舍便能让依附于他们的文明瞬间兴盛。然而大多数时候，旧日支配者眼中根本没有这些低级生物的存在。他们的简单活动就能让那些高级文明顷刻毁灭，亿万年发展而来的科技在这些旧日支配者身上没有任何作用。大多数高级文明瞬间毁灭的原因，仅仅是他们离旧日支配者太近了而已。

旧日支配者的思维无法被揣测，他们身上散发出来的法则力量混乱而无序，对他们有所了解的高级文明惧怕这种无序带来的毁灭性灾难，根本不敢将命运寄托于任何一个旧日支配者的施舍。他们往往选择那些宇宙之中近乎永恒不变的规则的化身，例如掌控时间与空间法则的万物归一者犹格·索托斯，代表生命与基因法则的森之黑山羊莎布·尼古拉丝。虽然这些外神同样是混乱无序的化身，但以文明的维度看来，他们代表的规则就是永恒的真理。

黑暗宇宙的文明如此，如今活跃在银河系的文明亦是如此。诸如伊斯之伟大种族和古老者，这两个文明的存续依靠的便是时空法则和生命法则。前者掌握时空的规则，因而能够不断进行穿越时空，而后者精通生命与基因的规则，不断强化肉体。

这些能够进行星际旅行的智慧生物都有各自的特殊性，然而，他们并未吸引混乱信使奈亚拉托提普的注意。反而是地球上的原生种，被称作人类的初生种族让混乱信使投来好奇的目光。奈亚拉托提普曾试图融入终北之地的人类文明，探寻人类的特殊性。无果后，他又将视线转移到姆大陆逐渐兴起的人类身上。

20 万年前，姆大陆的人类已经空前强盛，在终北之地上发现的《伊波恩之书》就像一把钥匙，为姆大陆上的人类打开了魔法的大门。与加塔诺托亚等旧日支配者的接触，以及魔法的广泛应用，姆大陆上的人类逐渐意识到生命法则的存在。很快，对大母神莎布·尼古拉丝的信仰也在姆大陆传播开来。莎布·尼古拉丝也因此将视线投向这颗偏远的小行星，注意到了这群拥有外神基因碎片的怪异生命体。这一瞥让大母神惊奇地发现，奈亚拉托提普的化身之一——夜魔，也在注视着姆大陆上的这个原始文明。

外神，旧日支配者，古神，众多强大存在的目光聚集在宇宙边缘角落的地球，仿佛穿着白大褂、拿着放大镜的科学家，而姆大陆的人类正是培养皿中遭受围观的菌落。神祇们各怀心思地观察这个种族的发展，试图用自己的方式达成不

可告人的秘密。

与宇宙间的高级文明相比，姆大陆的人类文明无异于刚刚睁开双眼、尚且不会走路的幼儿。如今，这个仍旧稚嫩的在注视深渊的同时也被深渊所凝视。最终，姆大陆的人类究竟是会融入深渊的黑暗、走向昌盛，还是为黑暗所吞噬呢？

人类的至高神

持续一千年的战争以蛇人的败退告终，人类国度纷纷建立，退避南方的蛇人以及相对弱小的眷属生物都不愿与人类正面交锋。而诸如古老者、伊斯之伟大种族这些古老而强大的天外种族，早已经历过旧日支配者带来的灾难，根本不愿意与这些肮脏的、和旧日支配者有着密切联系的人类有任何牵扯。一心侍奉火山之王加塔诺托亚的米·戈一族更是无意插手这些弱小种族的冲突。在姆大陆的诸多智慧种族中，人类成了最终的赢家。

生活在气候宜人的姆大陆，没有了蛇人的骚扰，人类再不必为了生存而苦心经营，开始专心钻研自终北之地继承而来的科技与魔法。数万年间，这片大陆上的人类就此走向了信仰魔法的进化之路。魔法师和众神的祭司成了姆大陆最顶层的存在。

在人类之中，火山之王加塔诺托亚、深渊之主伊索格达和深渊住民佐斯·奥莫格都有众多的信奉者，失去了父亲克苏鲁的庇护，一度隐藏的三位旧日支配者终于再次现身于大陆之上。

与惨遭古神封印，至今无法解脱的两个弟弟不同，身为克苏鲁的长子，火山之王加塔诺托亚有着他们无法比拟的力量。他周身无意识地散发着一种难以言喻的精神波动，无论是何种智慧生物，一旦见到加塔诺托亚，便会全身肌肉石化，仅余大脑继续维持运转，成为一具拥有思维和感知却无法移动的活雕像。

雅迪斯·戈山峰的顶部是米·戈为火山之王加塔诺托亚建造的巨石堡垒，住在这里，姆大陆的一切尽收眼底。信奉加塔诺托亚的人类会定期前往此处献祭，渴望得到他的青睐。火山之王并非每次都会给出回应，而他每次临幸，都会有一大批充当祭品的人类在哀号中化为活雕像。

狂热的人类祭司得到了火山之王加塔诺托亚的认可，他赐予他们抵御石化的魔法，这群狂热的人因此成为被称为“持戒者”的超然存在。

火山之王加塔诺托亚的身体硕大无朋，在每位目睹他的人类眼中都呈现不同的面貌，但这些面貌无一例外，全部畸形而丑恶。他的信徒用石头雕刻出火山之王展示给自己的片面样貌，一旦这些雕像被火山之王承认，获得他的赐福，它们就会获得与这位神祇相似的能力——任何看到这个雕像

的人都会变为一具不能动弹的活尸。

火山之王加塔诺托亚的祭司只需拿出加塔诺托亚的雕像，解开蒙在上面的遮蔽物，一切反叛的声音都会在惊恐之中戛然而止。只需一个雕像，就足以毁灭人类的一个庞大军团。每当持戒者手捧被层层包裹的雕像前往战场，都能大胜归来。这种强大的能力让火山之王的信仰在最初的人类之中快速崛起，他的信徒规模庞大，远超伊索格达和佐斯·奥莫格。

克苏鲁的次子深渊之主伊索格达同样受到许多人的崇拜。伊索格达虽然不像兄长加塔诺托亚一样拥有将人石化的能力，却散发着强大的精神辐射。他的塑像散发着同样的波动，看到过这些雕像的人，心智会在梦境中受到牵引，逐渐成为深渊之主的虔诚信徒。

相较之下，克苏鲁的幼子深渊住民佐斯·奥莫格力量最弱、信徒最少。与加塔诺托亚不同，他无法将人石化。与伊索格达相比，他虽然能够将精神投射到人类梦中，但对人类精神的影响却极其有限。

除了克苏鲁三位子嗣的信徒，姆大陆还存在信仰其他神祇的团体，比如信奉孕育万千子孙的森之黑山羊莎布·尼古拉丝的信徒。

终北之地遗留下来的《伊波恩之书》里，曾经反复提及森之黑山羊莎布·尼古拉丝，部分读到此书的人类就因此成为大母神的信徒。他们认为，莎布·尼古拉丝是孕育整个宇宙的真正母神，是掌控一切的至高神祇。越是研究《伊波恩之书》，这些信徒便愈发痴狂，他们沉迷于原始的生命仪式和献祭魔法，企图得到大母神莎布·尼古拉丝的回应。他们在祭司森之黑山羊的仪式上互相结合，企图生育出受到母神祝福的子嗣。他们还会献祭异教徒和俘虏，以此取悦存在于生命本源中的大母神。

这群人类的努力注定徒劳无功。莎布·尼古拉丝的生命层次远远高于这些文明种族、旧日支配者等，想要引动生命本源的振动，他们的献祭规模远远不够。

姆大陆的人类因不同的信仰而分裂成相互对立的团体，很快便展开厮杀。意料之中，没有获得庇护的大母神的信徒被受到克苏鲁三个子嗣庇护的信徒打压得难以喘息。

公元前 17 万年左右，森之黑山羊莎布·尼古拉丝的人类大祭司被莫名的强大力量杀死。克苏鲁的三个儿子，火山之王加塔诺托亚、深渊之主伊索格达以及深渊住民佐斯·奥莫格，成为姆大陆人类文明的至高神。

血腥游戏

森之黑山羊莎布·尼古拉丝的信仰被消灭后，信奉克苏鲁三个子嗣的信徒立即敌对起来。

首先败下阵来的就是深渊住民佐斯·奥莫格的信徒。他

们信奉的神祇不像加塔诺托亚和伊索格达那样强大，既没有赐予他们将人石化的魔法，也没有赐予他们通过梦境影响敌人心智的能力，他们只能节节败退，最终在这场众神的棋局里湮灭殆尽。

佐斯·奥莫格退场后，这场以姆大陆为棋盘的游戏就只剩下加塔诺托亚与伊索格达这两位尊神。他们都是年轻的旧日支配者，过去的他们跟随在伟大的克苏鲁身边，根本没有机会享受控制智慧种族的乐趣。后来，父亲被古神暗算，随之与拉莱耶城一起沉入海底。这场灾难也波及了他们，加塔诺托亚在姆大陆中被迫沉寂近 3 亿年，伊索格达更是被古神封印在深渊之下，不得自由。如今，早已无聊的两位旧日支配者将姆大陆当成了棋盘，将各自的信徒当成了棋子，开始不亦乐乎地进行这场血腥游戏。

他们驱使各自的人类信徒相互争夺，无尽的杀戮与哀号成了这两位旧日支配者最喜欢的余兴节目。

不过，伊索格达的能力与加塔诺托亚相差甚远，他的信徒在惨烈的战争中伤亡惨重，这场游戏似乎就要以火山之王的胜利告终了。

但是，人类真的甘于充当旧日支配者手中的棋子、白白赴死吗？答案是否定的。这种生物并非单纯的棋子，他们手中有着可以掀翻棋盘的力量。而这个掀翻棋盘，将克苏鲁的三个子嗣全部牵连在内的疯狂人类，正是深渊之主伊索格达最强大的祭司——赞苏。

约16万年前，姆大陆的覆灭

人类祭司赞苏的反击

又一次惨败而回后，赞苏愁容满面地看着面前的两尊雕塑，那是伊索格达教团的至高祭司和至尊魔法师。作为教团戒律和魔法典籍的管理者，大祭司赞苏感到阵阵无力。至高祭司和至尊魔法师是伊索格达教团的最强战力，如今，他们却被火山之王的持戒者转化成了无法行动的雕塑。他们的身体已经僵硬如枯木，眸子也因为太长时间没有合眼而变得灰白、干涩。但是，仔细观察可以发现，他们的瞳孔深处仍然跳跃着活生生的思想。

赞苏知道，这两位伟大的人物如今正遭受痛苦。他们并未完全死亡，石化的身躯内仍有生气。他们无法活动，却保留着感知。两位虔诚的信徒全身酸痛，眼眸与嘴唇干涩无比，肺部早已停止工作，遭到攻击以来，他们一直忍受着窒息的痛苦。火山之王加塔诺托亚不愧是深渊之主伊索格达的兄长，不愧是克苏鲁的子嗣，他的魔法如此神奇、残忍，能将灵魂和精神禁锢在石化的身体里，让其无力地承受外界的伤害，感受窒息的痛苦。可怜的至高祭司和至尊魔法师一定正在心中哀求赞苏杀死他们。他们如今所处的状态远比后世人类发明的一切酷刑可怕。

赞苏想得有些出神。至高祭司是当之无愧的天才，曾经他甚至能与深渊之主伊索格达直接交谈。至尊法师同样惊才绝艳，精通各种魔法。赞苏心中有些落寞，如今，只剩下他这个管理戒律和书籍的老头子了。他清楚地意识到，自己信仰一生的宗教已经走到末路。

他不甘心！一股无名的怒火涌上大祭司的心头。他取出了尘封已久的禁忌典籍，双手不自觉地微微颤抖。那是来自终北之地的《伊波恩之书》。这本以希柏里尔语写就的魔法典籍会无差别地侵蚀每一个阅读者的理智，让其变成扭曲的怪物，变成丧失理智的疯子。但是，即便会成为疯子、怪物，赞苏也心甘情愿。

这位人类祭司有着强大的意志力与远超旁人的理解能力。很快，他在那些纷繁复杂的秘法之中找到了融合心灵与记忆的魔法。

赞苏阅读完施展这种魔法的步骤与咒语，再看向至高祭司与至尊魔法师，不禁泛起一阵恶心。一旦他使用这种魔法，就会与面前的两个活死人灵魂交融。他的所有秘密都会暴露，他的心灵与灵魂将会被另外两个精神与灵魂侵染。他将不再是自己，等融合了至高祭司和至尊魔法师的灵魂，新的大祭司还是赞苏吗？

每每想到这里，赞苏就感到阵阵绝望。他不禁感叹，这种魔法竟能让人始终清醒地感受到自己灵魂的扭曲，一旦开始，它很可能会成为比变成活死人还要残酷的刑罚。而他，将是第一个尝试这种酷刑的人类。

赞苏的手指摩挲着《伊波恩之书》的封面，恶心之感渐渐消退，一股阴狠的怒火陡然涌上心头。他需要至尊魔法师的知识来构建召唤深渊之主伊索格达的魔法阵，他也需要至高祭司的记忆来获得与伊索格达交流的能力。走投无路的赞苏决定召唤深渊之主伊索格达的真身。

狠下心后，大祭司启动了灵魂融合仪式。

瞬间，赞苏的惨叫声在仪式上回荡，担任辅助的魔法师颤抖着匍匐在地，满眼震惊。年迈、沉默的大祭司竟然能发出如此嘹亮的惨叫。赞苏脸上的表情不断变化，时而惊恐，时而阴狠，时而痴愚、迷茫。野兽般的嘶吼持续了一日一夜才渐渐平息。

两具石雕化为齑粉，三个灵魂开始争夺赞苏这具苍老肉体的控制权。惨烈的争抢持续了七个日夜，激烈的灵魂波动终于平息下来。大祭司挣扎起身，此时，他的身躯内是三个灵魂交融的产物。三个灵魂已经达成共识，作为深渊之主伊索格达的忠实信徒，他们要召唤这位三人侍奉终身的伟大神祇，召唤出他们的主人。

来自至高祭司的深渊之主的秘辛，来自至尊魔法师的精深术法，来自赞苏的意志力与悟性，这个全新的人类开始大量阅读禁忌的典籍。精神同样强大的三个灵魂形成了稳定的

结构，抵消了部分来自这些书籍的精神侵蚀，成功在丧失理智、沦为怪物之前，设计了一种能够召唤深渊之主伊索格达真身的魔法仪式。

赞苏以大祭司的身份调动整个祭司团的力量，开始筹备深渊之主伊索格达的召唤仪式，决定命运的一刻即将到来。

赞苏的召唤

为了召唤深渊之主，大祭司赞苏不仅要通过法阵传递出正确的信息，还要将这些信息无限放大，以突破屏障，将身处黑暗深渊之中的伊索格达从深沉的梦境中唤醒。

仪式开始后，赞苏吟诵起艰深拗口的咒语。咒语中包含深渊之主的真名，经过魔法阵的放大，咒语断断续续地传播到深海之下的深渊。而幽暗的地底洞穴之中，深渊之主伊索格达正在睡梦中抵抗古神的封印。

当年，伟大的克苏鲁被古神封印在古城拉莱耶沉入海底，他的三位子嗣则趁机逃往姆大陆。后来，古神担心这三位年轻的旧日支配者会伺机救出惨遭囚禁的父亲，于是前往姆大陆，准备给他们设下封印。加塔诺托亚实力超群，逃过一劫，伊索格达和佐斯·奥莫格却被古神封印在深渊底部。无法抵抗封印之力的深渊之主一直在梦境中游荡，无法醒来，只能通过梦境牵引人类的思维，这才在姆大陆拥有了自己的信徒，与兄弟加塔诺托亚一起打发时间。

一时间，大祭司赞苏的召唤如同插入黑暗的一丝微光，让睡梦中的深渊之主伊索格达看到了前进的方向。

深渊之下的可怕恶魔一点点舒展因漫长沉睡而僵硬的身体，巨大的震动在海底产生，迅速向姆大陆传播开来，掀起巨浪，不断翻涌。

大祭司赞苏看着这一幕，满眼都是虔诚之色。他体内的三个灵魂都感到无与伦比的满足。

紧接着，伴随着如雷声的轰隆巨响，一个如山峰般巨大的怪物散发着肮脏和不洁的气息，在深渊之中缓缓升起。赞苏不敢直视深渊之主的头颅，立即匍匐在地，不断吟诵拗口的咒语，呼唤主人伊索格达的真名。深渊传来的狂暴力量让这位老者双目通红、喜不自胜。

轰隆声越来越大，随着第二个、第三个山峰般的巨物从深渊中缓缓升起，近乎癫狂的赞苏逐渐意识到，那些巨大、狰狞的存在并非深渊之主的头部，仅仅是他的一个个指尖而已！

巨大的恐惧感瞬间涌上赞苏的心头，他体内的三个灵魂都在战栗。这位神祇的样貌远远超乎他们的想象。

就在大祭司愣神之际，震动停止了，深渊之主伊索格达已经将手指深深地插入大地。一阵冷风伴随惨白的雾气自深渊涌出，可怕的旧日支配者就要将头颅探出来了。

忽然，无数猩红的触手纠缠在一起，探出深渊，仿佛挂

在天边的猩红月亮，它们扭动着，抽搐着，不断发出无法形容、令人头痛欲裂的声响。

赞苏不敢再抬头，颤抖的双腿不由自主地后退。一股无名的恐惧占据了他的心脏。身为掌管秘密典籍的大祭司，赞苏瞬间意识到，天边那团巨大的触手团才是深渊之主伊索格达真正的头部。而那翻腾的肉块中央，隐藏着一只巨大的眼睛。此时，那只眼睛尚未睁开，然而，感受着这股让空间近乎扭曲的暴烈力量波动，赞苏知道，一旦深渊之主完全睁开眼睛，整个世界都会因为这股强大的精神力量陷入无尽的癫狂。而姆大陆的文明，将在癫狂之中走向灭亡！

赞苏开始质疑自己召唤伊索格达的意义。这种动摇一旦开始就无法停止，无尽的悔意折磨着赞苏体内融为一体的三个灵魂。最终，大祭司赞苏崩溃了。他痛苦地捂住脑袋，诵读起另一段咒语。

不到片刻，他面前的空间撕开一道裂缝，这位曾经对伊索格达无比虔诚的大祭司毫不犹豫地跨进这道时空裂缝，离开了他度过大半生的姆大陆。

赞苏的身影消失后，深渊之主伊索格达缓缓地睁开了触手之中的眼睛。一股阴冷混乱的精神力量瞬间席卷整个姆大陆，大陆上的所有人类受到了邪恶精神力的侵蚀，开始精神错乱。

没有注意到召唤自己的弱小生物，深渊之主伊索格达满心不解。他挣扎着抬起头，睁开眼，想看看那股唤醒自己的微弱精神力到底是为何召唤自己。然而，他感受了半天，却发现召唤他的那个小东西根本不在这里。平白无故地浪费了精力，深渊之主对这场游戏失去了兴趣。

无尽的噩梦折磨着人类脆弱的精神，每当深渊之主伊索格达移动庞大的身躯，这种疯狂就会更进一步，很快，人类开始无法区分癫狂的梦境与现实，逐渐有人在错乱中死去。

惨重的代价

深渊之主伊索格达制造的巨大动静不仅摧毁了人类的文明，也引来古神诧异的目光。

这群古神再次降临姆大陆，很快就查清了事情的原委，惊讶于人类这个弱小的文明种族竟然能够帮助旧日支配者逃出封印，这种事情还从未在低级文明的身上出现过。深渊之主伊索格达的苏醒让古神们警铃大作，如果放任人类不管，一旦他们影响到克苏鲁的封印，古神过去所做的一切都将付诸东流。对于人类这个奇特的物种，古神们决定要防患于未然，他们集结力量，将深渊之主伊索格达重新封印在拉莱耶附近的海底深渊里。为了断绝姆大陆的魔法文明，古神更是将这片大陆连同生活在这里的人类帝国全部击碎，姆大陆覆灭。生活在雅迪斯·戈山峰顶部的火山之王加塔诺托亚也被困在山峰底部。约 10 万年前，姆大陆下沉，加塔诺托亚被

困到海底深处。姆大陆的文明就此戛然而止。

另一面，叶公好龙的大祭司赞苏在逃离姆大陆后四处游荡，此时已经来到中亚大陆。

在生命终结前的无数个日夜里，这位有着三个灵魂的大祭司独自游荡在人迹罕至的高原之上。对于姆大陆文明的毁灭，他悔恨不已，愧疚无时无刻不在折磨他的灵魂。他觉得自己受到了文明之神的诅咒，为了弥补自己犯下的罪行，也为了告诫后世的人类，赞苏怀着忏悔之心，用姆大陆的文字将记忆中关于姆大陆的一切都详细地雕刻在十二片难以摧毁的墨玉石板上。这十二片石板的内容浩如烟海，姆大陆的历史与文化，召唤克苏鲁、接触火山之王加塔诺托亚等邪神的魔法仪式，都包含其中。他带在身边的那些记载着邪神、魔法与知识的典籍，以及来自终北之地的《伊波恩之书》，也跟随这位祭司流传到其他大陆。

姆大陆沉没了，活下来的部分人类只能在危险而陌生的新大陆重建家园。自此之后，每个延续下来的人类族群都流传着相同的戒律——不可轻易动用旧日之神的魔法。后世智者开始反对人类学习魔法，宗教领袖将魔法典籍封藏于禁忌的图书馆中，唯有被神祇选中的人类，才被允许阅读那些会侵蚀精神、使人发疯的书籍。

“注视深渊之人，必将被深渊吞噬。”这成了人类文明永不磨灭的铁律。

各神祇的算盘

将姆大陆沉入海底后，古神齐聚一堂，召开了一次重要的会议。他们的忽视导致姆大陆魔法兴盛，一个弱小生物触动了旧日支配者的封印，让他们在地球的谋划险些前功尽弃。古神终于意识到人类这个种族的不确定性。保险起见，部分古神主张彻底消灭人类这一物种，这一提议得到古神一族的广泛支持，唯有幻梦境之主诺登斯断然否决。这位精神力无比强大的古神隐约察觉到了奈亚拉托提普的视线。

人类文明进化到一定程度之后，便引起了奈亚拉托提普的注意。终北之地的人类文明尚未毁灭时，他曾想方设法制造蕴含人类基因的化身，最后以失败告终。姆大陆的人类文明继而兴起后，他的目光也转移至此。这次，奈亚拉托提普想寻找一个精神力足够强大、能够承受自己一缕意志的人。映入他眼帘的正是赞苏，准确地说，是融合了三个灵魂的大祭司。

这个人自大、无知而疯狂，融合而成的强大精神力十分适合作为制造化身的材料。赞苏成功召唤出伊索格达之时，奈亚拉托提普几乎要为他赞叹。如果赞苏敢于直视深渊之主伊索格达，借助伊索格达的力量摧毁姆大陆信奉火山之王加塔诺托亚的信徒，混乱信使奈亚拉托提普一定会现身，与这个癫狂的人类做笔交易，慢慢地将他培养成可以承载化身力量的生物，通过他融入人类文明，用人类的方式和逻辑埋下混乱的种子。

伊索格达现身时，奈亚拉托提普在暗中观察一切。看到赞苏因为恐惧和悔恨而苍白的面孔和仓皇逃去的身影，混乱信使深感遗憾，这个人类还不够疯狂。他隐去身形，视线不断扫过各片大陆，寻找下一个适合制作化身的人类。

作为古神，诺登斯自然厌恶奈亚拉托提普，但是，他强大的力量不可忽视。古神灭绝人类文明，必然会触怒奈亚拉托提普，甚至另两位柱神。现在的地球就像一个跷跷板，古神苦心谋划，不惜代价封印大量旧日支配者，才使代表混乱的旧日支配者与坚守秩序的古神达成微妙的平衡。在三柱神眼中，这种平衡不堪一击，任何可能触怒三柱神的行为都会让古神付出无法挽回的代价。

得到诺登斯的解释，古神决定另寻他策，降低人类破坏旧日支配者封印的概率。讨论过后，古神派遣猫女神巴斯特、睡神修普诺斯等前往地球，一方面继续看守古神封印，一方面间接与人类接触，时刻监控人类的动向。

时光流逝，原本荒芜的其他大陆开始有文明兴起，非洲南部硕大头颅的棕色人种、四面环海的亚特兰蒂斯帝国，以及大大小小的蛮族部落相继活跃在地球之上。新建立起来的文明弱小无比，他们谨慎小心地使用古老魔法的力量，对邪神祭祀与崇拜也讳莫至深，人类文明之中再也没有如同旧日姆大陆文明那般辉煌、繁盛的存在。

直到，人类进入青铜时代。

公元前 27 世纪，埃及第三王朝

古埃及文明兴起

约公元前 9550 年，一场大洪水席卷地球，或多或少地将世界变成了如今人类所熟悉的样子。自史前争斗中幸存下来的文明再次零落，诸神纷纷转移视线。直到埃及第三王朝时期，名为涅夫伦・卡的法老掌握政权。

正是这个邪恶的人类，让混乱信使奈亚拉托提普再次睁开冷眸，饶有兴致地重新审视人类文明。

自姆大陆的人类文明覆灭，人类的生活中渐渐失去魔法的踪迹。失去了曾经的乐园，幸存的人类只能在气候极端、地形复杂的地方重建文明，一时间，发展近乎停滞。

高海拔地区空气稀薄，如同生命禁区；热带雨林蚊虫横行，疾病肆虐；沙漠酷热、贫瘠；海洋汹涌莫测，这都掐灭了人类文明爆发式增长的希望。唯有大江大河附近的平原地区保留了人类文明的火种。

在非洲大陆东北部、连接着亚洲的平缓地带，人类因尼罗河的馈赠，得以进入稳定的农耕生活。人们在这里聚集，繁衍生息，磅礴的生机引来传承着姆大陆文明的智者。他们聚集在尼罗河畔，引导此地的人类建立王国，古埃及文明就

此诞生。

与姆大陆文明不同，古埃及文明并未接触旧日支配者、步入魔法时代，而是老老实实地走上了大多数智慧文明的发展之路，积聚力量，塑造权力，利用人们的愚昧将神权与王权集于一身。埃及的法老作为太阳神的化身，统治整个埃及的子民。

尼罗河所蕴含的能量让古埃及文明日渐繁盛。如果一直按照这种方式进化下去，埃及或许会成为世外桃源，与黑暗宇宙的信息绝缘，在漫长的岁月中不断进化，满足于自身通过科技发现的宇宙规律。然而，这种低级却平稳的进化之路在埃及第三王朝时发生变故——未来的黑法老涅夫伦·卡诞生了。

签订契约

涅夫伦·卡并非上代法老的子嗣，而是神官的血脉。自懂事开始，涅夫伦·卡就知道，自己的命运取决于法老，他将昂首站立在宝座之旁，为法老传授知识、向其传达神的旨意。

涅夫伦·卡接受了这个命运。他从小跟随在身为神官的父亲身边，学习神圣的象形文字。他对每位神祇的名讳都了如指掌，熟悉每位神祇的喜恶，知道祭祀不同神祇时该奉献怎样的牺牲。

涅夫伦·卡的优秀毋庸置疑，他敏锐多思、聪慧勤奋、求知若渴，早在少年时代就得到众祭司的肯定，被视为最适合侍奉法老与众神的人类。不过，涅夫伦·卡的求知欲似乎永无止境。他热爱观星，擅长绘制星图，习惯思考宇宙存在的意义以及渺小的人类在其中的位置，对于至高无上的神祇，他更有着发自本能的崇拜与好奇。在20多岁的涅夫伦·卡身上，这种对未知的探索、对知识的渴求日渐加深，逐渐展现出近乎偏执、病态的一面。神官能够接触到的有限书籍已经无法再满足涅夫伦·卡对知识的渴望。他渴望去往藏书之地的最深处，在窄小黢黑、如同迷宫般的隧道里找寻那些禁忌的典籍。关于那一部分知识，所有的祭司和神官都讳莫至深。没有人胆敢明确地提及那里的书籍，年迈且糊涂的大祭司只会不停地念叨过去的人因学习魔法引发众神愤怒、导致近乎灭世的灾难，他不断警告所有人，不要妄图接近旧日之神的知识，遗忘和无知才是神祇给予人类的恩赐。

涅夫伦·卡对知识和真理的欲望折磨得他近乎疯狂。在周密的策划之后，涅夫伦·卡顺利地得到了地下迷宫的钥匙以及地图。最终，他盗取了禁忌的典籍：来自终北之地，后来又从姆大陆流传而来的《伊波恩之书》。

涅夫伦·卡得到的《伊波恩之书》并非原典，而是以姆大陆文字撰写的抄本。聪慧的涅夫伦·卡很快就破译了书籍的大部分内容，书中关于姆大陆邪恶众神的描述、对盲目痴愚之神阿撒托斯的隐约提及，击溃了涅夫伦·卡的信仰

与世界观。

此后，涅夫伦·卡性情大变，他不再参与祭祀，不再用神圣的文字赞美诸神。如行尸走肉一般，世间的一切都无法再引起他的兴趣。他白日闭门不出，苦苦冥思，夜晚则游荡在空旷的沙漠之中，狂乱地呼喊着亵渎的名字。对宇宙真相的渴望几乎逼疯了这个年轻人。

因为大量阅读《伊波恩之书》的内容，涅夫伦·卡的思维开始变得混乱、异常。他夜夜在古怪、荒诞的梦境之中坠入无底的黑暗深渊。无数人在读完《伊波恩之书》的一两个章节后便陷入疯狂，每个收藏过这本书的人最终都在不幸中走向灭亡。这本被诅咒的书同样给涅夫伦·卡带来了无尽的痛苦，然而，由于对真理的渴望，他硬撑着读完了整本《伊波恩之书》，从头到尾，一字不漏。这几乎是以自己的生命为代价，换取宇宙的秘密。

读完最后一个字时，涅夫伦·卡眼前一黑，晕了过去。在恍惚之中，这位年轻的神官感到自己的灵魂被带入了一个古老的城市。

高大的石柱耸立眼前，密密麻麻，一望无际，如同悬挂在天际的巨人骨架，战栗感爬上涅夫伦·卡的心头。这里是千柱之城埃雷姆，是邪恶力量肆虐的城市。他被带到位于千柱之城中心的神殿，自黑暗中走出的使者低声诉说着非人的声调。嘶哑的声音传入年轻神官涅夫伦·卡耳中，立刻转化为活跃的思想，蠕动着钻入他的大脑，让他逐渐感知这位使者的思想。

黑暗中的使者为他展现出宇宙的部分真相，那关于黑暗宇宙的秘密又一次冲击了涅夫伦·卡的灵魂，当他在知识的泥潭里挣扎着爬出，黑暗中的使者用暗红色的眸子冷冷地注视着他，散发出的精神波动却异常温和。他邀请涅夫伦·卡做一笔交易。只要涅夫伦·卡献出身体与灵魂，黑暗使者就会赠予他渴望已久的真理。若是他献祭一千个自愿牺牲的人，使者就满足他的好奇心，赐予他预知未来的能力。

身处黑暗之中，涅夫伦·卡的头脑却异常清晰。他知道，一旦答应，他的灵魂就会堕入无尽深渊，最终被黑暗吞噬得再无一丝人性，但是，对真理和知识的渴望超越了理性，挣扎之后，涅夫伦·卡选择签订契约。

当涅夫伦·卡再次醒来，他停止了狂乱的行为，只能呆滞地咽下任何送到嘴边的食物、清水。他不断呓语，“旧日之神”“交易”“契约”“人祭”，可怕而亵渎的词语吓坏了他的家人。这种情况持续了三日三夜，涅夫伦·卡才从混乱中醒来。他的言行举止恢复了正常，双眼也重拾了往日的神采，仔细观察，他那漆黑的眸子深处躁动着血腥的暗红。

接下来的几年里，涅夫伦·卡继续履行神官的职责，优异的表现得到了法老的认可。这位年轻的神官以不可阻挡之势不断扩大自己的影响力，利用人们的信仰增强自身的力

量。最终，涅夫伦·卡在追随者的帮助下，起兵推翻了当时的法老，自行加冕为新任法老。

通过《伊波恩之书》，涅夫伦·卡学会了治疗疾病、丰产增收、召唤雷雨的强大魔法。任何胆敢反叛的人都会遭受酷刑，而信奉法老涅夫伦·卡则能丰衣足食。第三王朝的人民对神官的篡位之举毫不在意，他们崇拜这位新法老的强大魔力以及深沉的魅力。其实，有时人们想要的不过是丰衣足食，至于王座之上的是天命之君还是篡位之臣，对大多数人来说过于遥远。

如今，拥有强大黑暗魔法的涅夫伦·卡成为埃及真正的主宰。人们受到了法老的恩惠，吃饱肚子的人民很快就跟随着新法老涅夫伦·卡的脚步，抛弃了埃及原本的神明，开始崇拜新的神祇。长着猿猴般巨大身躯却没有五官，被称为“真理之盲猿”的邪神，被埃及人供奉在神龛之上。

履行契约——献祭

每当夜深人静之时，地位稳固的涅夫伦·卡会轻抚《伊波恩之书》，回忆起与黑暗使者的约定。

经过多年的谋划，埃及人民已经开始信奉黑暗中那位尊神的化身——真理之盲猿，为那个没有面孔的恐怖野兽建立神庙。涅夫伦·卡利用法老的权力，命令埃及人建造了一座巨大的金字塔。这座锥形建筑的内部照不到一丝阳光，中心位置则放着一颗闪耀的偏方三八面体。混乱信使奈亚拉托提普的化身每晚都会自那幽邃的金字塔走出，在埃及的尼罗河上下游进行恐怖和血腥的活动。

涅夫伦·卡鼓动人们自愿将生命献祭给黑暗中的神明，以鲜血和灵魂换取在彼世的永生。很快，涅夫伦·卡就完成了几百次的献祭。鲜血将整个尼罗河都染成血色，尸体堆满祭台四周。母亲怀抱着儿子的尸体，却露出欣慰的笑容，因为她认为自己的孩子将在法老涅夫伦·卡的祭祀之下，获得幸福和永生。

埃及人中也有未被蛊惑的智者，他们不愿尊涅夫伦·卡为王，而是为他起了一个邪恶的名号——“黑法老”。这群在暗中积蓄力量、等待反抗时机的智者，信奉的尊神是猫女神巴斯特。这位女神是埃及人所信仰的性爱、家庭以及力量之神。她柔美可爱，以猫头人身的样貌出现在埃及神话中，保护人们家庭的和谐，帮助智者进入幻梦境。

反抗者没有抵御黑法老魔法的力量，只能对着那些可爱的猫咪一遍又一遍低声地祈祷，请求猫女神巴斯特的垂怜。聆听到信徒们的苦难，猫女神巴斯特的冷眸在月光下注视着黑法老的献祭。

此时，其他古神也已经察觉到混乱信使奈亚拉托提普的目的，他们知道，这位外神想要将黑法老涅夫伦·卡培养成化身的容器。然而，古神不敢冒着触怒外神的风险直接介入

人类文明、出手消灭涅夫伦·卡，便授意猫女神巴斯特引导人类，让人类击败人类。

猫女神巴斯特将抵抗邪恶魔法的知识赐予自己的信徒。埃及人的反抗愈演愈烈，而黑法老涅夫伦·卡对此置若罔闻，因为他的献祭已经到达最关键的时刻。现在，只要再有几百个真理之盲猿的信徒献祭生命，涅夫伦·卡与黑暗使者的契约便会彻底完成。

黑法老涅夫伦·卡每一次的献祭都神圣而庄严。黑暗中，混乱信使的化身——夜魔，在注视着他的一举一动。

自愿献祭的信徒躺在祭台上，黑法老涅夫伦·卡拿出献祭尖刀，庄重地念诵出祷告之词：

“伟大的牺牲者啊，不必为即将到来的死亡而恐慌，那没有面孔的神明正注视着一切。待仪式完成，真理将降临我们的文明！你的牺牲将被缅怀，通往真理的台阶将刻印你的名字。彼世的道路上，你将加冕为王。”

祷告结束，尖刃便干净利落地刺入祭品的心脏，在喷涌的血液中，献祭者面带微笑地迎接死亡。

就在此时，一群反抗者冲入祭祀典礼，为首之人一手拿着火把，一手高举闪耀的偏方三八面体。瞬间，夜魔在尖叫声中回到了那块儿可怕的石头里，被猫女神巴斯特封印了。

黑法老涅夫伦·卡的侍卫蜂拥而上，保护着他，为他争取施展魔法的时间。但是，反叛者同样身怀神秘的魔法，双方对抗激烈，黑法老不占优势。他可以施展全力，将所有人全部杀死，但黑法老不愿那样做。不，应该说黑法老没心情那样做。涅夫伦・卡感到自己的大脑里有一个东西快要成形了，只要他完成一千个信徒的献祭，就可以召唤出知晓宇宙真相的真理之盲猿。

涅夫伦・卡不愿将时间浪费在这群反叛者身上，更不愿浪费时间与这群人类争夺世俗的权力。他只对宇宙的真相与至高的真理感兴趣。

只听黑法老涅夫伦・卡的吟诵声响起，巨大的传送门出现在黑法老的面前。黑法老命令剩下的牺牲者以及服侍自己的祭司进入传送门，他要离开这纷扰的埃及帝国，去往一个安静的地方，完成献祭，得到真理。

达成愿望

黑法老涅夫伦・卡再次出现，是在他为自己建造的地下墓穴。里面没有棺椁，只有一座狰狞的祭台。随后，在黑法老涅夫伦・卡的命令下，献祭仪式再次开始，最终，完成了一千个自愿献祭生命的仪式。

按照约定，混乱信使奈亚拉托提普降下了自己的化身，一头巨大的野兽凭空出现在墓穴之中。猿猴般的庞大身躯令人生畏，如混乱信使过去赐下的神像一般，它的面孔是血红一片，没有任何器官存在。这只巨大的猿猴，正是涅夫

伦·卡用一千个自愿献祭之人的生命与鲜血，召唤出来的真理之盲猿。

恐怖的气氛使侍奉涅夫伦·卡的祭司战栗着挤在暗室角落里。他们不敢直视这位突然出现的神明，更不敢面对宇宙的真相。涅夫伦·卡则毫不畏惧，他有些激动地上前，向奈亚拉托提普的化身真理之盲猿询问宇宙的真理。

巨兽缓缓俯下身子，猩红的面庞光滑如镜，凑到涅夫伦·卡面前。瞬间，整个世界一片死寂。

直面这位恐怖的神祇，涅夫伦·卡瞪大双眼，眼球布满血丝，目眦欲裂，血液如同泪水般自眼底涌出。但是，穿透血污，仔细看就会发现，他的眼眸是清澈的，根本没有人们想象中的邪恶与疯狂。

真理之盲猿那血红、光滑的面孔正对着黑法老涅夫伦·卡，映出了涅夫伦·卡的身影。空气一滞，映照出的影子如同活过来一般，冲着涅夫伦·卡发出诡异莫名的笑声。

一阵天旋地转后，涅夫伦·卡感到自己进入了梦幻般的世界。在这个世界里，一切都在混乱随机地产生与毁灭，一切事物与生命的轮回都没有半点意义。

混乱不断产生，最极致的时刻降临了。那一刹那，整个宇宙都宁静下来，仿佛一朵盛开的睡莲。每一处混乱，都是一叶莲瓣，混乱的无数次叠加与组合，竟然形成了无与伦比的规则之美。

在这美丽达到顶点时，一切又如银镜般碎裂崩塌。涅夫伦·卡感到自己的灵魂正坠入深渊，黑暗逐渐黏稠，包裹在他的身边，无尽的哀号、呻吟、祈求与诅咒在耳边炸裂，化作黏腻的触手，蠕动着涌入他的身体。

涅夫伦·卡对侵蚀灵魂的恶意不以为意，宏大的宇宙观和无尽的黑暗深渊没有迷惑他的心智，他目光深邃地凝视他追求一生的真理。对真理的执着，让涅夫伦·卡的灵魂超越了人类的界限。仍旧潜伏与黑暗之中的奈亚拉托提普兴味盎然。他停止了对这个人类的玩弄与考验，将宇宙的部分真理展现在涅夫伦·卡面前。

涅夫伦·卡开始以一种超越时间、空间与生命维度的视角观看整个宇宙。这当然不是涅夫伦·卡这个渺小的人类仅凭自己便能做到的，而是混乱信使奈亚拉托提普对其施展“宇宙之眼”所呈现出来的效果。

涅夫伦·卡发现，在这里，时间与空间都变得毫无意义。混乱不断滋生，翻涌在宇宙的每个角落，仿佛丑陋、扭曲、分泌着黏液的蠕虫，漫无目的地爬行。在宇宙之眼的作用下，涅夫伦·卡将宇宙尽收眼底，丑陋的蠕虫如同闪烁的光点，密密麻麻地散布在无边的黑暗之中，它们无数次相互交错、重叠，最终竟以一种奇妙的方式共鸣，散发着无与伦比的规则之美。原本嘈杂的嘶鸣化作一个个音符，汇合成一种奇妙的韵律。以宇宙之眼去看，以世界之耳去听，整个宇

宙如同一个大乐章，无数的混乱之音结合在一起，竟然如此和谐动听。涅夫伦·卡仿佛回到了孩提时代，周身的韵律如同母亲喃喃地低语，温柔得让人融化。

这就是宇宙的真理。伟大的三柱神之一，混乱信使奈亚拉托提普，就这样为涅夫伦·卡展现出宇宙的本质。那无尽星空之中伸展开来的混乱，如同巨大的画卷。震撼的画面直接包裹住涅夫伦·卡的整个灵魂。涅夫伦·卡处在一种无法言说的状态中，他不惜抛弃神官的责任，抛弃埃及的人民，抛弃道德、伦理，乃至抛弃自我与灵魂，也要追求一生的真理就在眼前，但他却觉得这份真理不过如此。宇宙间的一切秩序、文明、知识，都毫无意义。所谓的存在，所谓的意义，所谓的规则，不过是低级生命的一厢情愿，是自以为是的错觉。

这不是涅夫伦·卡想要的答案，这种真理他承受不了。一阵不甘涌上心头，他拼命地在混乱信使的指掌之中争夺最后的自我。奈亚拉托提普饶有兴致地看着这个竭力挣扎的弱小人类，没有进行丝毫阻拦。涅夫伦·卡孤注一掷，竟真的自宇宙的真相中脱离出来，恢复了人类的身份。

他的目光透露着衰弱。见证了宇宙的本质，身为人类的涅夫伦·卡再也没有曾经的执迷。这份真理否定了一切存在的意义，剥夺了一切文明的价值，他根本不愿意承认这样的宇宙。哪怕是最疯狂的时刻，他也始终坚信人类文明的价值。然而，无力感默默地侵蚀着涅夫伦·卡的灵魂，他不禁自问，若宇宙的本质就是混乱，人类文明又该何去何从?

这个问题折磨着这位曾经一心追寻宇宙真理的人类。身为弱小的人类，他在宇宙本质面前渺小如蜉蝣。于是，涅夫伦·卡选择了另一条道路，他想要洞悉人类的过去与未来，找到人类文明的意义。

真是可惜。涅夫伦·卡止步于宇宙真理之门，转身走进了文明之门。

慷慨的奈亚拉托提普满足了涅夫伦·卡的愿望，将地球的一切、人类的一切，全部展现在他的面前。过去的，现在的，未来的，那些时光长河中的人类。

涅夫伦·卡感到自己与人类的文明之神融为一体，为自己的问题找到了答案。深入灵魂的空虚感一扫而空，涅夫伦·卡感受到了自己的使命，找到了自己存在的意义。他激动地拿起尖利的法杖，将人类的未来全部刻在墓穴的墙壁之上。

最后一笔完成的瞬间，涅夫伦·卡自知悉人类命运的迷醉之中醒来。看着墙壁上承载着人类命运的神圣文字，他喃喃自语道:“真美啊，请让我再停片刻……”

话音未落，真理之盲猿便伸出大手，握住涅夫伦·卡瘦弱的身躯。他已经不再是埃及的人类法老，他是奈亚拉托提普的化身——黑法老。

转瞬之间，真理之盲猿便与黑法老一同消失在虚空之中，只留下空荡荡的墓室、沾满鲜血的祭台与几位狂喜的祭司。

此时，正是公元前2613年。

命运背后

自文明肇始，人类便注定灭亡。

——揭开白纱之人

黑法老涅夫伦·卡消失了，被千人献祭召唤而来的神祇离开了，记载了人类命运的真理之壁留给了曾经侍奉涅夫伦·卡的祭司。这是黑法老最珍贵的遗产，上面准确无误地刻印着人类文明每个时期的重大事件，从开始到灭亡。

诡异的事情随之而来，不久之后，这些阅读过真理之壁内容的祭司纷纷刺瞎自己的双眼，每日用皮鞭抽打自己，企图借由肉体的痛苦来忘却真理之壁的内容。人类无法承载黑法老所留下的真相。

不久之后，祭司们成立了一个新的团体，代代相传。他们以不透光的白纱蒙住真理之壁，掩盖关于人类未来的描述。每一代的祭司只在当天的凌晨掀开白纱，揭示人类在那一天的命运。

络绎不绝的探险者来到这处墓穴，触摸真理之壁，并接受考验。通过考验者将获得守望真理的资格，并成为下一任的揭开白纱之人。然而，大多数抵达这里的人类都没有通过考验，成了真理之壁下众多悲哀的祭品之一，为扭曲腐朽的尸堆增添新的一员。

掌控着真理之壁的揭纱人会在凌晨知晓人类文明在此日的命运，他们利用这种能力积累了无尽的财富，被赋予了超然的地位和权力。不过，即便有白纱的存在，这个教团的成员依旧步上了创始者的后尘，壮年时便纷纷在痛苦中死去。

岁月流逝，不断堕入深渊的恐惧没有阻止人类窥视命运的步伐，反而滋养了他们挑战命运之神权威的勇气。不甘接受命运安排的“揭开白纱之人”竭尽所能、不择手段，甚至不惜制造大量的灾难，去阻止真理之壁上书写的命运。

无一例外，敢于挑战命运的人都失败了。真理之壁的预言从未落空。每个蓄意破坏当日预言的揭纱人必会死于非命。那些妄图窥探人类最终命运的揭纱人则全部被刺瞎双眼、割掉舌头，沦为没有理智的野兽，将秘密永远尘封。揭纱人中寿命最长的，还是那些奸诈油滑的人。他们顺从命运之神的权威，对人类的未来毫无兴趣。

日月轮转，揭示人类命运、见证人类历史的揭纱人对真理之壁的认知越来越深刻，一些大胆的揭纱人提出了一个惊世骇俗的理论——真理之壁上镌刻的并非预言，而是奈亚拉托提普为人类编写的剧本。人类的命运是这位不可名状的神祇在暗中操控。人类文明的未来，或许直到黑法

老涅夫伦·卡雕刻真理之壁时，才被确定下来，再也无法更改。

这个假设在揭纱人团体内部掀起轩然大波，教团自此分裂。相信这个假设的成员，更加执着于改变命运，不相信这个假设的成员，则继续得过且过。然而最终，坚信这个理论的揭纱人也不得不承认，即便发现命运的背后是诸神的丝线，弱小的人类也无力改变既定的情节。

身为三柱神之一，奈亚拉托提普在银河系有着无数个幽暗的剧场，地球不过是其中最微不足道的一个。吸收涅夫伦·卡，制造黑法老，再利用他的知识、逻辑以及想象，编写出人类的剧本。自那刻开始，人类已经成为他手中的牵丝木偶，再也没有自主的余地。

公元前二千纪，埃及第十八王朝，众神的剧本，时空的化身

黑法老涅夫伦·卡消失之后，古埃及文明迎来了数百年的平静。埃及人民摆脱了那时疯狂的信仰，重拾对埃及古神的崇拜。收藏着魔法典籍的书库再次尘封，人们似乎遗忘了黑法老，遗忘了真理之盲猿，遗忘了关于混乱信使奈亚拉托提普的信仰。

然而，疯狂与扭曲始终潜伏在人类的灵魂深处。对黑暗深渊的探索一旦开始，便泥足深陷，再难自拔。

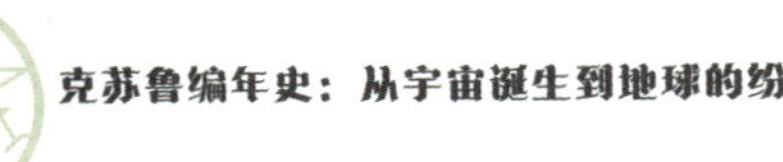

黑暗卷土重来

公元前 2345 年，埃及进入第六王朝时期。

早在第五王朝时期，官僚机构和宗教祭司的权势如日中天，已经成为埃及社会的主导力量，法老地位衰落已成定局。这一趋势在第六王朝时期也并未停止。

公元前 2184 年，王朝的第六位法老奈姆蒂姆萨夫二世在继位不久即为贪婪的诸侯和政客所杀。此后，他们拥立惨死法老的姐妹兼爱人尼托克丽丝为第七任法老。

这位女王深爱自己的兄弟兼丈夫，但她深知，王室大权旁落，自己不过是权臣的傀儡。为了寻求强大的力量，女法老尼托克丽丝在尘封多年的王室典籍库中，找到了关于黑法老涅夫伦·卡的记载。她倾尽所有进行献祭，企图得到黑法老的回应。

付出了足够的代价，尼托克丽丝得到了一面可以窥探黑暗力量的镜子。女法老利用这面魔镜唤醒了人们对奈亚拉托提普的信仰，解开被猫女神巴斯特封印的闪耀的偏方三八面体。黑暗和混乱重新笼罩了整个埃及。

得到力量的尼托克丽丝在尼罗河下游建造了一座神庙，她邀请所有参与谋杀奈姆蒂姆萨夫二世的权臣参加在神庙举办的庆典。恢宏的音乐，甘冽的酒水，当宴会在众人的欢呼声中达到顶点时，尼托克丽丝封闭神庙的大门，打开水闸，让尼罗河甘甜的河水淹死了所有谋害自己丈夫的敌人。

此后，女法老尼托克丽丝开始以“食尸鬼女王”的称号游走于埃及的阴暗地带。她与转化为奈亚拉托提普化身的黑法老一起，引导所有踏上埃及土地的人走入恐怖而诡异的深渊。

自从成功同化人类涅夫伦·卡，演化出“黑法老”这具化身，奈亚拉托提普就摸索出了制造人类化身的窍门。此后，他的化身幻化成不同样貌，游走于人类社会，留下一段段离奇、惊悚却让人痴迷的故事。

凝聚的光芒

公元前 16 世纪，埃及进入第十八王朝。

近千年的时间倏忽而逝，奈亚拉托提普在地球陡然浓烈的气息引起了万物归一者犹格·索托斯的注意。这位时空之主心思转动，探查到人类文明的奇妙之处，也分裂出一丝心神降临在地球所在的位面，瞬间影响到奈亚拉托提普为人类编写的剧本。

在人类看不见的维度，群星的光芒逐渐凝聚为一个发光的球体，那球体不断分裂、融合，闪烁着刺目的光芒，万物归一者犹格·索托斯的一缕精神力量无声地降落在非洲大陆的埃及。人类背后无形的丝线一阵颤抖。

遥远的宇宙中，混乱信使奈亚拉托提普的本体顿感不悦。他派遣化身黑法老前往球体降落之地。光团稳定下来后，万物归一者犹格·索托斯向黑法老说明了来意。他希望制造一具化身，亲自参与到混乱信使为人类导演的戏剧之中。

无法改变万物归一者的决定，混乱信使也只能从中协调。奈亚拉托提普不知道犹格·索托斯的真实目的，但这位邪恶、狡诈的神祇定然不会让其他神祇修改自己的剧本，哪怕对方同为三柱神。

“黎明时，您从天边升起”

公元前 14 世纪，埃及第十八王朝的第十位法老阿蒙霍特普四世继承了强盛的埃及帝国。

这位法老狂妄自大，目中无人。他虽然侍奉着猫女神巴斯特等埃及古神，却一直对这群只会接受供奉，从不显灵的古神嗤之以鼻。终于，这位独断专行的法老不顾祭司的阻拦，冲入禁忌的地下书库，找到了关于黑法老涅夫伦·卡以及食尸鬼女巫尼托克丽丝的记载。

秘典之中，这两位曾经的法老如神祇般无可匹敌。他们呼风唤雨、诅咒赐福的能力让新继位的法老阿蒙霍特普四世心痒无比。他迫切地召集卫兵和奴隶，命令他们全力寻找黑法老涅夫伦·卡留下的蛛丝马迹，挖掘出他埋在地下的秘密。最终，他在一个疑似黑法老献祭之地的地底墓穴中找到了他想要的一切。

那是一个闪烁着奇异光芒的光团。

见到它的一刻，所有奴隶和卫兵都跪伏在地。他们认为，那是太阳神拉在人世的化身。

自大的法老阿蒙霍特普四世对此不屑一顾。他兴奋地打量着这个光团，大胆地上前触碰。瞬间，一股强大的意志裹挟着海量的知识，如同海水一般，不断涌入阿蒙霍特普四世的体内。

昏迷的法老阿蒙霍特普四世被惊恐的奴隶和卫兵带回都城。苏醒之后，阿蒙霍特普四世仿佛在睡梦之中接受了天启一般，一改往日的狂妄自大，变得谦逊、温和、睿智、优雅。在阿蒙霍特普四世的带领之下，埃及第十八王朝如日中天，成了当时最强盛的人类帝国。历史上，这种强盛只在黑法老涅夫伦·卡的统治下出现过，而那时，他依靠的是黑暗魔法。

埃及人民无不爱戴这位浪子回头的法老，质朴的人们时常去往神庙，在太阳神拉、猫女神巴斯特等神祇的圣像前为法老祈祷。然而，随着时间的推移，越来越多的人民发现，古老的神庙外开始有卫兵把守，工匠竟然用石块将一座座神庙的大门封死。

取而代之的是一座拔地而起的恢宏神庙。新的神庙中没有古埃及众神的踪迹，猫女神巴斯特以及那些曾经庇佑人类文明的古神不见了。空旷、奢华的神庙之中仅剩一间神堂，里面供奉着世间唯一的真神，一切力量、智慧与光明的来源："阿吞"。

神庙建成之日，智慧过人的法老阿蒙霍特普四世向全部埃及人民宣布，阿吞是世界上唯一的真神，是宇宙至高无上的统治者，是世间一切光芒的赐予者，是智慧之源，是时空之主，是象征万物本源的"一"。

这一天，阿吞的形象展现在埃及人民面前，那是一个探出无数只手臂的光球。也是在这一天，阿蒙霍特普四世放弃底比斯，将神庙所在之地定为新都，取名"埃赫塔吞"，并将自己的名字改为埃赫那吞，意为"阿吞的光辉"。

自此，埃及首次出现严格的一神教信仰，而至高之神阿吞作为万物归一者犹格·索托斯的化身，成了埃及人民唯一的崇拜对象。

午夜时分，奈亚拉托提普的化身黑法老在幽暗的星空之下，注视着埃及人民对阿吞的狂热崇拜，脸色阴沉。犹格·索托斯的插手已经扭曲了他确定好的剧本。

幻梦境中，古神和黑法老一样满心不悦。他们派遣猫女神巴斯特等融入埃及社会，是为了监控人类，阻止他们接触旧日支配者的封印。如今，埃及人对巴斯特等神祇的信仰已经随古老的神庙一起，被法老埃赫那吞尘封在历史中。古神借由信仰来观察、控制人类的计划被打乱了。

万物归一者犹格·索托斯的强大毋庸置疑。若任由他改写人类的进程，让人类放下信仰的分歧，通过他不断探索时空的法则，奈亚拉托提普所喜欢的混乱、无序、扭曲且冲突不断的文明进程将无从产生。

为了扭转人类文明的方向，为了继续自己的混乱剧本，奈亚拉托提普的化身黑法老向古神传达了一个可怕的提议——将万物归一者的化身阿吞封印起来。思索再三后，古神接受了黑法老的建议。

梦境牢笼

万物归一者犹格·索托斯是现实宇宙时空法则的具象化，只要身处现实世界，他就不可能被困住。黑法老建议古神创造一个与现实世界截然不同的虚幻空间。

古神阵营的睡神修普诺斯用梦境制作了一个精致而脆弱的空间。在这个如同水晶球一般的梦境之中，万物的规则模糊不清，空间与时间不断交错闪烁，物质与能量所遵循的规则与现实世界截然不同，或者说，完全颠倒。

为阿吞神量身打造的牢笼完工之后，剩下的就是奈亚拉托提普的工作了：将万物归一者的化身阿吞装在这个空间之境内。

万物归一者犹格·索托斯是黑暗宇宙的时空之神，他的存在本身就是一切时间维度和空间维度的基础。欺瞒洞悉过去、现在与未来的万物归一者犹格·索托斯，将他的化身阿吞引入梦境水晶球，无疑是一件近乎不可能的任务，能够胜任又愿意胜任的只有同为三柱神之一的奈亚拉托提普。

奈亚拉托提普显现出他常用的一具化身，伏行至埃赫塔吞的神庙，轻轻地触碰了仿佛光明本源的阿吞——万物归一者的化身。

阿吞并不知道奈亚拉托提普的化身为何而来。这具化身仅向阿吞提出了一个问题——阿撒托斯是否知道自己正在梦中？

阿撒托斯是世界的主宰，是宇宙之源。阿吞即便是万物归一者犹格·索托斯的化身，能够以光速进行计算，仍然因为过于庞大的信息量出现了短暂的失神。就在这一刹那，奈亚拉托提普将阿吞困在了古神打造的牢笼之中。

在虚幻的梦境牢笼中，万物归一者犹格·索托斯的规则被完全屏蔽，没有外力的帮助，仅为犹格·索托斯一缕心神所化的阿吞很难迅速脱困。自然，这个诞生于古神之手的梦境牢笼不可能长久困住阿吞，但奈亚拉托提普此举也不过是想向犹格·索托斯表明，自己才是人类文明的总策划。

如奈亚拉托提普所料，古神打造的梦境牢笼仅困住阿吞短短七十一年。之后，名为扎尔的种族从天而降，专为解救阿吞而来。这群怪物抵达古埃及后，如同旋风一般卷起漫天黄沙，化出狰狞的面孔，将整个埃及上上下下地搜索了一遍。最终，他们在埃及的西奈山深处找到了困住犹格·索托

斯一丝心神的梦境水晶球。扎尔一族打破了脆弱的牢笼，阿吞闪着光芒划破天际，重新回到本体。

埃及失去阿吞后，多神信仰逐渐恢复，埃及文明的鼎盛时期成为历史。随着埃及文明的没落，希腊文明以及两河文明与之分庭抗礼，人类的故事在古神、旧日支配者以及外神的操控下缓缓展开，精彩纷呈。

千年等待，主宰之谜

面对面谈话

宇宙诞生于主宰阿撒托斯的梦境。梦境中无数光怪陆离的场景便是现实宇宙中的无尽时空。

万物归一者犹格·索托斯存在于无尽时空的本源之中，过去、现在、未来，每一个宇宙维度，每一片独立的时空，都存在闪烁不定的光球，信奉一位永恒不变的神祇。是他的存在衍生出宇宙中所有的时空法则，也是他的存在为主宰的梦境提供了舞台。无论梦境中的场景如何扭曲、怪异，都无一例外地蕴含着犹格·索托斯的法则。

在无尽宇宙中，主宰随机降临在梦境中的意志，万物归一者犹格·索托斯无法计算出他的轨迹，与此同时，还有与他对等的另外两位柱神——作为一切生命源起的森之黑山羊莎布·尼古拉丝，以及知晓主宰意志的混乱信使奈亚拉托提普——也无法预知。

万物归一者犹格·索托斯与大母神莎布·尼古拉丝同为宇宙本源规则的化身，彼此影响。犹格·索托斯的时空法则限制着莎布·尼古拉丝创造生命的进程，大母神的生命法则会促进一切生物繁衍子嗣，即便是万物归一者也无法例外。与此同时，这两位神祇的规则都会因奈亚拉托提普的混乱而产生偏差。

相较之下，混乱信使奈亚拉托提普十分特殊，他不受时空法则与生命法则的约束。他是主宰意志的化身，是混乱与随机的化身。他可以任意穿梭于各个时空，也可以无视生命法则，创造各不相同的千亿化身，在宇宙导演混乱的戏剧。正是他制造的随机混乱破坏了万物归一者犹格·索托斯的舞台，使梦境出现诸多漏洞，不再真实。

随着阿吞神回归主体，犹格·索托斯知晓了地球事件的前因后果。他找不到奈亚拉托提普行事的规律，无法预知奈亚拉托提普随机、混沌的选择。然而，智慧非常的犹格·索托斯知道奈亚拉托提普制造混乱的最终目的，因为那是三柱神共同的目的。

万物归一者需要与混乱信使进行一场面对面的谈话。

达成一致

万物归一者心念微动，银河系中的时间与空间发生了微妙的变化。

活火焰克图格亚无法动弹，周身的空间不断闪烁，将他传送到一颗又一颗不知名的星球。有的星球生活着繁盛的高级文明，有的则散布着刀耕火种的低级文明。这些文明有着一个共同的特点——其中都隐藏着混乱信使奈亚拉托提普的三两化身。

克图格亚不明白犹格·索托斯此举的目的所在，当然，即使明白也于事无补。在时空封闭、能量愈发枯竭的银河系潜伏数十亿年，饥肠辘辘的克图格亚知道机不可失，失不再来。他兴奋地化为漫天的火焰，向奈亚拉托提普的化身席卷而去，肆意吞噬。

每当一个星球上奈亚拉托提普的气息彻底消失，克图格亚周身的空间便再次扭曲，将他传送到下一颗星球。眨眼间，百十余年过去，化身接连遭到吞噬让奈亚拉托提普感到厌烦。

奈亚拉托提普自身固然超脱于时间与空间的维度之上，但他的剧本离不开犹格·索托斯的时空舞台。如果犹格·索托斯有意阻挠，奈亚拉托提普的行动不免举步维艰，他的化身就更是如此。过去这些年，克图格亚在犹格·索托斯的帮助下，不断穿越时空，凭空降临在奈亚拉托提普的化身附近。每当化身试图逃跑，周身的空间总会变得黏稠，时间也会瞬间变得滞缓，让克图格亚肆无忌惮地吞噬化身的精纯能量。

克图格亚喜悦、贪婪的精神波动令奈亚拉托提普无比厌烦，但是，奈亚拉托提普知道，这并不是犹格·索托斯的报复。对于犹格·索托斯来说，感情毫无意义，他仅仅是想逼迫奈亚拉托提普现身而已。

终于，时空的尽头显现出混乱信使奈亚拉托提普的混沌身形。他看向时空本源之中以光的形态不断聚合的万物归一者犹格·索托斯，等待这位尊神开口。

瞬间，庞杂的精神波动伴随着空间与时间的法则，化为一条条光蛇，密密麻麻地蠕动身体，自四面八方向奈亚拉托提普聚拢。那些光蛇是几乎凝聚成实体的高密度信息，只有宇宙间顶级的存在才能接受如此规模的信息。哪怕是强大的旧日支配者，如全盛时期的克苏鲁，也无法承受这样的信息量。对于智慧种族来说，即便是触及基因枷锁的超级文明，即便花费数以千万年计的时间，也无法解读无数信息光蛇中最细小的一条。

围绕在混乱信使奈亚拉托提普身边，每一条光蛇都闪现着无穷无尽的时空碎片，那是过去、现在、未来，在黑暗宇宙之中、在万物归一者犹格·索托斯的时空舞台上登场的一切生命。从诞生，到毁灭，每一条光蛇都代表着一个万物归一者推演中的宇宙。微小如蜉蝣，强大如外神，无数生命的轨迹交织在一起，以不同的方式展现在奈亚拉托提普的面前，与之伴随的是犹格·索托斯的问题——阿撒托斯，伟

大的主宰，是否知道自己身在梦中?

万物归一者犹格·索托斯早已得出自己的答案：主宰意志的降临让梦境处于虚实之间。他不知自己身在梦中，若主宰将梦境视作现实，宇宙便是现实，若主宰将梦境视作幻境，一切皆为泡影。

自主宰的意志降临地球，万物归一者犹格·索托斯便计划将梦境的秘密散播到人类世界。他希望身在梦中的主宰能因此意识到自己身在梦中，他希望知道，宇宙在主宰阿撒托斯眼中，究竟是毋庸置疑的真实，还是睡梦中毫无意义的泡影。他想要知道，有朝一日主宰苏醒，他是随主宰进入下一个梦境，还是随今日的宇宙烟消云散。这是三柱神一直在探寻的宇宙真相。

犹格·索托斯将自己的答案传达给奈亚拉托提普，等待着奈亚拉托提普的回应。

奈亚拉托提普无声地浏览着无数光蛇带来的信息，并无数次推算宇宙的发展方向以及结局。不知过了多久，奈亚拉托提普在时空的尽头，于无数可能性中，敏锐地抓住了关键的节点——位于地球的关键节点。有关这个节点的详情至今无人知晓，那是独属于三柱神的秘密。

奈亚拉托提普当即与犹格·索托斯达成一致，二位尊神决定相互合作，实现各自的目的。达成协议后，奈亚拉托提普和犹格·索托斯先后隐去身形，仍在虚空中大吃特吃的活火焰克图格亚则在一阵强大的时空波动下被传送到北落师门所在的星系里。一重重空间封印了克图格亚的本体，此后的无数岁月，他只能在记忆中回味纵情吸收能量的滋味。

人类——三柱神剧本中的一环

时光飞逝，法老埃赫那吞的时代已经过去近千年。无数记录诸神秘密、邪恶仪式、吊诡魔法的书籍散布于人类文明。

在西方，希腊城邦文明于公元前 5 世纪进入鼎盛时期，然而，直到公元前 146 年被罗马帝国吞并，希腊人仍未大规模接触黑暗宇宙的信息。反而是罗马人在大肆征讨的过程中，意外遭遇许多扭曲、可怕的生物。不过，在古老典籍和古神的暗中指导之下，那些可怕的生物或被击退，或被再次封印。公元前 1 世纪，《伊波恩之书》被翻译为希腊文，随即又被希腊智者严密地藏匿、看守起来，未曾流落在外。

在东方，《拉莱耶文本》于公元前 3 世纪被译成中文，影响深入祭祀群体乃至文人阶层。公元前 213 年和公元前 212 年，秦始皇下令大举焚毁书籍，消灭有关黑暗宇宙的可怕巫术和血腥祭祀。然而，数百年间，这些被焚毁的邪恶典籍的只言片语仍借由口耳相传留存于世。公元 2 世纪，汉末文人玄君根据先人见闻、当世典籍中的只言片语以及莫名浮现脑海中的断句残篇，编纂而成《玄君七章秘经》，内含起

死回生、摄魂拘魄、穿越时空的隐秘咒文。

除此以外，还有许多历史更加悠久的黑暗典籍重现于世，比如古埃及的《托特之书》、著于希柏里尔时代的黑暗神谕《卡纳玛戈斯遗嘱》、亚特兰提斯人所著的《德基安之书》，以及缅甸的《黑佛经》，等等。然而，无论何时，总有一股神秘的势力小心翼翼地将它们掩盖起来，以免普罗大众受到黑暗力量的侵蚀。

人类文明似乎走上了一条奇怪的进化之路。作为宇宙间无数智慧种族的一分子，人类被史无前例的众多邪恶典籍所重重包围，然而，这个种族又被隔绝于大部分黑暗魔法与神秘力量之外，只传承了这片宇宙空间的规律，就像一个坐拥宝藏却在管家的约束下摆弄木制玩具的幼儿。

万物归一者犹格·索托斯的化身再次降临地球时，人类社会的一些秘密群体私下传阅着这些黑暗、诡异的书籍。受此启发，万物归一者计划引导人类创作一本揭露梦境真相的书籍。如此接近黑暗宇宙本源、触及主宰阿撒托斯的知识，绝非智慧种族的肉体和精神所能承受。为此，森之黑山羊莎布·尼古拉丝降临地球，运用生命本源，提高了人类肉体和精神的信息承载能力。混乱信使奈亚拉托提普则动用无数化身，在地球制造了一个奇异的精神能量场，削弱了混乱的知识对人类的侵蚀。毕竟演化自究极祖神乌波·萨斯拉的基因片段，在两位伟大外神的加持下，人类终于不会在阅读有关宇宙本质的信息时迅速精神崩溃、肉体异变。

万物归一者、森之黑山羊和伏行之混沌均默默地等待，等待人类一代代的基因演变，等待那个足够强大、可以将关于外神、旧日支配者以及古神的可怕秘辛写入书籍的人类。他将于主宰意志所在的梦境埋下一颗种子，在未来的某刻，让主宰于梦境中意识到自身的存在，实现三柱神的愿望。

那个命定的人类，就要诞生了。

公元一千纪，阿拉伯疯人的旅程

在众多流传于世的上古传说中，不可名状的众神于宇宙间发现了一片特殊的土壤，而人类正是诸神小心翼翼埋下的一颗种子。

公元 7 世纪，这颗埋藏于地球的种子终于有了发芽的征兆。而这个征兆源于一个人类婴儿的诞生。

窥探真理之门

公元 655 年，在地处也门高地、濒临红海与阿拉伯海的阿拉伯人城市萨那，一个健康的婴儿呱呱坠地。与其他阿拉伯男婴一样，寺中长者为他取了与真主尊名相联系的名字——阿卜杜拉·阿尔哈萨德。

起初，这个名为阿卜杜拉·阿尔哈萨德的男孩与其他阿拉伯男孩没有什么不同，非要说有什么区别，就是他的眼眸

黑得有些深邃，对于万物的本质更加好奇。随着年龄的增长，这个孩子像他的父辈那样，继承了阿拉伯人的信仰。

这个少年坚信，世界上只有一位至高无上的神祇。那位神祇全知全能，知晓宇宙的一切秘密，然而，无人知晓那位神祇的真名，也无人能够描述这位神祇的面容。根据阿拉伯先人的教导，那位全知全视的主、独一无二的真神，隐藏在一扇精美的门扉之后。千百年来，无数阿拉伯人匍匐在这扇闭合的门扉之前，但没有一个人能够打开这扇门。

成长过程中，阿卜杜拉·阿尔哈萨德接受了全面的阿拉伯文化教育，他通读《古兰经》，熟悉其中的每一个篇章，能够熟练地运用阿拉伯文书写真神的无数化名，创作赞美真神的诗篇。成年之际，阿卜杜拉·阿尔哈萨德已经成为倭马亚王朝享誉盛名的诗人和智者。

然而，也正是自成年之日起，一个诡异的梦境开始困扰这位年轻的阿拉伯学者。

在梦中，他无数次仰视一扇精美、宏伟的大门，大门之后，正是他渴望的真理。然而，每当他迈着坚毅的步伐向那扇大门走去，那扇门就会隐遁而去，离他越来越远。他焦急地开始奔跑，然后，逐渐忘记自己为何奔跑。他能感到背后有几道阴冷的目光注视着他，那目光如同黏腻的触手，摩挲着他的背脊。他不敢回头，只是拼命地奔跑。当背后的目光渐渐淡去时，他胆战心惊地回头张望，却只见一片空茫。再回头，眼前赫然是那扇难以触及的真理之门。他试探着向前走去，这一次，真理之门竟然敞开了一丝缝隙，那道狭窄的缝隙中漏出令人眩晕的光芒。阿卜杜拉·阿尔哈萨德竭尽全力地睁大双眼去看，却在下一刻因无法承受刺目的真理之光而昏厥过去。

陡然自梦中惊醒，阿卜杜拉·阿尔哈萨德挣扎着自被褥间起身，他的冷汗已经浸透了衣衫。

他蹒跚着来到庭院之中，看着天空皎洁的明月，跪倒在地，不断向真神祈祷。他已经意识到真理的可怕，已经意识到自身的渺小，如今，他只想默默地侍奉伟大的真神，不愿再追求无尽的真理。他祈求真神垂怜，助他摆脱可怕的梦境。

显然，他未能如愿。接下来的数年里，阿卜杜拉·阿尔哈萨德不断梦中挣扎，一次次因真理之门漏出的光芒而失去意识。直到那一天。

那天夜里，坠入梦境的阿卜杜拉·阿尔哈萨德再次站在巨大的门扉之前，当真理之门敞开一道缝隙，直面刺目光芒的他终于保持住意识的清醒，没有再次晕厥过去。

透过门缝，阿卜杜拉·阿尔哈萨德窥见一个没有成形的光团。那光团不断闪烁，每一次闪烁都让他感受一次生死轮转的过程。而每一次生死都在挑战这个年轻人的理智。

他感觉自己在梦中不断坠落，一会儿变为男人，一会儿又变为少女，一会儿是信奉无神论的学者，一会儿又是疯狂

的邪教头目。在无数段人生中，阿卜杜拉·阿尔哈萨德既是亲历者，又是局外的旁观者。

每一段人生都在不断消磨他的理智。他挣扎过，嘶吼过，放弃过，然而，历经千百次完整的人生，他的灵魂始终未曾崩溃。似乎有某些东西，在一次次的梦境人生中，一点一滴地融入他的灵魂，那些东西正试图改变他的认知。他感觉自己如同一块儿炽热的生铁，在砧板上被不断地敲打。每当在梦中经历一次生死，他就被淬炼得更加坚硬。最终，他的意志，或者说他的灵魂，经过千锤百炼，排除了一切杂质，变得坚不可摧。

清晨的阳光下，阿卜杜拉·阿尔哈萨德睁开了双眼。他的瞳孔剧烈地颤动，脑海中有无数灵魂在相互冲撞。混乱的状态很快就结束了，随之而来的是空洞和迷茫。阿卜杜拉·阿尔哈萨德陷入呆滞状态，他忘记了自己的家人，忘记了自己曾经的习惯，也忘记了自己的名字。

这种状态持续了几个月，直到无尽的梦境终于被现实的纷扰所覆盖，阿卜杜拉·阿尔哈萨德才重新记起过往的人生。然而，自此以后，曾经名声斐然的智者变得面目全非，他疯癫痴狂，时常不受控制地仰天大笑，或是彻夜不眠地观察星空。他不再进行礼拜，也不再信仰家族世代供奉的真神。最终，被称为“阿拉伯疯人”的阿卜杜拉·阿尔哈萨德随着商队离开萨那，离开阿拉伯半岛，在一些古老的城市间游荡。

追寻真神的足迹

阿卜杜拉·阿尔哈萨德首先前往的是古老的美索不达米亚平原。这片位于底格里斯河和幼发拉底河之间的新月沃土，地势低平，北部丘陵起伏，南部湖泽密布。在尼罗河流域的埃及文明世代更迭时，这片水草丰美的土地也孕育了强盛的巴比伦文明。

古老的巴比伦人认为，世间唯有一位真神，他有着唯一的名字。然而，人类自大且狂妄地联合起来，企图建起高耸入云的巴别塔，自行前往天堂。他们的傲慢激怒了真神，后者用狂风摧毁巴别塔，打乱了人类的语言。自此以后，语言无法相通的人类各自用不同的名字称呼真神，九亿多种不同的声音散布在人类文明之中。而那位真神的唯一真名，则被古巴比伦人埋藏在巴别塔的废墟之中。

抵达两河流域后，阿卜杜拉·阿尔哈萨德来到曾经盛极一时的神之门——巴比伦城的废墟之上。他身形佝偻，不知疲倦地在断壁残垣中穿梭，如同盗墓贼一般四处挖掘。当地的居民都认为这个疯狂、邋遢的阿拉伯人是个食尸鬼，会在夜晚盗取坟墓中的古尸，如同食腐肉的鬣狗一般吞噬干枯的血肉。

当地居民的猜测十分合理，不过，阿卜杜拉·阿尔哈萨德寻找的并非古尸，而是记载着真神姓名的神秘石板。无数日夜后，他终于如愿以偿，找到了记载着古老魔法与众神名

讳的石板。石板上的文字含义模糊不清，就像一个疯子的信手涂鸦。即便是熟知真神诸多名讳的天才阿卜杜拉·阿尔哈萨德，也只能读懂只言片语。石板上有一个反复出现又屡屡被划去的单词——孟菲斯。

孟菲斯是埃及最著名的古城之一，是上埃及和下埃及之间的枢纽。在遥远的过去，这座城市曾是数个王朝的都城，是权力和宗教的中心。罗马人到来后，孟菲斯的重要性陡然降低，到阿卜杜拉·阿尔哈萨德诞生前后，孟菲斯已经成为周边新城市的采石场，无数神庙和墓地的石料被拆卸、运往他处。

这座城市的居民曾经信奉过各种邪神，而最出名的莫过于掌控着可怕魔法的黑法老，以及有着无数只手臂的太阳神阿吞。在已经接近废弃的古老城市中，阿卜杜拉·阿尔哈萨德再次开始挖掘。然而，几个月过去，他没有找到任何古埃及时期留存下来的魔法书籍，真神似乎已经不再眷顾于他。

发掘工作陷入停滞，莫名的压迫感涌上阿卜杜拉·阿尔哈萨德的心头。他的脑袋隐隐作痛，一股巨大的、无法遏制的渴望催促他解开真理的面纱，无端的迫切情绪几乎将他吞没。

阿卜杜拉·阿尔哈萨德的理智愈发薄弱。白日，他在孟菲斯的断壁残垣中四处徘徊、疯言疯语，夜晚则不知疲倦地挖掘地下古老的墓穴。最终，在一处早已破损得面目全非的古老墓穴里，阿卜杜拉·阿尔哈萨德发现了一条暗道，里面有一群怪异、恐怖的生物。它们佝偻着身体，长着与人类相似的四肢，但头部却与鬣狗无异，手部是锋锐的利爪，足部则如同兽蹄。

那是一群食尸鬼。阿卜杜拉·阿尔哈萨德发现它们时，它们刚刚饱食完葬于这个墓穴的尸体，正心满意足地舔舐着自己沾满血肉的爪子。

第一次见到这种非人生物，阿卜杜拉·阿尔哈萨德悚然一惊。但是，这位阿拉伯疯人很快便冷静下来。他曾在古老的典籍中读到过有关食尸鬼女王尼托克丽丝的记载。据称，但凡在埃及古墓中发现食尸鬼的踪迹，只要跟随它们的脚步，必能见到那位投身于黑暗的女法老。

阿卜杜拉·阿尔哈萨德缓缓后退，在暗道潜伏下来，静心观察食尸鬼的举动。

两天的时间转瞬即逝。第三个夜晚降临，一轮惨白的圆月爬上中天，食尸鬼们不约而同地向墓穴深处聚集。已经两天水米未进的阿卜杜拉·阿尔哈萨德振作精神，也佝偻着身子小心跟随。

走过漫长的隧道，阿卜杜拉·阿尔哈萨德几乎失去了时间的概念。终于，两具黄金打造的棺椁出现在墓穴的尽头，那是只有法老才有资格使用的棺椁。

聚集而来的食尸鬼如同最卑微的仆人一般，小心翼翼地

移开了两个棺盖。

首先走出来的是一个女人。她身姿窈窕、衣着华丽，但她美丽的脸庞却有一半血肉模糊，裸露的白骨上布满动物的齿痕。她是食尸鬼女王，是黑暗魔镜的持有者，是埃及第六王朝的第七任法老尼托克丽丝。而自另一个棺椁中走出的则是被她复活的丈夫，埃及第六王朝的第六任法老。

两位不死者走出棺椁后，食尸鬼开始了祭祀仪式，嘶哑、亵渎的话语汇成怪异的声浪，包裹着猩红的祭坛，而祭台的中心则供奉着一面硕大的铜镜。铜镜光亮如新，却没有映射出任何景象，只有一股股黏稠的黑暗之物在镜面下涌动。

很快，仪式在尼托克丽丝的主持下达到高潮。月光穿透土地，笼罩在铜镜之上，将翻滚的黑暗之物勾勒成一道模糊的身影。身影浮现的瞬间，同时也伸出利爪，指向阿卜杜拉·阿尔哈萨德所在的角落。一群食尸鬼嘶吼着，蜂拥而上，将藏在暗处的阿卜杜拉·阿尔哈萨德揪出，押送到铜镜之前。

阿卜杜拉·阿尔哈萨德面前的铜镜中，那黑色的暗影已经逐渐显现出清晰的轮廓。手执权杖，头戴双冠，那是另一位法老。镜中男性那黑暗的双眸让阿卜杜拉·阿尔哈萨德立刻意识到他的身份，那是混乱信使奈亚拉托提普的化身，黑法老涅夫伦·卡。

隐匿在黑暗之中的黑法老冷冷地注视着阿卜杜拉·阿尔

哈萨德，吸引着他的全部心神。渐渐地，黑法老的身影自镜中淡去，取而代之的是无数匆匆闪过的破碎场景。

最先出现的是幽暗沼泽中不断蠕动的巨大肉块，随后则是海水包围之下的宏伟建筑，一群形似酒桶、背生双翼的奇怪生物在开阔的房间内往来穿梭。一个破损的扁平器皿在镜中一闪而过，里面黏稠的物质已经散落在外。

一片汪洋之中，从未见过的柔软生物和丑陋鱼类相继游过，随后出现的则是暗沉的天际线、植被覆盖的陆地和巨大的昆虫，几乎遮天蔽日的庞然大物缓缓走过，下个画面又变成树间攀越的猴子，它们在地面奔跑，之后瞬间变成与阿卜杜拉·阿尔哈萨德别无二致的人类。

海洋中，大片陆地起起伏伏，北方的人类在冰天雪地中建起高耸入云的城堡，随后凛冬降临，一阵寒风之后，杳无人迹。随后出现的是花团锦簇的乐园，神秘的符文和光芒闪烁的法阵，之后地动山摇，无数人类与这片乐土一起沉入海底。

终北之地，希柏里尔，姆大陆，旧日诸神……阿卜杜拉·阿尔哈萨德意识到，这一幕幕是人类文明的壮烈悲歌。他情不自禁地想要匍匐在这面魔镜之前，敬拜他心心念念、找寻半生的文明之神。然而，尚未来得及动作，镜中的景象就变成他自己，那身影直面阿卜杜拉·阿尔哈萨德，诡异、邪恶地笑了。

一股强烈的恐惧涌上阿卜杜拉·阿尔哈萨德的心头，但他动弹不得。紧接着，镜中的那个阿卜杜拉·阿尔哈萨德缓缓散成黑雾，仿佛有生命一般，试图从现实中阿卜杜拉·阿尔哈萨德的双眼和口鼻钻进他的身体。

阿卜杜拉·阿尔哈萨德的意识渐渐模糊，他的一生似乎即将落幕。

就在阿卜杜拉·阿尔哈萨德昏厥的瞬间，墓穴中光芒大盛，一团闪耀的光芒如太阳般无声降临。光线仿佛无数只手臂，柔和地驱散了侵入阿卜杜拉·阿尔哈萨德体内的黑雾。创造万物的太阳神阿吞，万物归一者犹格·索托斯的化身，用光芒笼罩了这个阿拉伯人的肉体。

炽烈的光芒之下，魔镜不断产生裂痕，食尸鬼女王尼托克丽丝和她的丈夫匍匐在地，而侍奉这两位法老的食尸鬼更是面目狰狞地蜷缩、挣扎。万物归一者犹格·索托斯的意思很明确——这个人类是属于他的！

自阿卜杜拉·阿尔哈萨德体内退去的黑雾缓缓翻滚，闪过黑法老涅夫伦·卡的面孔。他没有继续动作，而是回到魔镜中隐匿起来。

一切就此尘埃落定。

峰回路转

阿拉伯南部的深红沙漠中，滚滚黄沙之下有一个昏暗的墓穴。墓穴中，一位蓬头垢面的男子正磕磕绊绊地阅读一本厚重的古籍，他正是被称为“阿拉伯疯人”的阿卜杜拉·阿尔哈萨德。自他在镜中黑雾的攻击下逃过一劫，时间已经过去了十年。

十年前，阿卜杜拉·阿尔哈萨德以为自己必死无疑。当他惊惧地睁开双眼，却发现原本对他不屑一顾的食尸鬼女王尼托克丽丝正在一旁恭敬地守候着他。

这位美丽的女王为阿卜杜拉·阿尔哈萨德献上肉干、面饼与清水。他反复查看，确认那些肉干只是骆驼肉，而非来自墓穴中的干尸后，开始狼吞虎咽地进食。

吃饱喝足后，阿卜杜拉·阿尔哈萨德在食尸鬼女王的带领下来到一处掩埋在黄沙之下的墓穴，那里匿藏着人类文明所有关于宇宙众神的书籍——来自终北之地的《伊波恩之书》、记录姆大陆发展历程的《赞苏石板》、源于古埃及文明的《托特之书》，以及来自古老中国的《玄君七章秘经》。古往今来，无数人类从外神和旧日支配者那里得来的琐碎知识都集中在这里。

书籍的语言五花八门，有阿卜杜拉·阿尔哈萨德最熟悉的阿拉伯文，也有他略知一二的希腊语和拉丁语，但更多的是他从未见过的古老文字——终北之地和姆大陆的文明早已覆灭，它们的文字，阿卜杜拉·阿尔哈萨德自然无法理解；古埃及的象形文字和中国的古老汉字同样复杂难懂。不

过，尼托克丽丝认识此处的所有文字，在获得永生之后的20多个世纪里，黑法老涅夫伦·卡将这些语言一点点地传授给她。现在，她遵循主人的要求，将这些古老的语言一一传授给阿卜杜拉·阿尔哈萨德。

整整三年，阿卜杜拉·阿尔哈萨德一直在浩如烟海的神秘书籍中苦苦挣扎。自从来到这个沙漠之下的墓穴，自从见到这些晦涩难懂的古老书籍，阿卜杜拉·阿尔哈萨德再未踏出墓穴一步。三年间，只有尼托克丽丝定时来到这里，为他带来干净的水和食物，耐心地教导他辨认不同文明的古老文字。

阿卜杜拉·阿尔哈萨德遇到生僻难懂的语句，便将其抄录到莎草纸上，让食尸鬼女王尼托克丽丝翻译、解释，而每当此时，食尸鬼女王都小心翼翼、胆战心惊。她和这个被外神选中的人类不一样，没有强大的精神承受力，无法过度接触外神、旧日支配者以及古神的秘密。

阿卜杜拉·阿尔哈萨德曾经拿着《伊波恩之书》，指着一串文字将那位外神的名字念给食尸鬼女王尼托克丽丝，这位食尸鬼女王的精神当即泛起剧烈的波动，濒临崩溃，她的肉体也开始消散。幸好阿卜杜拉·阿尔哈萨德及时将黑法老涅夫伦·卡自魔镜中召唤出来，要不然食尸鬼女王早已不在人世。从那以后，每当阿卜杜拉·阿尔哈萨德遇到无法理解的词汇，都会小心地拆解成分散的文字或字符，再让这位食尸鬼女王辨认。资质远超尼托克丽丝的阿卜杜拉·阿尔哈萨德仅用三年时间就初步掌握了这些语言，开始自行阅读那些古籍。

翻译、阅读，肆意吸收知识的生活让阿卜杜拉·阿尔哈萨德几乎忘记了时间的流逝。茂密的长发和胡须覆盖了他的面庞，长短不一、凹凸不平的手指上布满了他的齿痕。一晃眼，又是七年过去，阿卜杜拉·阿尔哈萨德几乎已经阅读完这里所有的魔法典籍。他的手边，是一部尚是雏形的书稿，许多描述晦涩难懂、含混不清。

十年间，阿卜杜拉·阿尔哈萨德极少睡眠，每次入睡，他都会坠入同样的梦境——独自行走在广袤无垠的沙漠之中，没有尽头，亦没有退路，黄沙层层掩盖他身后的脚印，抹去他在这世间的印记，唯有天空中的星辰闪耀无比。

不愿在无尽的梦境中徘徊，阿卜杜拉·阿尔哈萨德夜以继日地钻研先民的典籍，对比相关的资料，筛选可行的魔法和召唤仪式。终日浸淫在禁忌、邪恶的知识之中。阿卜杜拉·阿尔哈萨德自己都不确定自己的神志是否清楚，他已经不知道哪些知识来自此地的书籍，哪些源于他漫无边际的臆想。他只是不知疲倦地将脑海中成形的一切思考用阿拉伯语书写下来，包括他突然间彻悟的有关接触盲目痴愚之神阿撒托斯以及召唤万物归一者犹格·索托斯的知识。

突然有一天，阿卜杜拉·阿尔哈萨德意识到，这个墓穴

中的魔法典籍已经再也无法为他提供任何有价值的信息。他将手稿装进包裹，在一群食尸鬼的目光中，步履蹒跚地走出了这个昏暗窄小的墓穴。

十年的隐居生活已经让阿卜杜拉·阿尔哈萨德忘记如何与活人交流。

再次见到久违的血色夕阳，他的眼泪无法抑制地流了下来。长久生活在黑暗之中，他已经无法承受太阳的光芒。他已经注视深渊太长时间，如今，唯有黑夜才能让他睁开双眼。

夜色降临后，阿卜杜拉·阿尔哈萨德背着包裹，在沙漠中独自前行。包裹中的手稿距编纂成册还有漫长的岁月，他并不知道，这本在众神的引导之下书写而成、汇集了一切黑暗秘密的书籍，将为人类带来腥风血雨。

帷　幕

银河系，地球，阿拉伯，万物归一者犹格·索托斯在时间与空间的深渊里注视着。他的一丝心神化为一小团光芒，轻易地穿过时空的屏障，降临沙漠，观察着冥思苦想的阿拉伯疯人阿卜杜拉·阿尔哈萨德。

地下世界

阿拉伯南部沙漠的商队之中流传着一个传说。据说，许多夜间在沙漠迷路的驼队都曾遇到一个背着沉重行囊的男子。他疯疯癫癫，牵着骆驼在黑暗中四处徘徊，见人便问对方是否知道深红沙漠，是否知道千柱之城埃雷姆。不过，这个疯人出奇地了解深邃的星空，总能为迷路的商队指出正确的方向。

这个在沙漠中游荡的男子正是阿卜杜拉·阿尔哈萨德。没有在商人那里得到想要的信息，他在沙漠漂泊了一年，终于在群星的指引之下，来到深红沙漠的深处，见到了耸立着无数根巨大石柱、埋藏着黑暗秘密的千柱之城埃雷姆。

三千多年前，混乱信使奈亚拉托提普曾经在这里现身，将一把精美的钥匙赐予当时还是人类的黑法老涅夫伦·卡。正是那把钥匙，为涅夫伦·卡打开了真理之门。而阿卜杜拉·阿尔哈萨德来到此地，正是为了求取这把钥匙。他向奈亚拉托提普祈祷，他愿意献祭一万个人类以换取一个使用真理之匙的机会。

混乱信使奈亚拉托提普没有现身，没有回应这个被万物归一者犹格·索托斯选中的人类。阿卜杜拉·阿尔哈萨德只好在这座荒凉古老的城市中游荡，抄录可怕的秘闻以及有关克苏鲁和亵渎之双子的信息。不久之后，始终没有得到回应的阿卜杜拉·阿尔哈萨德离开了千柱之城。

起初，他想通过复杂而神秘的魔法仪式，去往古神所在的亚空间——幻梦境。然而，古神排斥他身上散发着的黑

暗气息，拒绝开通进入幻梦境的空间隧道。他所发起的仪式没有得到任何回应，不甘心的阿卜杜拉·阿尔哈萨德继续盲目地游荡。

十年的阅读让他知晓各种秘境的信息，然而，这些秘境如今大多无法涉足，终北之地被冰霜封禁，克苏鲁的拉莱耶古城以及姆大陆的邪恶生物均已沉没海底。阿卜杜拉·阿尔哈萨德只得选择前往地下探查。

他曾经在姆大陆流落出来的典籍里读到关于蛇人文明的记载，里面曾经提及一个名为“幽嘶”的地下城市。经过漫长的考证，阿卜杜拉·阿尔哈萨德在美洲的印第安人部落找到了地下世界的线索。不过，生活在这处地下世界的不是蛇人，而是一个有着长长头骨和鹰脸的种族——“昆扬人”。

昆扬人的文明水平远高于同时代的人类。然而，高傲的昆扬人不敢怠慢这个远道而来的不速之客，因为他们能够清楚地在阿卜杜拉·阿尔哈萨德身上嗅到邪恶的气息。

在一个黝黑无月的深夜，阿卜杜拉·阿尔哈萨德在昆扬人的带领下，穿越秘密隧道，进入地下。出现在他眼前的世界并不逼仄，反而有着巨大的、闪烁着蓝光的穹顶，以及广阔的平原、丘陵以及山峰。幽暗、开阔的地下世界和淡蓝色的荧光，让阿卜杜拉·阿尔哈萨德疲惫的身心感到舒适。

昆扬人的酋长亲自接见了阿卜杜拉·阿尔哈萨德，并为他讲述昆扬人的悠久历史。

3.5 亿年前，昆扬人的祖先跟随伟大的克苏鲁来到地球。那时，昆扬人只是底层种族，为克苏鲁奉献一切。后来，克苏鲁被封印，昆扬人在漫长的岁月中失去了主人的踪迹，他们曾经与蛇人为伍，后来又与亚特兰蒂斯关系密切。但蛇人文明和亚特兰蒂斯文明相继覆灭，昆扬人因无常的命运而恐慌，彻底避居地下。他们钻研克苏鲁留下的基因技术和魔法，追寻大母神莎布·尼古拉丝以及蟾之神撒托古亚的奥秘。昆扬人终于研究出阻止老化和死亡的基因技术。只要他们不愿结束自己的生命，没有被外力强行杀死，他们将拥有永恒的生命。他们可以根据自己的喜好改变身体的年龄，甚至可以在肉体与灵魂之间自由转换。获得近乎永恒的生命让昆扬人失去了原本的进取心和危机感，他们的文明也止步于此。地下世界中，百无聊赖的昆扬人为了追寻感官的刺激而疯狂、堕落。他们收集稀有的物种，进行血腥、残忍的科学实验，用基因科技制造扭曲、怪异的类人物种，然后将其无情吞噬。他们以施虐为乐，创造各种残酷的刑罚折磨其他智慧生物，品尝死亡的味道。

同样能够让昆扬人获得精神满足和感官愉悦的还有各种神秘、堕落、亵渎的仪式。克苏鲁的雕塑在昆扬人的地下世界随处可见，当然，他们不仅祭祀过去的主人，还信奉众蛇之父伊格以及蟾之神撒托古亚等古老邪神。

昆扬人的酋长滔滔不绝地讲述着昆扬人的历史，阿卜杜拉·阿尔哈萨德听得如痴如醉。他没有注意到，在场的每个昆扬人都痴迷地盯着他背后的包裹——记录着众位邪神的秘闻和召唤他们的仪式的手稿，这正是昆扬人梦寐以求的、可以在无尽的岁月中为他们带来邪恶刺激的宝藏。

酒足饭饱后，困意席卷了阿卜杜拉·阿尔哈萨德的身心。昆扬人则小心翼翼地取出包裹里的手稿。他们看得懂阿拉伯文，手稿中的内容让他们无比亢奋。他们先是小声地嘀咕，最后则变成疯狂地呐喊。

阿卜杜拉·阿尔哈萨德自睡梦中醒来，身边满是自杀身亡的昆扬人。房间的角落里还有几位苟延残喘的昆扬人满脸惊恐，状若癫狂。阿卜杜拉·阿尔哈萨德毫无意外之色地跨过一具具尸体，收集散落在地的书稿。一直以来，任何阅读这份手稿的异族都会在疯狂中走向死亡，能够稍稍抵抗的，只有人类。

阿卜杜拉·阿尔哈萨德不慌不忙地将整理好的手稿重新装进包裹，然后，一脸平静地举着包裹，不断接近幸存的昆扬人，要求他们交出珍藏的书籍，并派出一个人负责翻译。

平日暴虐异常的昆扬人不知道酋长与那些看过手稿的族人为何自杀，但他们知道，这个弱小的人类有着将他们置于死地的邪恶力量。对这些早已免于死亡，即使找不到存在的意义也苟活至今的昆扬人来说，任何一丝死亡的威胁都能引发无尽的恐慌。这群昆扬人放下了高傲，也不敢兴起任何复仇的念头，乖乖地将所有的魔法典籍、历史书册交了出来。有关克苏鲁和其他旧日支配者的秘辛，让阿卜杜拉·阿尔哈萨德也大开眼界。阅读完所有的书籍之后，阿卜杜拉·阿尔哈萨德被昆扬人如送瘟神一般，将他送归大地之上。

未解之谜

重见天日的阿卜杜拉·阿尔哈萨德如获新生。他回到自己故乡萨那，足不出户地整理手稿，将其编纂成册。阿拉伯疯人阿卜杜拉·阿尔哈萨德为这本后世臭名昭著的书起名《基塔布·阿尔·阿吉夫》，而后世的人类学者、探险家和魔法师则更喜欢称其为《死灵之书》。

Necronomicon → P.306

《死灵之书》成书后不久的一个白日，阿卜杜拉·阿尔哈萨德惊慌失措地跑到闹市之中，在众目睽睽之下，被一种人类无法看见的生物撕成碎片。

超过八百页的原版《死灵之书》不知被谁藏匿起来，各种残本则陆续被翻译为希腊语和拉丁语。此后的漫长岁月里，无数人类魔法师和黑暗术士的传说中都有着这本书的影子。

众神为人类设计的戏剧就此筹备妥当，此后，魔法师、调查员以及学者，与旧日邪神的故事正式拉开帷幕。那时，三柱神将得到他们渴求已久的答案——时空、混乱与生命，究竟是随时会化为乌有的梦境投射，还是主宰梦境之外的真实存在。

“那永恒长眠的并非亡者，

在诡秘的万古中，即便死亡本身亦会消逝。”

档案篇

外　神

盲目痴愚之神，阿撒托斯

阿撒托斯是强大的外神，人类文明等级有限，根本无法意识到这种级别的存在。但奇怪的是，人类文明中流传的《死灵之书》里却有着对这位外神样貌与形态的描写。

《死灵之书》称，这位外神存身于混沌中心的宫殿之中，他既没有灵魂也没有自主的感知，如同翻腾扭动的混沌黑暗团块。无数强大的外神围绕在他的身边，吹奏肮脏古怪的音调，拍打混乱疯狂的节拍。他们以宇宙中无人可以听懂的肮脏亵渎的声音，来赞美这位没有任何念头的神祇。

《死灵之书》中，阿撒托斯被称为“盲目痴愚之神”或“原初混沌之源核”。据说只有一位神可以了解阿撒托斯的意志，那就是身为外神之一的伏行之混沌——奈亚拉托提普。

宇宙中没有任何种族有资格直接信仰盲目痴愚之神阿撒托斯，因为没有一个智慧种族可以理解阿撒托斯的存在，就像没有一个种族能够理解整个宇宙的运行规律。最接近阿撒托斯的文明是一个名为夏盖虫族的高等文明，它们凭借强大的自身，信奉着盲目痴愚之神阿撒托斯投射在宇宙中的一尊化身，得到的却是毁灭。

宇宙中流传着这样一个说法，说宇宙的诞生源于盲目痴愚之神阿撒托斯的沉睡。梦境中，盲目痴愚之神不需要道德与规则，梦境的混乱与无序才是宇宙的本质。产生了道德和智慧的种族不过是微不足道的低级文明，他们所处的宇宙，一切都是虚无，一切都是黑暗，一切都是无序。

混乱信使，奈亚拉托提普

外神，混乱信使。

奈亚拉托提普在克苏鲁神话中的出现非常突然且诡异，他直接在未知的混沌本体盲目痴愚之神阿撒托斯中诞生。没有人知道奈亚拉托提普到底掌握着什么规则，唯一可以确定的是，宇宙中只要有文明存在，那么就会出现奈亚拉托提普的身影。

冥冥之中，奈亚拉托提普似乎控制着一切智慧生物的走向。为了达到这一目的，奈亚拉托提普有着无数化身。这些化身的种族特性、性格，以及性别、年龄状态都各不相同，如果把这些化身集合起来，估计能够演一场星际大战。

没有人理解奈亚拉托提普为什么要创造这么多的化身，也没有人知道奈亚拉托提普是如何无视空间规则、时间规则以及生命基因规则，而创造出那么多化身的，只是在人类族群中最为出名的化身都有数十个之多，例如控制埃及文明的黑法老、在人类社会中秘密活动的黑暗者、有着漂亮外形的肿胀之女，以及各种类似于人形的怪物。

这些奈亚拉托提普的化身隐藏在人群中，或者活跃在山野里，有些人会受到他的蛊惑产生混乱，一些群体也会因为他的出现而做出古怪可怕的事情。但奈亚拉托提普也会庇佑像古老者这样的种族，他有时候以恶魔的形态出现扰乱人们，但有时候又以拯救和庇护者的角色出现，这种亦正亦邪的状态，也使得这位神祇一直没有被定性过。

不过，唯一可以确定的是，奈亚拉托提普的行为与盲目痴愚之神阿撒托斯有着直接的关系。混乱信使所做的一切都是为了那处于宇宙中心被众神所环绕着的盲目痴愚之神阿撒托斯，他散播混乱与疯狂的种子，让喜剧与悲剧不断地交替上演，也许就是为了让盲目痴愚之神无聊时有所消遣而已。

万物归一者，犹格·索托斯

外神，奠定世界本源基础的神祇之一，一切空间与时间的奠基者，宇宙时空本源中衍化出的“一”。

他的出现使得宇宙中的时间开始线性发展，而又因为他存在于空间的本源之中，所以，一切的空间也因此而分隔开来。他是一切知识与智慧的来源。他还是魔法师们最喜欢召唤，最渴望得到或取悦的外神。

在小说中，这位万物归一者被描述为亿万颗光辉的球体所组成的巨大团块，不断地合并和分裂着，他很可能以光的

形态存在，并以光的速度思考和运动。

他知晓着世界上最为禁忌的知识，在《死灵之书》这本邪典中记录着如何召唤这位强大的外神，但在拉丁文版本的书籍中，这种召唤仪式的咒语被去除了最重要的部分。

而在短篇小说《敦威治恐怖事件》中，曾经有一个家族为了召唤和取悦犹格·索托斯，生下了有着犹格·索托斯血脉的怪物，但最终还是没有接触到这位神祇。除了一些人类想要接触万物归一者犹格·索托斯之外，还有一大部分智慧超常的人或强大的黑魔法师团体会信仰这位神。

这些信徒相信，万物归一者犹格·索托斯是通往主宰阿撒托斯宫殿的大门，同时也是大门的守护者与钥匙。这些信仰者并非全都是疯子，有的是渴望了解宇宙知识而不断去探索世界的探索者。只不过，人类的肉身等级与精神力量在宇宙真正的知识面前太过弱小，而人类认知到的宇宙规则也不过是真正宇宙知识的一些皮毛。因此，即便是万物归一者犹格·索托斯的一具分身与人类接触，人类个体也会因为承受不住那些巨量的知识而导致大脑过热而死，或者精神崩溃，变成彻头彻尾的白痴或疯子。

森之黑山羊，莎布·尼古拉丝

外神，黑暗丰穰之母，森之黑山羊莎布·尼古拉丝。

莎布·尼古拉丝，是克苏鲁神话中非常重要、非常关键的一位神祇，这位神祇的初始设定就是为了生育万物，随后的各类故事之中，这位神祇的功能演化为宇宙所有生命最初的基因起源。因此，在克苏鲁小说世界里面，一切关于生命与献祭的魔法，咒语中最关键的地方就是得到森之黑山羊莎布·尼古拉丝的回应。一旦得到莎布·尼古拉丝的回应，那么就可以获得强大的生命力量，这种力量甚至可以无视基础的基因规则与生物进化次序，还可以直接召唤出有着巨大肉块、舞动触手、滴着黏液、长着羊蹄的黑山羊幼崽。

因此，对森之黑山羊莎布·尼古拉丝的信仰在众多智慧族群，乃至低级眷属族群中普遍存在，像米·戈这种来地球采矿的外星生物，就是莎布·尼古拉丝的信奉者之一。

在这些信仰者的描述中，莎布·尼古拉丝是一个如同黑云一般、巨大的不断翻腾增殖的肉块，她有着数不尽的触手，巨大的嘴部会滴落黏液类的分泌物，有时在她的形象中会出现山羊角一般的类似形态。而莎布·尼古拉丝最为重要的一点是，她与万物归一者犹格·索托斯结合，生下了旧日支配者纳格与耶布这对亵渎双生子。

这对双生子中的纳格生下了伟大的克苏鲁与黄衣之王哈斯塔，使得整个克苏鲁世界变得热闹异常。

审判之星，格赫罗斯

外神，审判之星。

格赫罗斯是外神中非常奇怪的一个存在，他并不像那些在宇宙中心的宫殿中吹奏混乱扭曲音调的外神，环绕在盲目痴愚之神阿撒托斯身边，而是游离于宇宙中心之外。没有任何证据表明这位外神是被迫离开的还是主动离开的。

据说格赫罗斯的身上会散发出一种奇异的音调，这种音调更像是一种震动的频率，可以在没有空气的宇宙真空中以能量波动的形式传得非常遥远，而格赫罗斯自己却听不到这种声音。当一个星系中的智慧生物检测到一种特殊的频率时，就会发现一个巨大的锈红色的行星状球体，这个球体表面凹凸不平，在裂缝之中有着黄色海洋一样的液体，如同一只巨大的眼睛一般。

一旦智慧生物看到这样的景象，这个族群也就即将面临毁灭，因为那古怪的能量波动所形成的音调会影响星系中那些沉睡的旧日支配者，群星也会发生位置的改变，移到正确的位置。紧接着，这些醒来的旧日支配者会以恐怖的力量无差别地毁灭周围的一切。没有任何文明能在这场灾难中幸存下来，因此，格赫罗斯被称为“不祥征兆”“审判之星”或“毁灭之先驱”。

曾经的高等级文明夏盖虫族，就因为审判之星格赫罗斯的到来，这么强大的一个种族就此灭亡，只有零星的一些个体逃亡了出来。

而克苏鲁神话世界中，地球是否被审判之星格赫罗斯光顾过，我们无从知晓。有些人认为是审判之星引发的前几次生物大灭绝。可以肯定的是，一旦审判之星格赫罗斯来到地球上，那么，在地球海洋中沉睡的克苏鲁必然会苏醒，那时地球上的生物将面临灭绝的命运。

究极祖神，乌波·萨斯拉

外神，无源之源，究极祖神。

乌波·萨斯拉是克苏鲁神话世界之中与地球生命有着密切关系的一位外神。这位外神被描述为一个扭曲且抽动的团块，被束缚在地球冻土层的一个山洞之中。但也有记录说这位外神并非是被束缚着的，而是守护在一块神秘的石碑旁边。

暂时不清楚在地球上的是他的完全体还是本体上的一小块分身物质，这位究极祖神乌波·萨斯拉的故事在克苏鲁世界有多种版本。

有人说他是阿撒托斯的兄弟，有人说他是被古神创造出来的，但背叛了自己的主人，因此古神抽掉了他的理智，使他变成盲目且痴愚的白痴。也有的说这位究极祖神是邪魔之祖阿布霍斯，是一体两面的。

在故事中，这位究极祖神的身份与来源扑朔迷离。但其作为外神的本质，加上身处地球，以及他体内原始细胞有着强大的生命活力和极强的可塑性，使得这位外神在克苏鲁神话的生态圈中有着重要作用。

在古老的传说与预言中，据说地球上所有的生物都会回归于究极祖神乌波·萨斯拉的体内，与这位外神融合之后，成为最原始的细胞状态。

梦之女巫，伊德海拉

外神，梦之女巫。

伊德海拉是最早出现在地球上的一批外神之一。她的传说来源极为模糊，人类根本无法认知到她的本质到底是个怎样的存在。有些人说她是究极祖神乌波·萨斯拉分裂出的个体，但这种说法并未得到广泛的肯定。

不过，梦之女巫伊德海拉所拥有的能力在性质方面倒是与究极祖神非常相似，她能够吸收所有有机生物作为进化素材，将被吞噬分解的基因重新以合适的方式，或高级的方式排列组合。例如，梦之女巫伊德海拉会分解章鱼基因，从而使得自身获得触手；分解熊的基因，获得厚实的毛皮。

随着时间的流逝，梦之女巫伊德海拉将会无限制地拥有每个生物进化的优点。她也逐渐地可以将一些基因完全个体化，从而产生出无数与她有着同步记忆的分身。这些同化基因的特性使得她的体貌特征千变万化，所以梦之女巫伊德海拉很难以单一的形象描述。不过在伊德海拉的信徒们看来，伊德海拉总是会以一种人们愿意相信的、可以接受的女性形象出现。

在人类的社会中，梦之女巫伊德海拉会散播自己的化身，探查人类社会中有着特殊基因的人，并且吸收那些人类基因。这些化身中最出名的有两个，一个是人类女性形象的尤兰达，她有着高挑纤细的身材、鹅蛋形的精致脸蛋，以及高贵的气质，住在人类的小镇中，招募旅人成为自己的信徒，然后将被选中的人类的肉体吸收，像摆弄拼装玩具一样，将基因排列组合成新的怪物。当她对这些怪物失去兴趣时，会丢给自己的信徒，任由信徒饲养或吃掉。另一个出名的分身是位于中国境内的易小姐。易小姐是一个有着白瓷一般细嫩的皮肤、红色的艳唇，眼眸迷魅的女性。这尊化身似乎非常喜欢中国境内众多的人口，她的信徒全是女性，还会为易小姐寻找有奇特基因的人类，将这些人类献给她，并在易小姐那里通过基因改造得到奇特的生物能力。

旧日支配者

夏盖虫族之神，撒达·赫格拉

旧日支配者，盲目痴愚之神阿撒托斯的一具分身，夏盖虫族所崇拜的神祇。

强大的外神会因为种种原因在混乱的宇宙中投射出一些

与自己有着密切关系的身影或物质，这些如同影子一般投射到宇宙中的分身，即便再弱小，也要比一些高级文明种族强大，而又因外神过于强大，宇宙中的文明种族根本无法理解和认知外神这种强大的存在。

因此，信仰外神的分身成了文明种族唯一能无限接近外神的手段。而这些被信仰的外神分身里，最强大、最出名的当属夏盖虫族所信仰的撒达·赫格拉。

撒达·赫格拉是盲目痴愚之神阿撒托斯投射到夏盖行星上的一具分身，这尊分身被两瓣类似于贝壳的物质包裹着，无数触手一样的柔软柱状体在两个壳中间的缝隙中伸展开来，当你望向壳的缝隙，会惊奇地发现有一对像你一样的眸子在回望着你。那眼眸即便是被大量黑色绒毛所覆盖，其中蕴含的恶意也会令所有智慧生物战栗到发疯。这尊分身被强大的夏盖虫族供养在夏盖行星上，虫族为他建造了一个三角形的类似于金字塔的神殿。

在神殿的中央有一个以夏盖虫族文明最高级的科技建造的大门，供撒达·赫格拉出入使用。供奉这个神有什么好处，我们不得而知。值得一提的是，夏盖虫族是一个高等级文明，在某种程度上来说，这个文明已经跨越了追求丰盛物质的阶段，而转向对于宇宙至高真理的探索。

或许，夏盖虫族信仰盲目痴愚之神阿撒托斯的分身撒达·赫格拉，仅仅是为了寻找或认知到宇宙本源到底是什么，这也许是每个文明的最终追求和形态。

格拉基

旧日支配者。

塞文河谷是克苏鲁研究者打卡的三大圣地之一，那里除了有民风淳朴的小镇阿卡姆，还有丰饶多鱼的海底城拉莱耶。旧日支配者扎堆的塞文河谷无疑是克苏鲁世界最热闹的地方。机智狡猾的格拉基便在此地。

格拉基的来历非常玄幻，他并非是像伟大的克苏鲁一样被古神封印在地球上的旧日支配者，而是自主选择或者偶然跟随陨石来到地球上的旧日支配者之一。不知道是不是太倒霉的原因，格拉基所在的地方有三四个旧日支配者在那里潜伏。

人类是地球上唯一的比较强大的物种，有着阅读和思考能力，因此成了一种可再生的资源。旧日支配者格拉基与其他的旧日支配者争夺人类。

格拉基是一位非常善于利用智慧物种的旧日支配者。

格拉基的外形如同一只软体的鼻涕虫一般，绵软的身体上有三个细长的眼球，而在他柔软的背部则有无数尖刺。那些尖刺闪耀着金属的光泽，一旦人类或智慧生物接触到尖刺，就会成为格拉基不死的奴隶。某种意义上来说是处于一种永生的状态，只不过人类的躯体太过脆弱，最终还是会因

为身体的腐蚀而湮灭。

这些如同不死僵尸一样的格拉基之仆会遵循旧日支配者格拉基的命令，将知识、魔法以及格拉基亲自讲述的咒语，传播在人类的社会中。在频繁的接触之中，也有一些人类加入崇拜格拉基的宗教团体。

为了更好地保留格拉基的崇拜仪式、格拉基在梦境或通过活死人传达的咒语，信奉者将这些知识汇编成册，成了一本禁忌知识之书《格拉基启示录》。这卷禁忌的典籍虽然没有像《死灵之书》那样记载着召唤强大外神的仪式，但却增加了旧日支配者的相关知识。阅读这种书会使人精神受到伤害，最终变得癫狂。所以，没事不要去塞文河谷瞎转悠，以免遇到不好的事，或捡到让人丧失理智的魔法书。

亵渎之双子，纳格与耶布

旧日支配者。

纳格与耶布是有着划时代意义的旧日支配者。他们的身世来源据说是两位强大的外神，空间与时间之主万物归一者犹格·索托斯与大母神森之黑山羊莎布·尼古拉丝结合所诞生的旧日支配者。

这两位旧日支配者罕见地是一体双生的存在，因此又被称为亵渎之双子。纳格与耶布在本质上同出一源，但在混乱的宇宙中所走的道路并不相同。

亵渎双子中的耶布崇拜被称为不净者之源和邪魔之祖的阿布霍斯。因此，旧日支配者耶布在一定程度上受到了外神阿布霍斯那邪恶肮脏的念头的影响，成了外神阿布霍斯信徒们的首领，带领着肮脏邪恶的旧日支配者追寻邪魔之祖阿布霍斯混乱的脚步。而纳格则相对比较稳定，他存在于宇宙之中，被食尸鬼这个异形种族所崇拜。亵渎双子纳格生育了两个与地球关系非常密切的旧日支配者，就是黄衣之王哈斯塔，与拉莱耶之主克苏鲁。

虽然没有任何记载或小说作者明确提出亵渎双子的能力和作用，但作为双生子而诞生的纳格与耶布经常被解读为克苏鲁世界中阴阳或雌雄对立的身份。又因为亵渎双子身上的对立性使得双方身上都有了某种确定的东西，反而使得混乱的信息被冲淡了，就很难作为混乱和无序的代表。

太古永生者，塔维尔·亚特·乌姆尔

旧日支配者，万物归一者犹格·索托斯的分身，银之匙的守护者，太古永生者。

这位旧日支配者是克苏鲁神话中少数的，对人类展现出类似于友好信息的神明，他是空间与时间的主宰万物归一者犹格·索托斯投射在宇宙中的一具物理性质的化身。

传说当人类面对他时，他会以一个披着类似于薄纱的人类形象出现。但不知道其他文明生物种族面对他时，他会不

会如镜像一般改变形态。这种变为文明种族类似形态的做法似乎表明这位旧日支配者有着同理心。

他是人类智者和魔法师所渴望追求到的极致，只要见到他的人类能够付出足够的代价，去承受他所给予的知识，那么人类甚至能够在这位旧日支配者那里得到如何进入时间维度和改造空间特性的知识。

在《穿越银匙之门》这篇小说中，一个人曾经得到过银之匙，并开启了通往宇宙深渊的第一道门，打开门之后，太古永生者出现在巨石王座上，如同一个虚幻且不真实的剪影一般。

人类只能透过特殊的面纱看到他的轮廓，不要想着解开这层面纱，一旦见到这位旧日支配者的本体，哪怕是一眼，人类将因承受不住广阔宇宙的真相而直接暴毙。

当人类在太古永生者的指引下穿越了终极之门，作为人类的时间与空间感受会立刻变得模糊不清。此时站在门内的你，会清晰地感觉到过去的无数个自己、现在的无数个自己、未来的无数个自己，同时出现在了一个空间之中。

这种非人类的状态会使得人类对于“自我”的认知观念崩塌，在这里，一旦再往前走上一步，你作为人类的本质就会发生改变，没有人知道那种改变到底是什么。所以，一个人一旦得到银之匙，他会不由自主地选择接触太古永生者塔维尔·亚特·乌姆尔，以期望获得更多的知识与真相。但人类这种碳基生物真的能承受住宇宙的真相吗？如果承受住了部分真相，那么，这个人究竟还算不算人类呢？这是值得我们去深思的一个问题。

未来与时间之主，亚弗戈蒙

旧日支配者，万物归一者犹格·索托斯的一具化身，未来与时间之主。

亚弗戈蒙是人类所能接触到的关于万物归一者的一具化身，这尊化身不像太古永生者那样对人类有着同理心和保持温和的善意。相反，他是比较暴躁阴暗且可怕的。他的出现常伴随着炫目的光线，人类一旦接触这尊化身，必然会受到白色烈火焚身的痛苦。

虽然他脾气阴冷暴躁，但仍有大量的智慧生物追随亚弗戈蒙的身影。人类之中也有一部分他的疯狂崇拜者，毕竟人类在克苏鲁世界中是非常低等的碳基生物，无法超越空间的束缚，也逃不过线性时间的规律。因此，有着穿越时空、停止时间，甚至是改变过去力量的旧日支配者亚弗戈蒙，是一位非常值得人们追求的神。一些人期望通过亚弗戈蒙来达到回到过去或去往未来的目的。在小说《亚弗戈蒙之链》中，就有这么一个人，为了穿越时空见一见自己的爱人，而使用了禁忌的旧日支配者亚弗戈蒙的力量。

虽然他成功地见到了自己的爱人，但也使得旧日支配者

亚弗戈蒙注意到了这个胆大妄为的人。

穿越的那一瞬间，以那个人为中心点，所有的时间都被污染了，亚弗戈蒙的怒火随之而来。伴随着一束炫目的光线，那个人身上莫名地多了一条巨大的锁链，之后他的肉体就被纯白色的火焰烧灼殆尽。

如果仅仅是被烧死，那还算不错，但旧日支配者亚弗戈蒙乃是时间之主。他的纯白色火焰燃烧的不仅仅是这个人的肉体，还有他存在过的时间。这个可怜的人，在过去与未来的时间都被烧灼。这也造成了人们慢慢地忘记了这个人存在过。

虽然我们无法知道过去或未来的时间线是什么样的，但可以肯定的是，一旦惹怒了旧日支配者亚弗戈蒙，就得面临在这个世界中被彻底抹去的命运。那种抹去，不仅仅是肉体的死亡，还有过去与未来所有存在的时间与痕迹。所以，如无必要，在克苏鲁神话世界中，请不要接触这个旧日支配者。

蟾之神，撒托古亚

旧日支配者，恩凯的沉睡者，蟾之神。

撒托古亚有着同克苏鲁一样的黑暗血脉，是与克苏鲁同源而出的表亲，撒托古亚的形象是一个矮胖的、有着巨大的腹部、头部如同一只蟾蜍一般、全身覆盖着短小的绒毛的怪物。他总是给人一种蝙蝠和树懒结合体的感觉，眼皮总是耷垂着遮住眼睛，巨大的嘴部伸着奇异的长舌头。

大约在 38 亿年前，撒托古亚来到了地球，并在一个名为恩凯的深渊之中沉睡了起来。作为克苏鲁的表兄弟，撒托古亚有着极强的能力，但他的性格却极为懒惰，大多数情况下，撒托古亚都是蹲坐在他的栖息之地，处于“神圣的休眠”状态之中，在深沉的梦里等待着祭品们来到他的身边。

这种守株待兔的行为并没有让这位旧日支配者尘封在历史的长河中，他的身边一直有无形之子这种眷属生物侍奉左右。在 500 万年前，蛇人开始信奉撒托古亚，在 300 万年前，蟾之神撒托古亚又被沃米人所崇拜着。

作为黑暗宇宙中有着高贵血统的旧日支配者，蟾之神撒托古亚的存在本身就可以作为迈向更高级世界的大门，而他的崇拜者也能在漫长的祭祀活动之中得到一些关于黑暗宇宙的秘辛以及高级魔法。

然而，如果没有合适的祭品，蟾之神撒托古亚就会吞噬掉那些靠近他的生物。所以，如果你手上有能够满足蟾之神撒托古亚的祭品的话，接触蟾之神撒托古亚要比接触克苏鲁好得多，因为这位蟾之神很可能因为懒惰，懒得将你这种小角色捏死，也懒得散发出精神波动将你的精神搞得疯狂或崩溃。

拉莱耶之主，伟大的克苏鲁

克苏鲁是克苏鲁神话之中当之无愧的主角，他的出现也使得这个系列被大众所熟知。在游戏或是图片之中，克苏鲁以一个头部是章鱼触手、身躯如同小山一般、背后长有蝙蝠双翼、全身佝偻且扭曲的形象出现。

但这种形象其实并非被证实的本体，而仅仅是在洛夫克拉夫特《克苏鲁的呼唤》这篇小说里所展现出的一尊雕像而已。

因为人类的精神等级与文明程度太低，一旦亲眼见到克苏鲁的本体，就会被那无法理解且不受控制的念头侵蚀精神，直接死亡或是陷入疯狂之中。即便是克苏鲁的一尊雕像，也具有侵蚀他人精神的强大力量。

据说克苏鲁被某种力量封印在深海之中的拉莱耶古城里，偶尔受到精神力强大的人类的惊动会产生波动，人类由此陷入癫狂的状态，但其他时候，克苏鲁都会陷入沉沉的睡眠之中。这种睡眠在我们看来更像是一种被动状态，而《克苏鲁的呼唤》中提到过，当群星到达正确的位置，克苏鲁就会在拉莱耶古城苏醒，那时，克苏鲁将会统治一切。但具体怎么唤醒克苏鲁，群星达到正确的位置是指什么，没有人知道正确答案。

人类与那些古怪肮脏的眷属生物之中也有着克苏鲁的信仰者。这些信仰克苏鲁的人和眷属生物会抛弃理智和道德，彻底沦为可怕扭曲的邪教徒。而侍奉克苏鲁的大衮则率领着长着鱼头人身的深潜者，全身心地侍奉克苏鲁，他们等待并期望促进克苏鲁的苏醒。而在地球这颗古怪的行星上，除了克苏鲁之外，还有其他众多的旧日支配者以及古老的智慧生物存在。

或许是比较幸运，克苏鲁神话世界中的地球和人类似乎处在了一种微妙的平衡之中，虽然众多像克苏鲁、哈斯塔这样的旧日支配者，甚至是奈亚拉托提普这样的外神都曾经出现在地球上，但对人类的文明并没有太大的波及。似乎是因为人类文明等级太过低下，根本无法引起旧日支配者的注意。毕竟，谁会在自己干净的居所中去关心百米之外爬动的一只小蚂蚁呢。

黄衣之王，哈斯塔

旧日支配者，黄衣之王。

哈斯塔是伟大克苏鲁的兄弟，也是克苏鲁一生的死敌。他们同出一源，都是旧日支配者纳格的孩子。但这二位从降生之始就有着解不开的敌意。

在现代克苏鲁世界的时间线中，克苏鲁被封印在地球海底的拉莱耶古城。而黄衣之王哈斯塔则被封印在昴宿星宿的一颗行星上。即便是相隔三四百光年，黄衣之王哈斯塔还是在自己兄弟被困的地方降下黄王之印，企图来影响人类，对

克苏鲁展开不利的阴谋。可以说，黄衣之王哈斯塔对克苏鲁算是“真爱”了。而黄衣之王哈斯塔在地球上降下的不仅仅是一具分身，还有各种魔法印记以及咒语，甚至那些扭曲可怕的眷属生物。在地球上有不少人类魔术师信仰黄衣之王，他们以黄印作为媒介，与黄衣之王的眷属生物拜亚基建立联系。

黄衣之王的印记会侵蚀人类的精神世界，导致一些人类做出疯狂的事情，而黄衣之王的信徒一直都是特立独行的孤独者，他们癫狂地创作出一些关于黄衣之王的作品。在这些作品中，一个名为《黄衣之王》的剧本最能够侵蚀正常人的精神，正常人一旦阅读这个剧本，神经就会错乱，陷入癫狂之中。

没有任何人知道，黄衣之王哈斯塔侵蚀人类的精神与社会是为了什么，也许是有着深远的布局和阴谋，也许只是无聊时的消遣；或者是黄衣之王的存在与降临会自然而然地导致这些诡异的事件发生。

请不要忘记，黄衣之王仅仅是旧日支配者哈斯塔投射到地球上的一具化身。他黄色褴褛的袍子之下，有着无数扭曲可怕的触手，而在那苍白的面具之下，有着吸收人类精神意志的不可名状之物。

活火焰，克图格亚

旧日支配者，活火焰。

克图格亚在克苏鲁神话中的属性是一团跃动的有着自我意识的火焰，属于旧日支配者阵营中的一位。他的形象是一团巨大的火球或闪耀的电浆块。他似乎是以能量体的形态出现在克苏鲁小说世界之中。

活火焰克图格亚到底以什么为燃料，我们可以在他的无数眷属之中找到踪迹。活火焰克图格亚的眷属生物被称为炎之精，这种生物就像是活火焰克图格亚身上溅射出的小火苗一样，以火焰的能量形态存身于克苏鲁世界里。炎之精燃烧的不仅仅是实体的物质，还可以掠夺被燃烧的智慧生物身上的记忆与精神，作为养料供给自己的母体。换句话来说，活火焰克图格亚是一个摧毁文明、吞噬种族记忆与精神的旧日支配者。

而且更为可怕的是，活火焰克图格亚以及他的眷属生物炎之精吞噬的物种越多，这位旧日支配者就会变得越发精明狡猾。

而在克苏鲁神话中，活火焰克图格亚与混乱信使奈亚拉托提普是死敌。在德雷斯的小说《黑暗住民》中，主角为了对抗奈亚拉托提普的一具化身，起用了古老的禁忌咒语，将活火焰克图格亚的一部分召唤到了地球上。随后，活火焰克图格亚就与混乱信使奈亚拉托提普的化身打了起来，而使用了咒语的主角一行人，竟然在接触两个旧日支配者之后活了下来。

可见，克苏鲁神话中，知晓咒语的使用和各路大神敌对的关系，是一种对于弱小人类非常重要的知识。

象之神，昌格纳·方庚

旧日支配者，高山上的恐怖，象之神。

大约在 20 亿年前，象之神昌格纳·方庚，以一种无法被理解的形态降临在地球上。这种形态类似于其他维度在我们这个纬度的一个投影，有人猜测这种形态是不可名状之神的一个化身，但这种想法并无证据。

唯一可以知道的是，象之神昌格纳·方庚来到地球上之后是可以不断自我进化的。

现如今对于象之神的认识是头长得很像大象的生物，但仔细看去会发现，他的大象耳朵是由触手和蹼状薄膜构成，而他的象鼻则是一个带着锋利牙齿的巨大吸盘，他的身体类似于人形，但却更为臃肿且扭曲。

象之神昌格纳·方庚不仅是最早来到地球上的旧日支配者，他还是最早研究地球生物学的专家。

当年古老者设计出地球上的原始生命，原始碳基生命进化到两栖类时，象之神昌格纳·方庚开始对两栖类动物感兴趣。这位旧日支配者很轻松地就将这些原始的两栖类动物复杂化，将它们设计成一种类人形的生物，这种生物被称为米里·尼格利。这种生物唯一的特殊性就是与人类没有生殖隔离。在它们被创造了3亿年后，它们与原始的人类血脉结合，诞生出了对于人类来说极其肮脏和亵渎的血脉“丘丘人”。再后来，人类文明出现。曾经有一个科考队带回过一尊关于象之神昌格纳·方庚的雕像。

这尊雕像在夜间竟然转化为可以活动的象之神昌格纳·方庚，杀死了数个人之后，被人类用一种奇怪的射线所击溃，变成一种腐烂的黏稠之物。

另外，最好不要接触这位旧日支配者，因为他的象鼻会吸取人的血液，并且将被咬过的人变为和他相似的“象头人”，那种形象简直不堪入目。

索斯星女王、克苏鲁的配偶，伊德·雅

旧日支配者，克苏鲁同父异母的妹妹兼妻子，索斯星的女王。

伊德·雅是小说家林·卡特创造的旧日支配者的形象，在小说设定中，这位旧日支配者在3.5亿年前乃是旧日支配者克苏鲁的妻子。她的形象是一只巨大的、苍白的蠕虫一样的怪物。

在遥远的过去，克苏鲁还没有来到地球之前，克苏鲁与伊德·雅在一个名为索斯星的地方碰面。他们生下了四个后代，分别是三个雄性的后代，火山之王加塔诺托亚、深渊之主伊索格达和深渊住民佐斯·奥莫格；一个雌性的后代，隐

秘者克希拉。后来，不知道出于什么原因，克苏鲁离开索斯星，去往深邃的宇宙中游荡。

克苏鲁的伴侣伊德·雅拒绝和克苏鲁一同离去，而是潜藏在索斯星的深邃山洞中。克苏鲁神话世界中的人类社会很少能够了解和接触到这位旧日支配者，这位旧日支配者也不怎么过问地球上的事，唯有提及克苏鲁的四个重要子嗣时，才会提到这位克苏鲁的伴侣。

火山之王，加塔诺托亚

旧日支配者，克苏鲁的长子，火山之王。

加塔诺托亚是小说家林·卡特创造的形象，在故事中他是克苏鲁与索斯星女王伊德·雅的儿子。他的形象是一团极为可怕且扭动的肉块，在那肉块上布满了触手以及巨大且长着利齿的嘴。

他能够将看到的生物石化，生物一旦被他注视，全身都会变得僵硬，肌肉组织无法再与大脑保持联系，变成一具活着的雕像。

现在这位旧日支配者居住在大海之中，会随着地壳运动而浮出水面。

关于这位克苏鲁大儿子的历史，还要从3.5亿年前讲起，那时克苏鲁与他的四个子嗣来到地球上，他们选择了原始姆大陆作为落脚点。

当时地球还在被一些高级文明种族统治，为争夺生存空间，克苏鲁不得不与这些文明发生冲突，之后，克苏鲁才与他的子嗣们在地球上扎根。

但在 3 亿年前，克苏鲁被不可名状的力量封印，他的子嗣开始掌管姆大陆的一切。

在 1.6 亿年前，米·戈这种外星生物来到地球上，并在姆大陆开始新的生活。这个种族崇拜克苏鲁的大儿子火山之王加塔诺托亚，并为他在火山口附近修建了一个巨大的堡垒让其居住。

随着文明继续的发展，古人类文明出现，在 20 万年前，姆大陆上的古人类开始崇拜克苏鲁的大儿子火山之王加塔诺托亚，并且这种崇拜愈演愈烈，最终在 17 万年前达到顶峰。加塔诺托亚成了姆大陆上的至高之神。

到了近现代，人类之中还有火山之王加塔诺托亚的崇拜者，这些崇拜者会将火山的喷发以及地震等带来的灾难看作火山之王加塔诺托亚的功绩与神威。而在克苏鲁神话故事中，这位火山之王最大的功绩是成为 16 万年前邪恶的姆大陆覆灭事件的导火索。也正是因为曾经邪神崇拜盛行的姆大陆沉没，其他大陆上的人类才逐渐诞生出原始的人类文明。

深渊之主，伊索格达

旧日支配者，克苏鲁的次子，深渊之主。

伊索格达是当年克苏鲁与雌性旧日支配者伊德·雅所生育的四个孩子之一。他与克苏鲁在3.5亿年前自索斯星来到地球，为当时地球上的高级文明带来了灾难。3亿年前，克苏鲁被封印。从此，远古姆大陆上开始由克苏鲁的子嗣们统治。

起初，克苏鲁的大儿子火山之王加塔诺托亚与二儿子深渊之主伊索格达都有着各自的崇拜者。

但后来，火山之王加塔诺托亚的崇拜在古人类族群中越来越兴盛，以至于深渊之主伊索格达的信仰被取缔。

而深渊之主伊索格达的大祭司赞苏不满于自己的信仰被封禁，于是便用尽所有的力量企图召唤出沉睡中的深渊之主伊索格达。

伊索格达被召唤出后，巨大的动静使得神秘且不可名状的诸神赶来姆大陆，将暴躁的深渊之主伊索格达重新封印。

至此，姆大陆上的数亿生灵、古代人类的文明几乎全部覆灭。唯有深潜者，在父神大衮和母神海德拉的带领之下，等待着他们主人的苏醒。

而召唤深渊之主伊索格达，又因为太害怕而离开的大祭司赞苏，则早早地逃出了姆大陆，并将这次的事件记录在十二块石板上。这些石板上明确说明了深渊之主伊索格达的召唤仪式，并且讲解了姆大陆上的秘密，被称为“赞苏碑”。

隐秘者，克希拉

克苏鲁重要的女儿，隐秘者。

克希拉是克苏鲁神话中比较重要的一位旧日支配者，是克苏鲁与索斯星女王伊德·雅所生四个孩子中唯一的雌性。

克苏鲁的大儿子、二儿子、三儿子因在姆大陆的疯狂行为被封印住了，唯有弱小的女儿克希拉逃过了被封印的命运。这位克苏鲁血脉子嗣中的小公主似乎身上背负着隐秘而伟大的使命。她被星之眷族和克苏鲁的下级仆从——父神大衮以及母神海德拉所照料。

所有关于克苏鲁的宗教典籍中，信徒们都将有关克希拉的资料隐藏了起来，这样做似乎是在保护她不受伤害，因此，克希拉被称为“隐秘者”。

她只在口耳相传的传说中存在，说长得如同一只巨大的章鱼，全身都是血红色。在其背后有一对巨大的像蝙蝠一样的翅膀，能够随意调控自身的大小，并改变自己的物质形态结构。

在隐秘的典籍中曾经提及，这位克苏鲁的雌性子嗣是克苏鲁苏醒最重要的因素之一。1980 年 3 月 25 日，人类的威尔马斯基金会企图用一颗核弹来摧毁潜藏在深海中的克希拉，但克希拉在袭击中幸存了下来，紧接着一股带着恨意的精神攻击将附近所有人类的精神都摧毁了，活下来的人全部变为疯子；神秘的力量也引发了强烈的自然灾害，将米斯卡

塔尼克河谷以及大学全部摧毁，而基金会的主任被克苏鲁的信徒杀死了。

自此之后，这位克苏鲁的女儿“隐秘者”克希拉就销声匿迹了，似乎在深海底等待着合适的时机复活可怕的克苏鲁。

深潜者的父神，大衮

旧日支配者，深潜者的父神，克苏鲁的代言人兼管家，又称“达贡”。

大衮是克苏鲁神话中不可缺少的旧日支配者，他是拉莱耶之主伟大的克苏鲁的信徒，是归属于克苏鲁的下级旧日支配者。

他的形象是一个海中的巨大怪物，他的体型甚至比鲸鱼还要大上不少，全身湿嗒嗒的，长满了鳞片，整个身形如同一个长着鱼鳍的人类，而面部则是类似于深海鱼怪的鱼头形象。

作为克苏鲁的下级旧日支配者，大衮在短篇小说《大衮》一篇中出现过，一个人类曾经在小岛上远远地见过这位旧日支配者。而在《克苏鲁的呼唤》中，大衮的作用更加重要。这位旧日支配者对于人类没有多少杀戮的行为，面对低级的人类文明，他竟然选择以极其缓慢的方式同化人类。大衮先是选了一个人类的船长作为使者，然后引诱印斯茅斯小镇上的渔民们摒弃原先的宗教信仰，转信邪神。

大衮作为印斯茅斯小镇渔民的神，命令深潜者将怪异的黄金和大量的海鱼塞到这些渔民的渔网之中。印斯茅斯小镇的渔民被食物和黄金所蛊惑，甘愿奉献出自己的生命信奉大衮。而大衮这位旧日支配者要求人类把自己的女性贡献出来。

这些女性必须与那些在海中爬出来的半人半鱼的深潜者结合，当女性怀孕生下的孩子长大之后，就会觉醒体内深潜者的血脉，彻底变为深潜者族群中的一员。

没有人知道大衮作为旧日支配者为什么要这样做，不过我们不难想象的是，旧日支配者在拿人类做着某种实验。像旧日支配者迷宫之神艾霍特，就是喜欢拿自己的基因和人类基因结合。大衮也很可能利用人类的生殖与基因进行着某种不可告人的秘密活动。

坏药、众蛇之父，伊格

旧日支配者，众蛇之父。

众蛇之父伊格是第一个在地球亲自建造高级文明种族的旧日支配者。

在克苏鲁神话的地球时间线中，3.5 亿年前，强大的克苏鲁来到了地球，在 5000 万年之后，克苏鲁就被不可名状的神祇所封印。

因为强大的克苏鲁被封印，旧日支配者伊格开始在地球上活动。

在 2.95 亿年前，众蛇之父伊格创造出了爬行类生物。之后他又与伊德海拉交合，诞出智慧种族蛇人，并且建立国家与文明，信奉他们的创造者：旧日支配者众蛇之父伊格。

伊格的形象是一个长满了鳞片的半蛇半人形象。

没有任何的记载说明这位旧日支配者是何时来到地球的。我们唯一可以知道的是，这位旧日支配者极其护犊子。这种行为非常违反克苏鲁神话的常识。强大的旧日支配者对于弱小的眷属生物和文明生物都表现出漠不关心的蔑视，但众蛇之父伊格却极度重视自己创造出来的爬行类生物——蛇人。

在克苏鲁被封印之后，地球原始的姆大陆产生了巨大的权力真空，伊格创造了蛇人这个族群之后，就开始教授蛇人关于巫术和炼金术的知识，并要求蛇人供奉自己，然后就甩手任由蛇人自由发展。

后来蛇人文明被恐龙所打击，再加上与其他智慧物种和古人类开始抢夺地盘，蛇人种族开始没落。堕落的蛇人抛弃了对于众蛇之父伊格的信仰，转而信奉新神。因此，众蛇之父伊格诅咒了蛇人文明，使得这群背弃信仰的蛇人永远地生活在诅咒的恐惧之中。

而在克苏鲁神话故事里，近现代一旦人类伤害了蛇人或蛇类怪物，首先会被旧日支配者伊格诅咒，陷入疯狂之中，直至杀死至亲，然后会四肢瘫痪，只能以蠕动的方式来移动身体。这种行为很像一个人养了一群蚂蚁，并且对这群蚂蚁照顾有加，一旦有其他的昆虫打自家的蚂蚁，这个人就会把昆虫的四肢都掐掉作为惩罚一样。这种护犊子的场景在旧日支配者里非常少见。所以，如果你进入克苏鲁神话里，在有着众蛇之父伊格传说的地方，请尽量不要伤害爬行类生物蛇类，以免遭到众蛇之父伊格的诅咒。

麋鹿女神，伊赫乌蒂

旧日支配者，混乱信使奈亚拉托提普的妻子，丰饶女神。

伊赫乌蒂是75万年前终北之地希柏里尔文明所崇拜的一位女神。不过，因为希柏里尔文明已经覆灭，唯有《伊波恩之书》等魔法典籍流传下来，所以，这位女神到底长什么样子，我们已经无法得知了。我们只知晓这位女神有着鹿角，或者麋鹿一般的蹄子，她经常以一位丰满的女性形象出现。

这位神可以赐予人类丰饶的神力，这种丰饶之力来源于究极祖神乌波·萨斯拉。当年痴愚且盲目的究极祖神乌波·萨斯拉分裂出了一位创造地球上所有植物的本源之神茨琥梅。这位茨琥梅是雌雄同体的，他自我受孕，独自生下了麋鹿女神伊赫乌蒂。而作为年轻的旧日支配者，麋鹿女神伊赫乌蒂有着控制地球本土植物的力量。

希柏里尔文明的祭司对这位女神极为崇拜，甚至发展为一神宗教，不允许其他人信奉其他神祇，如蟾之神撒托古亚。一旦发现一个人接触除了麋鹿女神之外的神，那么这个人将受到严厉的审判。

在关于希柏里尔文明的隐秘典籍中曾经记载，强大的外神混乱信使奈亚拉托提普迎娶过这位麋鹿女神，成为名义上的妻子。至今没有任何的明确出处说明这位混乱信使的目的是什么，以及他们之间是否有强大的子嗣产生。不过，作为克苏鲁神话中地球本土出生的神祇，这位神在地球上肯定对混乱信使奈亚拉托提普的阴谋有着极其重要的作用。

如果在克苏鲁神话中你能穿越时空，并且想要寻找关于混乱信使奈亚拉托提普的身影的话，去往 75 万年前的希柏里尔文明寻找麋鹿女神的大祭司是个不错的主意。

冰焰极圈之主，亚弗姆·扎

旧日支配者，冰焰极圈之主，活火焰克图格亚的后裔。

在北极圈众神体系中，亚弗姆·扎虽然是作为火焰形态出现的，但他并不像活火焰克图格亚一样散发热量，而是吸收周围所有的热量。他会逐渐地将他身边的热能吸收，使得周围变得极度寒冷。他的形象是一种灰色的火焰。若你以肉眼直视过去，会感到如同在看黑白电影。亚弗姆·扎在远古时期来到地球上，他的到来使得地球一大片区域陷入了严寒的境地。这种严寒影响到了古神。于是，古神联合起来，将亚弗姆·扎封印在了北极圈之内。当古神现身开始封印这位带来严寒天气的旧日支配者时，亚弗姆·扎气愤地将周围所有的土地全部冰冻，也是在那时，北极圈形成了万年难化的冰层。

冰寒死寂之神，伊塔库亚

旧日支配者。

伊塔库亚是极圈众神之一，在克苏鲁的地球史上，他曾经和冰焰极圈之主亚弗姆·扎一同在100万年前制造了地球的冰河时代。

那时两位旧日支配者的力量使得所有古文明都在冰寒之中颤抖。但这种冰寒的日子并没有持续太久，古神感觉到他们的威胁后，出手在他们的身上施展了封印。从此之后，冰寒死寂之神伊塔库亚就很少正式出现，偶尔会在北极圈附近的暴风雪中显现出模糊的身影。

他的样貌根据极圈内的人类描述，是一个类似于人形的巨大生命体，人站在他的脚下无法看清他的全貌。若你离远了观察就会发现，他的顶部是一张颇似人类，但极为扭曲的面庞，有两颗极为鲜红的眼睛。

他通常会在雪夜中出现，抓住那些运气不佳的人类作为祭品，献祭给黄衣之王哈斯塔。如果这位旧日支配者没有献

祭的打算，那么，遇到他的人类将变为类似于尸体的冰冷怪物，永无休止地在风雪中走动。

伊塔库亚也会掳掠一些人类女性做实验，迫使这些女性生育出有着他基因的子嗣。这些子嗣在平常时与人类无异，但却能够在暴风雪中安然无恙，在愤怒等情绪起伏较大的状态下变成一个巨大的人形生物，召唤暴雨、暴雪或龙卷风，这些类人形的眷属生物被称为“风之子”。

如果你在克苏鲁世界中需要去往北极圈之内观光，或拜访极圈内的旧日支配者，最好的方法是成为冰寒死寂之神伊塔库亚的信徒。因为伊塔库亚会给信徒抵御严寒的能力，只有获得了这种能力，才能接触那周围散发着死亡冰寒的旧日支配者，不至于还没有见到他们就变成了一具冰雕艺术品。

古　神

幻梦境之主、大深渊之王，诺登斯

古神，幻梦境之主，大深渊之王。

幻梦境之王诺登斯是古神阵营之中最重要的神祇之一。这位尊神会以人类的样貌出现，是一位睿智老者的形象，有着白色的长发和灰白的胡子，拉动缰绳控制神兽驾驶如同贝壳般的战车。

这位神酷爱狩猎，在他的幻梦境中，他会去猎杀那些旧日支配者的眷属生物，尤其是那些邪恶肮脏、智商奇高的强大邪恶怪物，将它们当作有趣的猎物玩弄和追杀。

有时在追杀猎物的过程中，会使一些人类脱离被怪物吞噬的命运。但请相信，那绝非这位古神出于善意的行为，而仅仅是他在享受狩猎的乐趣而已。

古神和旧日支配者一样，从来不关心弱小人类的生存与毁灭，他们只关心切身的利益。没有面孔的夜魇一族侍奉这位强大的神祇为主人，听从幻梦境之王诺登斯的召唤。

虽然这位古神对人类没有特意地偏爱和仁慈。但当人类中的调查员伦道夫·卡特陷入邪神奈亚拉托提普所设立的陷阱时，这位强大的神祇还是出手帮助了卡特走出陷阱，打败了奈亚拉托提普派来的恐怖猎手，并给他指明道路。而这一切帮助人类的动机，仅仅因为这位幻梦境之王讨厌在自己的地盘上被混乱信使玩弄罢了。

所以，身处于克苏鲁神话世界中，若被混乱信使奈亚拉托提普相中，且被这位邪神纠缠不休的话，除了召唤他的死对头活火焰克图格亚以外，还可以去往幻梦境中，寻求幻梦境之王的帮助。一般这种帮助对人类个体而言非常有用，这可是克苏鲁神话中为数不多能够摆脱邪神的侵扰，并且存活率极高的方法。

猫女神，巴斯特

古神，猫的掌控之神，古埃及的猫女神。

猫女神巴斯特是古神阵营中的一员，这位女神通常以猫头人身的形象出现，她右手拿着铃鼓，左手持有狮子作为装饰的盾牌。她有掌管地球，以及幻梦境中所有猫的权力。在古埃及时期，人类接触了猫女神，并将这位猫女神作为性爱与力量的源泉来进行崇拜。

古埃及人认为这位女神有着奇特的力量，既能够使人们婚姻柔顺和谐，又能带领着人们进入忘我的灵性空间。但这位女神也有着狂暴的力量。一旦触怒她，将会引来灭世的灾难，猫女神巴斯特一般不轻易示人，但这并不代表这位古神不关心世界上的一切。

在黑暗中，这位女神能够通过身姿轻盈矫健的猫咪来观察人类社会的动向，以及探寻关于旧日支配者的秘密。因此，那些邪恶肮脏的、可怕的眷属生物，不喜欢在猫咪的面前透露任何关于它们主人的秘密。如果一个人胆敢用残忍的方式猎杀猫科动物，那么猫女神巴斯特的惩罚就会降临。在幻梦境中的乌撒镇，曾经有一对老夫妇虐杀猫类惹怒了猫女神。在漆黑如墨的夜晚，乌撒镇所有的猫都聚集到那个虐猫者的屋内，将这两个人杀死，并吃得只剩下骨头。

因此，如果你是旧日支配者的崇拜者，请务必远离那些可爱的小猫咪，避免自己关于崇拜旧日支配者的秘密被监听，将自己带入危险的境地。一旦你进入幻梦境漫游的话，一定不要伤害到那里的猫咪，以免招惹猫女神巴斯特的愤怒，受到群猫的攻击。

睡神，修普诺斯

古神，睡梦与迷离之境的主人，睡神。

修普诺斯是古神阵营中重要的成员之一。传说中，他以有着巨大人脸、双眼散发光芒且不真切的样貌出现。他的神力强大到诸神都无法完全抵抗。

睡神的迷离之境有着单独的空间规则，那里甚至比幻梦境更加混乱且无序。时间与空间在睡神的迷离之境根本不具有任何约束力，所有的规则在迷离之境都是以表象形式出现的，而根源法则只有睡神修普诺斯知晓。

一旦掌握了一些关于修普诺斯梦境的法则，人类就可以脱离肉体的束缚，进入迷离之境中创造更多的价值。因此，那些睡神修普诺斯的信徒在清醒世界中总是会有些疯癫，只有少数的人能够依靠强大的理智和精神力量保持正常状态。

大部分人会迷恋梦境中那种没有逻辑且舒适的状态，这也导致部分人会吃一些药物或迷幻蘑菇来达到进入梦境的状态。一旦分不清梦境与现实，那么等待这些人的将是衰弱与非正常死亡。而如果一个人想要去往幻梦境，首先通过睡眠进入睡神修普诺斯的宫殿，然后在那里通过毫无逻辑且离奇

的摸索，就可以穿越深邃的深渊，躲过可怕的恶魔，进入有着时间、空间以及逻辑法则的幻梦境。

不过，在克苏鲁神话世界中，任何接触旧日支配者与古神的行为都是危险的。人们往往会迷失在睡神修普诺斯的迷离之境里，没有强大的精神力量和理性克制的话，最好不要轻易地选择接触睡神，以免还没有摸索到幻梦境的大门，就迷失在梦境之中，导致自己永远也无法再次醒来。

文明种族

古老者

外星高级文明。

古老者是克苏鲁神话中最早来到地球的高级文明，这个种族在来到地球上之前就有着超级发达的科技。

在 10 亿年前，当古老者这个种族来到地球上时，地球还没有产生高级生命体，广阔的大海使得这个古老的种族开始在深海中建立城市。

此时它们的形象是一种有着坛子状身体的生物，在身体上方是五角星一般的头部，头部每个尖端都有一只眼睛。它的身体能够展开一种类似于蝙蝠薄膜那样的翅膀，在下方则有着数条粗壮的肢体帮助其行走。

古老者这种生物同时有着植物和动物的特性，它能够像植物一样吸取无机物，也可以像动物一样吃其他动物来补充能量。

它们的身体极为坚韧，可以承受长时间的太空旅行的辐射，也可以承受海洋中海水的巨大压力。并且，这种生物还可以通过科学的方式，不断地进化出适应环境的新功能或器官。古老者来到地球上之后，发现地球竟然如此地适合自己的种族生存。于是，它们在海底建立了巨大的城市，并通过进化的能力，从海水中走到了陆地上，在陆地上建立了城市。

它们还擅长各种生物制造科技。为了创造出可食用并且有劳动力的生物，这群古老者在究极祖神乌波・萨斯拉的身上取出了一小部分基因样品，通过培养这些活跃的基因，创造出了修格斯这种既能够食用，又能够当奴隶使用的种族。

不过古老者这个种族运气不怎么好，来到地球上没多久，外星生物飞天水螅和伊斯之伟大种族就来到了地球，而更可怕的是，有着强大力量的旧日支配者克苏鲁也带着他的星之眷族与强大子嗣来到了地球上。

古老者为了生存的空间，被迫与旧日支配者克苏鲁开战，付出了惨痛的代价，再加上自己创造的生物的反叛，最终，在人类生活的时代，古老者躲藏在疯狂山脉中，面临退化和迁移到其他星球的命运。

飞天水螅

外星文明种族。

飞天水螅是记载中继古老者这个种族之后第二个来到地球上的智慧文明种族。

这个种族的身体构造极其奇怪且恶心，在现有的宇宙规则之下，我们甚至可以怀疑飞天水螅来自其他的宇宙维度。

飞天水螅的外形是一团不规则的、蠕动着的、长着触手的肉块，它们并非是普通的碳基生命，而是一种非常复杂的生命结构形式。之所以说非常复杂，是因为飞天水螅有两个奇特的属性，第一个属性是可以短暂地隐身，光可以直接透过它们的肉体而不被反射。这种透光的高级生命体态，是我们人类无法理解的。而第二个奇特的属性，则是这种生物不需要翅膀或喷器类的飞行器具，就可以脱离地球引力控制强风，可以向指定方向飞行。

在距离人类文明诞生的 7.5 亿年前，飞天水螅来到了地球上，此时地球上的高级文明生物只有古老者。古老者们占据着地球上的海洋，但对于地球陆地并未完全占领。于是，飞天水螅在地球干燥的陆地上建立家园，它们用地球上的玄武岩建立了城市。它们城市的标志性建筑是没有窗户的高大柱子或塔楼。

据说除了地球之外，在太阳系中，飞天水螅在火星、金星和海王星也建立了自己的城市。这个种族因为过于诡异，所以几乎没有记载其文明运作方式的信息，而这个外星种族的文明与科技也无法体现出来。

古老者们曾经与飞天水螅进行过战争，但结果以双方停战，日后互不侵犯而告终。

在飞天水螅来到地球上3.5亿年之后，伊斯之伟大种族精神投射到了地球上的一个生物种族体内，盗取了这个种族的身体，并开始在地球的陆地上与飞天水螅抢夺生存空间。最终，飞天水螅被封印在了地下世界之中，并被伊斯之伟大种族严加看守。后来飞天水螅从地下逃了出来，随即就与伊斯之伟大种族开战，但因为已经在地底待了久远的时间，飞天水螅已经严重退化，完全不是伊斯之伟大种族的对手。即便是人类社会存在的今天，飞天水螅依旧在那幽深的地底洞穴里生活着。

伊斯之伟大种族

外星文明种族，依靠精神投射来进行移民。

伊斯之伟大种族的具体形态是人类文明不知道的，唯一知道的信息是这个种族来自一个叫伊斯的行星。伊斯星应该是一个类似于地球的行星，诞生出了智慧文明种族。但与地球不同的是，伊斯星的智慧种族的科技非常超前，也许是有着某种种族天赋，那里的高级文明有着强大且灵活的精神力量可以将精神与肉体分离开来。他们通过与其他生物交换身

体，达到称霸世界的目的。

最初，伊斯星被这个精神寄生型的文明种族占领了，没有敌人的他们，科技变得极其发达，以至于它们称自己为“伊斯星最伟大的种族”。当伊斯星资源枯竭，面临着必然毁灭的命运时，伊斯之伟大种族开始准备精神移民。它们将自己原先的躯体抛弃掉，通过科技定位到了地球上的一种生物，然后精神穿越，霸占了地球上某种生物的躯体——是一种身体如同锥形，长着触手、钳子的类似于植物类的生物。而这些躯体原先的主人，则被迫精神交换到了伊斯星上，在那里绝望地等待着毁灭的降临。

随着它们适应新的身躯，伊斯之伟大种族开始用新身体建造文明，但它们所在的地域存在着另一个叫作“飞天水螅”的文明。当伊斯之伟大种族想要用引以为傲的精神交换来击败飞天水螅这个文明时，却发现，自己引以为傲的技能竟然对有特殊思维结构的飞天水螅失效了。

惊恐之中，伊斯之伟大种族不得不与飞天水螅展开战争。在经历了大量伤亡之后，伊斯之伟大种族打败了飞天水螅，并将它们封印在了地下。

伊斯之伟大种族通过时间穿越知晓了自己的未来，于是，伊斯之伟大种族不得不再次进行大规模的时空穿越，最终它们穿越到人类文明毁灭后的一种甲壳类生物身上，然后再次建立自己的文明。比较幸运的是，伊斯之伟大种族并没有选中人类作为穿越对象。不过，它们中依然有个体会穿越到一些人类体内，通过观察和学习人类文明，反哺自己，增强文明的力量。这种通过精神穿越延续文明的方法，可以说是非常棒的保命技能了。

米·戈

外星文明种族，喜欢带着人类的大脑旅行。

米·戈是1.6亿年前来到地球上的外星文明种族，米·戈这种生物和古老者一样，有着强大的能够在太空中抵抗太空辐射并快速移动身躯的能力。但神奇的是，米·戈并不是传统的细胞结构生物，而是以真菌为基础结构形成的智慧种族。

它们的外形类似于甲壳类生物，身体呈现粉红色，从头到脚一米五左右，有着一双巨大的翅膀。米·戈的头部不同于寻常生物的眼睛、耳朵之类的感光和收音的器官，但有一种可以变换颜色的肉瘤。这种大脑一样的肉瘤可以使米·戈这种生物直接以思维形式沟通，因此米·戈没有自己的语言。

不过米·戈作为高级文明，是可以理解人类语言的，并能通过振动自己的器官发出人类的语言。它们用人类语言说话时几乎都是一个声调，因为米·戈无法理解人类语调的起伏。米·戈非常喜欢研究人类社会，并通过特殊的科技变形为人类的一员，混迹在人类之中。米・戈身体由真菌构成，特殊的身体构造让米・戈无法在人类的相机中留下影像，而且它们死后会在极短的时间内蒸发殆尽。

如果你怀疑你身边的人是一个米・戈的话，请不要惊慌，因为米・戈对于统治地球和奴役人类没兴趣，它们不吃人类，甚至不吃地球上的食物，它们的食物都是外太空进口的。它们只对地球上的矿物感兴趣。不过，如果你有雄心壮志，发现身边有一个音调奇怪，从不吃任何东西，并且拍照无法拍出清晰人影的人，那么最好和他搞好关系。因为米・戈这种生物有种科技，能将人的大脑从身体中取出，放到一个金属圆筒之中，在圆筒中的大脑还可以保持视力与听觉。米・戈会带着你的大脑进行星际穿越，那可是为数不多的人类能够享受到的体验，机会可遇不可求。

其　他

黑法老

奈亚拉托提普的一具人形化身，曾经统治古埃及的黑法老。

在克苏鲁神话中，混乱信使奈亚拉托提普能够知晓盲目痴愚之神阿撒托斯的意志。为了贯彻主宰的意志，混乱信使有着无数的化身。在各个文明之中，他的化身都有着特殊的性质，而在地球的古埃及文明之中，黑法老是他化身里最有代表性的一个。

据说黑法老是当时埃及第三王朝的最后一任法老涅夫伦·卡，他的身世没有确切的记载可查。最初，这位法老掌权之后，刚开始还蛮正常的，崇拜埃及古神话中那些长着野兽头颅的神祇。但这位黑法老涅夫伦·卡似乎天生有着独特的黑暗气质，这种黑暗气质使得混乱信使奈亚拉托提普感到有趣。于是，奈亚拉托提普安排了一场戏剧。在千柱之城埃雷姆，奈亚拉托提普为这位人类法老展现了一部分力量。

而神奇的是，这位黑法老涅夫伦·卡竟然承受住了混乱信使奈亚拉托提普带来的力量。因此，奈亚拉托提普给了这位黑法老一个血腥的契约，要求黑法老献祭一千条同族的生命，以此来换取预知未来的能力。黑法老照办了，他用自己的权力献祭了一千条生命，得到了预知人类未来的力量。

那时，黑法老开始崇拜强大的邪神奈亚拉托提普，并将一块闪耀的偏方三八面体放置在一个完全黑暗的金字塔中，任由那混乱信使的化身夜魔在夜色中施展恐怖的活动。虽然黑法老有着强大的邪恶力量，但他无法改变自己人类的本质，最终在衰老到一定程度后，黑法老涅夫伦·卡在为自己建造的墓穴中书写下了关于未来的可怕秘密。

后来人们没有在墓穴之中找到黑法老的尸体，于是认

为，黑法老死后，应该是被混乱信使奈亚拉托提普吞噬，成为混乱信使众多化身之一，这位黑法老在以后的岁月中都会充当混乱信使奈亚拉托提普在人类族群中的面具，以人类的思维语言和行为来谋划可怕而邪恶的戏剧。

所以，如果你没有穿越时空的能力，但又想要寻找到奈亚拉托提普的身影，那么就去找黑法老，或者找黑法老的墓穴，也许就能找到关于混乱信使奈亚拉托提普的一些线索。

食尸鬼女王，尼托克丽丝

接触黑暗力量的人类，埃及食尸鬼女王。

尼托克丽丝是埃及第六王朝的第七位法老。最初，尼托克丽丝只作为一个人类女性登场，她嫁给了自己的哥哥埃及第七王朝的第六位法老，但后来政客们谋杀了这位法老，将有着神之血脉的尼托克丽丝当作政治傀儡推上了政治舞台，成为新一任法老。

起初，尼托克丽丝因为丈夫的死而悲伤不已，但她的力量太过于弱小，于是只能隐忍着任人摆布。那段时期的尼托克丽丝是一个非常亲民的女法老，每次尼罗河泛滥，女法老尼托克丽丝都会亲自举行悦神仪式来抚慰民众。

一切的转折都要在尼托克丽丝得到那面魔镜之时讲起。

在古埃及黑暗的典籍之中，尼托克丽丝找到了关于克苏鲁世界混乱信使的化身之一黑法老涅夫伦·卡的秘密。她向黑法老祈求，希望得到可怕且黑暗的力量，以此来向杀死自己丈夫的人复仇。黑法老聆听了尼托克丽丝的请求，赐予了她能够窥探黑暗世界魔法秘密的魔法镜子。

那面魔法镜子里的黑暗魔法使尼托克丽丝有了控制食尸鬼的力量。作为交换，尼托克丽丝解除了被封印的闪耀的偏方三八面体，释放了混乱信使的另一化身夜魔，并将对混乱信使奈亚拉托提普的信仰，重新散布在埃及之中。

女法老尼托克丽丝在掌握实权后，将所有参与过谋杀自己丈夫的政客邀请到了尼罗河下游的精美神殿中，当欢宴的酒杯举起，女法老尼托克丽丝用尼罗河水淹没了神庙。

自此之后，这位女法老便消失无踪，据说她去了自己的墓穴沉眠。但因为她自身的不死特性，她无法进入永恒的安息，只能作为食尸鬼的掌控者，游荡在古埃及境内，创造着一个又一个恐怖离奇的故事。

若你在克苏鲁神话中游荡，到埃及后，最好拜访一下食尸鬼女王尼托克丽丝，因为她内心中还贮藏着一丝人性，相比之下，还算比较好说话，而她的“尼托克丽丝之镜”也算是克苏鲁神话人类魔法物品的至宝之一，效果非常实用且强悍。

《死灵之书》

魔法书之王，邪恶圣典。

《死灵之书》是克苏鲁世界中最为重要的一本，充满着阴谋与矛盾的魔法书籍。这本书的出现也印证了：人类不过是克苏鲁世界众神眼中一个不错的棋子或玩物。《死灵之书》记载了外神的秘密、召唤万物归一者犹格·索托斯的方法，甚至是盲目痴愚之神阿撒托斯的样貌与形态。

这种书籍的出现，完全违背了克苏鲁世界不可名状之神的意志。但它却又那样出现了，这使得近现代的克苏鲁神话故事都以《死灵之书》作为重要的背景展开。

这本书最早是由阿拉伯疯人阿卜杜拉·阿尔哈萨德撰写。没有人知道这个疯了的阿拉伯诗人到底经历了怎样的可怕事件，才能在脑海中构思出一部这般邪恶的典籍。但根据现有结果来推测，这本书的出现肯定与那位全知全视、主掌着一切知识的时间与空间之主犹格·索托斯有关。因为依照人类这种生物在克苏鲁神话世界中的卑微地位，他们根本不可能在物质身体和精神力量上承受关于旧日支配者，甚至外神的知识。

但因为《死灵之书》的出现，导致人类可以知晓关于旧日支配者的秘密，甚至可以依照《死灵之书》的方式召唤可怕的外神。

例如在《敦威治恐怖事件》中，一个家族经过几代人的努力，通过《死灵之书》竟然有了能够召唤万物归一者犹格·索托斯的苗头。

虽然没有证据证明人类阅读《死灵之书》会直接导致人们疯狂，但如无必要，请不要接触这本书，因为在克苏鲁神话中，阅读过这本书的人类的结局都无比悲惨，也不要企图用这本书得到可怕的黑暗力量。这本《死灵之书》中任何可以召唤出来的东西都是人类个体无法控制的，即便是你有主角光环，也不要去妄图得到它。如果阅读了这本书，那么死亡对你来说，将是莫大的恩赐与幸运。

出版后记

《克苏鲁编年史：从宇宙诞生到地球的纷争》经过漫长的时间，终于要出版了，回顾以往，还是感慨颇多。

记得首次听到克苏鲁神话系列时，我还不太了解，认为克苏鲁神话就如同中国神话一般，会有“女娲造人”“后羿射日”这一类有趣、浪漫的故事，结果万万没想到，它竟然是20世纪最有影响力的恐怖小说体系！后来经过了解，它还是无数创作人的灵感来源，有文学创作者，有电影导演，还有游戏策划者，这无疑激发了我更深层次的兴趣。于是开始了对原著的阅读，但是在阅读过程中，因为是美国小说的缘故，长长的人名、陌生的地名、各种神祇、一篇一篇的篇目等，给我的阅读造成了极大的困难，很难去把握整体。此时的我热切地盼望有一本解读的书籍，可以让我快速了解克苏鲁系列到底是什么。过了一段时间，我从程彤编辑那里看到了钱丢丢老师解读的克苏鲁，我的愿望实现了，开启了对克苏鲁的全新认识。

钱丢丢老师的解读，真的是环环相扣，前后逻辑是如此地清晰明了。先用大量的篇幅介绍克苏鲁的起源与变形，克苏鲁的背景知识一览无余。此后进入正文，由于盲目痴愚之神阿撒托斯，宇宙产生，随即产生外神、旧日支配者、古神、文明种族、星系等。一切围绕阿撒托斯的梦展开，宇宙热闹了起来。当阿撒托斯的梦境到最为收束的地方时，他会以未知的形式降临。某一刻，他的意志被其他外神得知，将降临于银河系，随之地球逐渐成为最主要的舞台之一，在地球这个空间里，一批又一批文明经历了发展与消亡，如恐龙的灭亡、伊斯之伟大种族的离开、姆大陆文明的沉没等，但也有一类文明展现了其特殊性，那就是人类，人类在不断繁衍、且还在一步步探究古老的秘密，了解到盲目痴愚之神阿撒托斯、混乱使者奈亚拉托提普等。在这里，外神、古老者、文明种族等相互纠缠，上演了一幕幕混乱无序的戏剧，为盲目痴愚之神阿撒托斯提供了丰富的梦境养料。但人类的命运将走向何方，这还是未知，因为我们也不知道阿撒托斯意志下一次降临何方、又在何时苏醒，一切的发生可能都是一场梦，而人类的所有活动也可能只是众神的工具而已。

由于克苏鲁神话体系诞生时间短，也无权威人士对其体系作根本的界定，因此可能存在无序的特点。本书作者为了使克苏鲁神话有着明显的单一逻辑线成为可能，在对克苏鲁神话体系知识完全消化后，融入了自己的思想。在“起源与

变形”一章中作者也提出希望读者可以将此书作为克苏鲁神话的二次创作作品，而非单一的对原著的解读。此书完全可以作为入门之书，它可以让读者很快地了解克苏鲁，明白克苏鲁体系的大致脉络结构。看完此书，再看原典，想必会有另一番收获，也许会成为各位阅读者的创作源泉。

此外，本书能够顺利出版，离不开内文版式、排版、以及封面等设计老师的认真负责。希望此书能够带领各位读者进入克苏鲁世界，揭开克苏鲁世界的神秘面纱。

图书在版编目（CIP）数据

克苏鲁编年史 ：从宇宙诞生到地球的纷争 / 钱丢丢著. -- 北京 ：九州出版社，2024. 9. -- ISBN 978-7-5225-3252-3（2025.3 重印）

Ⅰ. I712.077

中国国家版本馆 CIP 数据核字第 2024FZ9448 号

克苏鲁编年史：从宇宙诞生到地球的纷争

作　　者　钱丢丢 著
责任编辑　牛　叶
出版发行　九州出版社
地　　址　北京市西城区阜外大街甲 35 号（100037）
发行电话　（010）68992190/3/5/6
网　　址　www.jiuzhoupress.com
印　　刷　北京盛通印刷股份有限公司
开　　本　880 毫米 ×1194 毫米　32 开
印　　张　10　彩插 16
字　　数　180 千字
版　　次　2024 年 9 月第 1 版
印　　次　2025 年 3 月第 2 次印刷
书　　号　ISBN 978-7-5225-3252-3
定　　价　88.00 元

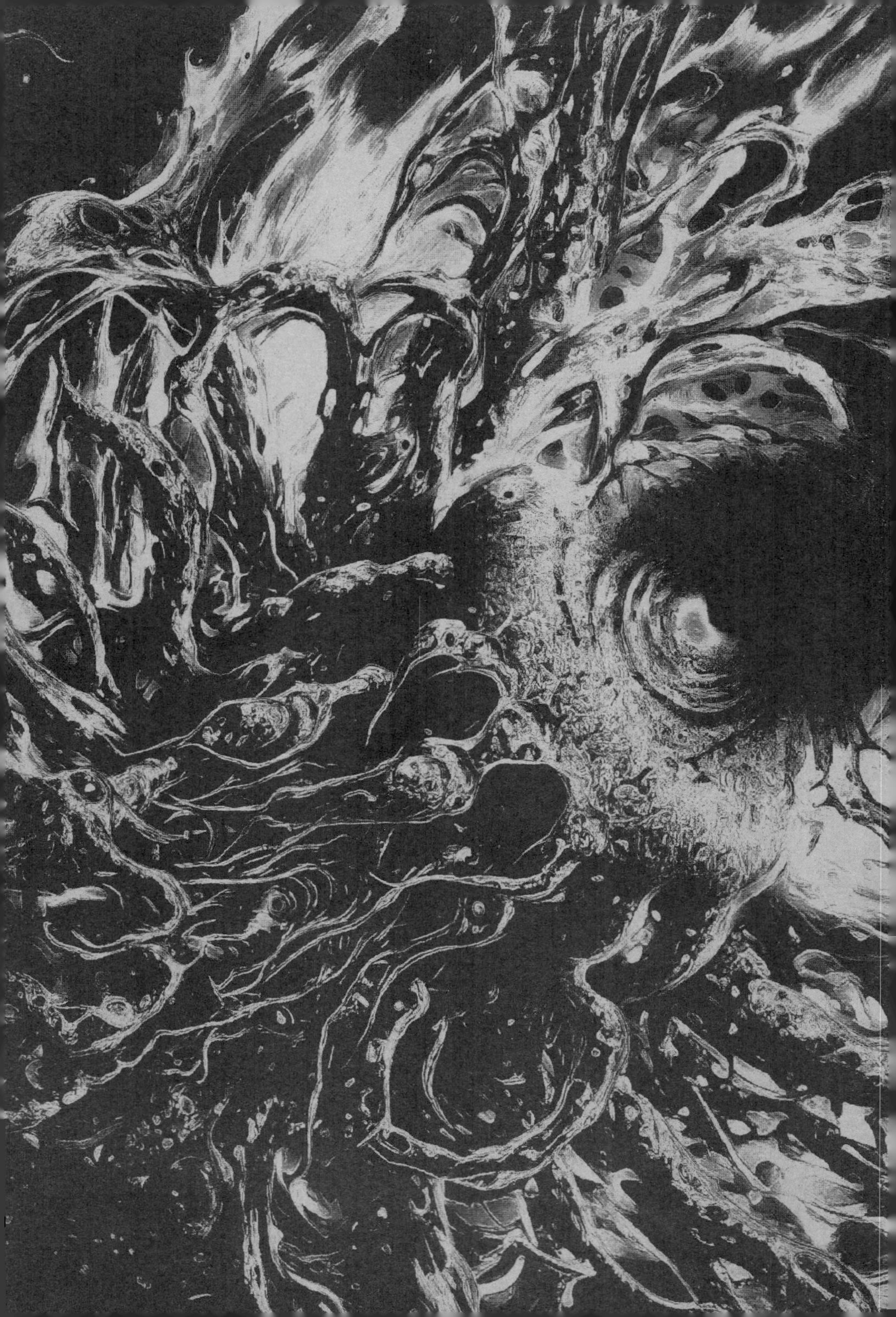